El sabio de Chittor

El sabio de Chittor

Una historia de heroísmo, amor y devoción

Iván M. Llobet

Primera edición: octubre de 2019
ISBN: 978-84-949709-9-3
Copyright © 2019 Iván M. Llobet
ivanllobet@yahoo.com

*A mi esposa Yudith; por tolerar mis agravios,
y a mi padre Santiago, por su amor incondicional e infinito.
Gracias.*

ÍNDICE

Primera Parte

Engendro de un mal

Capítulo 1

Chittor, reinado rajput de Mewar, 1535

Fue el carretón de brahmanes lo que rompió el reposo mañanero en la árida tierra de Rayasthán. El aura era fosca y los rostros silenciosos observaban de soslayo al joven asceta moribundo sacudirse cada vez que la mula tiraba sobre el camino escabroso. Deteniéndose al borde de un risco lo arrojaron con tan solemne desprecio, que el desventurado rodó cuesta abajo por aquel despeñadero.

—Este es el lugar al que perteneces —dijo uno de ellos.

El sol tocaba su zenit cuando Premananda, el anciano sacerdote, cubrió su cabeza con un chal de algodón blanco que apaciguaba el calor. Sus ojos añosos, coronados por cejas emblanquecidas hablaban con mirada pía. Sobre su frente añeja y oscura irradiaba la cúrcuma roja de la insignia de Vishnu. Llevaba los avíos de un brahmán y, como en aquella región solitaria e inerte el tiempo no acontece, mientras cabalgaba de vuelta a Chittor recitaba versos del Bhagavad guita con tal encanto que acrecentaba su deleitante misticismo.

—*Kim tad brahma kim adhyatmam kim karma purushotama...* «¿Qué es el espíritu? ¿Qué es el ser? ¿Qué acciones atan al alma a este mundo mortal?»

En lo alto los buitres dibujaban círculos interminables. Otros, inertes sobre las rocas, contemplaban con indolencia el cuerpo maltrecho del joven que aún yacía entre las zarzas espinosas. Avezado en los azares del desierto, para Premananda, el sacerdote de Chittor, la escena era memoria de la muerte reseca y calcinante, la siempre fiel amiga en aquellos andurriales. Los carroñeros aún no ofrecían su espectáculo grotesco, más siempre apáticos e indolentes, solo se apartaron cuando el anciano les echó el caballo encima. Con un golpe de su bastón, Premananda arrojó el escorpión que se posaba sobre la mejilla del joven. Apenado por su condición, el envejecido sacerdote lo lio con su grueso manto de noche que ató a una cuerda para que la bestia tirase del desdichado.

La repentina noticia de que el Shah de Guyarat venía en camino a ponerles sitio se extendió como fuego, convirtiendo el lugar en un hormiguero de hombres armados que se movían por todas partes. Miles de aldeanos se atropellaban intentando entrar al fuerte con su abultada impedimenta. Por esos días todas las comunidades de ascetas abandonaron la región. Sabían que correría la sangre y que los soldados patanes del Shah gustaban de lapidarlos por diversión.

Llegaba el ocaso y con él los rastreadores. Las noticias no eran alentadoras. El Shah entró en Mewar la noche anterior trayendo consigo un ejército tan inmenso, que el jinete confesó jamás haber visto algo de semejante magnitud. El rumor de la llegada del Shah se esparció entre los defensores atrayendo la atención de Bhairav, quien discreto contemplaba el horizonte desde la muralla, sobre el portón principal.

Bhairav era un joven brahmán bien conocido en todo Chittor, pero algo parecía preocuparle. Horas antes, desde su veranda, se sorprendió de ver al viejo Premananda arrastrar a un asceta moribundo ayudado por aldeanos, y la llegada del desdichado le presagió peligro. Absorto en sus pensamientos, el joven sacerdote supuso que a estas horas el desventurado aún estaría bajo las faldas del anciano. Después de todo, las aves del mismo plumaje vuelan juntas.

Premananda era el sacerdote del recinto de Krishna que perteneció a Mirabai, la santa princesa que abandonó Chittor para llevar una vida de mendicante por amor a Dios. Antaño, Mirabai ejerció influencia sobre nobles y aldeanos de todo el reino de Mewar, y sentirse opacado tocaba la fibra más sensible de Bhairav, un ser que se alimentaba del control que ejercía sobre los demás. Sin embargo, Mirabai era cuestión del pasado, ahora quien estorbaba era ese recién llegado joven asceta cuya elocuencia y figura retaba su hegemonía.

Curioso de su identidad, Bhairav anduvo hasta el pequeño sagrario de Krishna donde encontró a docenas de fieles orando ante la sacra imagen iluminada con lamparillas de aceite, cuyo sahumerio permeaba el recinto y apaciguaba el corazón. En aquel sacro lugar, rodeado de aldeanos, brahmanes y nobles que le escuchaban con especial deleite, estaba el joven asceta dictando un sermón. El padre de Bhairav que se distinguía por su apariencia pía, también estaba presente.

El recién llegado asceta era de complexión delgada y mediana estatura. Alrededor de su cuello colgaba un rosario rústico. La tenue luz del ocaso dejaba entrever un semblante enigmático de ojos alargados y nariz afilada. Sus dientes níveos lucían tras un bigote pobre y una barba que no emulaba con su enmarañada cabellera. Algunos decían que era un gran sabio a punto de concluir su ciclo evolutivo; otros, afirmaban que era un místico renacido a voluntad para proteger a Chittor de todo mal. La gente común aseguraba que tenía poderes milagrosos. Tampoco faltaban mujeres, consideradas infecundas, que acreditaban su embarazo al hecho de frotar sobre sus vientres el polvo de las huellas que el joven asceta dejaba sobre la tierra al andar. Aunque su manera exquisita de hablar curaba el alma, hería a Bhairav en lo más profundo. Discreto, el joven brahmán intentaba hacerse notar ante una audiencia tan ensimismada que no advertía su presencia. ¡No había ultraje más hiriente!

—¿Cuál es el uso de vivir tan solo para sustentar un cuerpo que está destinado a morir? —predicaba el maltrecho asceta—. ¿Qué felicidad permanente puede haber en una vida tan frágil y efímera cual gota de agua que reposa sobre el pétalo de una flor? ¿Por qué tanta ira, tanta codicia, y tanta envidia? ¿Por qué no podemos perdonar aun cuando alguien se arrepiente de sus actos perversos? ¿Quiénes somos, de dónde venimos y hacia dónde vamos? En lugar de hacernos estas preguntas desperdiciamos la vida durmiendo y decorando un cuerpo que un día se convertirá en ceniza de crematorio o alimento para buitres. Sin embargo, por una gota de felicidad pasajera nos postramos ante un amo de corazón vil y olvidamos servir al Señor del corazón.

Bhairav sonreía con cinismo ante la mirada compungida del asceta, pero su padre y los brahmanes no eran aquellos que se pueden azuzar con facilidad. Mucho menos a Premananda, para quien el sacerdocio era su vida. Como un brahmán longevo que era, conocía a todos los eremitas de aquella región, y podía olfatear la integridad humana como si fuese incienso de altares. No existía rostro que de verlo tan solo una vez olvidase jamás.

Discreto, santo y con el lomo raso, Bhairav fue a sentarse junto a su padre, que, aunque virtuoso, sentía un amor desmedido por él.

—¡Bhairav, hijo mío! —dijo el anciano colmándolo de abrazos. Como era su único hijo abrigaba la esperanza de verle crecer como un hombre de bien.

Bhairav reciprocó su afecto, tocó los pies del venerable Premananda y se inclinó ante los brahmanes robando la atención de modo tan pueril. Admirado ante la oratoria del venerable asceta indagó su identidad, añadiendo que sus palabras eran bálsamo para el corazón.

—Su nombre es Suníschala hijo mío —dijo su padre—. Es un discípulo del sabio Aravinda y un asceta desde su niñez. Tal vez hayas oído hablar de él.

Aunque Bhairav aseguró no conocerle, tomó las manos del asceta y las llevó a su corazón.

—Hoy soy bendecido con la compañía de una persona santa como tú. Los santos de tu estatura son lugares de peregrinaje, pues a donde quiera que vayan hacen del lugar un sitio de peregrinación, porque llevan consigo al Señor en su corazón.

La audiencia alabó la elocuencia de Bhairav que rivalizaba con la oratoria del recién llegado. El joven brahmán instó al asceta a vivir junto a ellos, pero este tan solo le contemplaba sin pronunciar palabras. Su padre le recordó que el joven era un asceta del desierto, y que los ascetas no viven entre gente ordinaria.

—Pero padre, nosotros no somos gente ordinaria, somos brahmanes —reclamaba Bhairav cual niño caprichoso—. Veo que él también lleva el emblema de los sacerdotes alrededor de su pecho. Puede que haya elegido vivir como un asceta, pero es un brahmán, su vida es el sacerdocio. Además, todos los ascetas abandonaron Mewar y él vino por su propia voluntad.

Premananda sonrió con ironía, sabía que a Bhairav jamás le interesó la compañía de los ascetas; tanto afecto por el recién llegado no albergaba algo bueno. Solo dijo que lo encontró apaleado y moribundo a pocas horas de camino. La noticia hirió el corazón de Bhairav.

—¡Apaleado! ¿Quién haría algo así de horrible? Los ascetas son seres inofensivos.

La persistencia de los brahmanes hizo que el joven rompiera su silencio. Sus ojos irradiaban piedad cuando narró su trágica historia.

—Mientras merodeaba el desierto, me detuve en una aldea de gente pía. Allí, un joven brahmán de corazón carcomido por el odio, corrió la voz de que yo era un impostor que victimaba a las viudas peregrinas con apetitos carnales. Para mostrar mi inocencia lo invité a debatir las escrituras, pero vino bien entrada la noche cuando toda la aldea dormía. Con la ayuda de sus cómplices a sueldo, aquel joven brahmán golpeó mi espalda con una zarza espinosa hasta lastimar su delicada mano dada a una vida de sacerdocio, e insatisfecho con mi agonía forzó a una cobra a morder mi brazo. Dándome por muerto, poco antes del amanecer su horda de sacerdotes malévolos me arrojó por un despeñadero.

Suníschala mostró su espalda desgarrada por las espinas y la herida que la cobra dejó en su antebrazo, arrancando expresiones de dolor en los presentes.

—Aún recuerdo el gozo que el joven brahmán sentía al lastimarme, mas no albergo rencor alguno—dijo posando su mirada compasiva sobre Bhairav—. Si mi dolor sosiega la saña que oscurece su alma, con agrado aceptaría mil veces el mismo tormento.

El joven asceta tomó a Bhairav de las manos y advirtió que su pulso latía con fuerza. —Mi querido Bhairav. ¿Qué logro puede superar al de servir a un buen sacerdote como tú? Conquistar tu afecto es mi único anhelo en esta vida. Si deseas tenerme en Chittor, desde hoy viviré por siempre junto a ti y serás mi hermano.

Los congregados ovacionaron cuando el joven asceta abrazó a Bhairav. Premananda puso en manos del joven una pequeña vasija que extrajo de la capilla. Era costumbre entre los brahmanes beber agua sacra para dignificar sus palabras.

—Querido Bhairav —prosiguió el asceta—, acepta esta ofrenda como muestra de mi afecto. Juntos podemos comenzar una nueva vida como dos hermanos.

La nostalgia afloró en el rostro del maltrecho asceta. Bhairav vaciló al abrir su diestra. Su delicada piel que desconocía el trabajo arduo estaba lacerada.

—¡Bhairav, hijo! ¿Qué te ocurrió? —preguntó su padre perplejo—. Mas Bhairav no era presa fácil de los ardides de nadie, ni siquiera del ingenioso ermitaño, y acreditó su inocencia con magistral candidez.

—Anoche, de regreso a Chittor, me crucé con una caravana de viudas que extraían agua de un pozo profundo. Estaban sedientas y me detuve a ayudarlas. No estoy acostumbrado a este tipo de trabajo, ni es mi deber como brahmán ocuparme del servicio de las castas inferiores. ¿Pero, de qué vale vivir si no es para servir y hacer el bien a los demás, más aún cuando vemos tanto sufrimiento a nuestro alrededor?

Bhairav bebió con solemnidad cada gota del agua sacra que Suníschala vertió en su mano ampollada, en tanto que su padre advertía la mirada inculpadora del anciano Premananda.

—¿Quién es él? —Alguien preguntó irrumpiendo entre la multitud.

Era Mukul, un brahmán ultraortodoxo de corazón afable que presidía la comunidad de sacerdotes de Chittor. Su obesidad le forzaba a balancearse de un lado al otro al caminar. Estaba ansioso, anunciaba que pronto caería la noche y aún quedaban muchas cosas por empacar. El hecho de que nadie pareció escucharle le incomodó.

—¿Pregunté quién es él? —El obeso brahmán gruñó perturbando el sacro momento.

—Suníschala, el discípulo de Aravinda —respondió Premananda.

—¡Suníschala! —exclamó Mukul— ¡No te reconocí, ya eres casi un hombre! La última vez que te vi eras tan niño que Aravinda te llevaba de la mano. ¿Cómo está él?

Con gran respeto hacia el brahmán que antaño fuese un cercano amigo del sabio, Suníschala respondió que Aravinda dejó este mundo algún tiempo atrás. Mukul se conmovió. Aunque no compartía la opinión del sabio, siempre le sostuvo en la más alta estima. Ninguno de los eremitas del desierto lo mencionó. Esa fue su última voluntad y era algo que los ascetas respetaban. El brahmán inclinó la cabeza con nostalgia y por un momento el ambiente se tiñó de luto. Si bien conocía los códigos de los ascetas, la noticia le llegó de modo inesperado, más ahora que la adversidad tocaba las puertas de Chittor.

—¿Y por qué viniste a Chittor ahora que todos los ascetas se han ido? —Preguntó una vez repuesto de la triste noticia.

—Desde ahora vivirá con nosotros —aseveró Bhairav con tal entusiasmo que a Mukul le causó curiosidad la decisión del joven.

—¿Y eso por qué? ¿Acaso piensas abandonar tus votos? —inquirió atónito el ortodoxo brahmán.

Suníschala lo negó con un suave movimiento de su cabeza, solo dijo no poder rechazar el pedido de un buen brahmán como Bhairav. Además, años atrás, su guru Aravinda vivió en Chittor y quería honrar aquel lugar. Mukul hizo un gesto de aprobación, añadiendo que era el deber de todo discípulo visitar los lugares donde vivió su guru, mas como sacerdote ultraortodoxo que era no tardó en dictar condiciones.

—Si vas a vivir con nosotros debes adoptar los hábitos de un brahmán —dijo con firmeza. Suníschala consintió inclinando la cabeza—. Hay algo más que debes saber —prosiguió—. Tanto como amamos y respetamos a Aravinda, de igual modo nos oponemos a sus doctrinas. Las reglas del sacerdocio dictan que nadie puede convertirse en un brahmán a menos que nazca de un padre brahmán. Por lo que mientras vivas con nosotros te cohibirás de propagar otra opinión.

Premananda lanzó una mirada a Suníschala e hizo un discreto gesto de aprobación. El joven consintió e inclinó una vez más la cabeza con respeto. El anciano Premananda fue un compañero constante del sabio Aravinda. En su juventud ambos hicieron votos de celibato perpetuo y vivieron una vida de santidad. Jamás se guardaron secreto alguno. Suníschala lo sabía. Viendo la buena disposición del joven, Mukul se llenó de entusiasmo.

—¡Pues bien, entonces eres bienvenido! Ahora báñate y aféitate, luego vístete tal como debe hacerlo un buen brahmán, —Tomando del brazo a Bhairav le llevó ante Suníschala—. Desde hoy estás a cargo de todas sus necesidades —dijo antes de retirarse.

Parado ante Suníschala, en el rostro de Bhairav se dibujó una ligera sonrisa insolente que solo el joven asceta era capaz advertir. Excepto el anciano Premananda, todos los brahmanes aplaudieron la decisión. El júbilo duró poco. Mukul regresó un tanto irritado y les ordenó alistarse de inmediato, saldrían apenas cayese la noche y aún quedaba mucho por hacer.

Un sirviente que apenas alcanzaba la pubertad se acercó al brahmán asceta y lo llevó a la habitación de baño dejándole a solas. Suníschala observaba el lugar con asombro. Jamás conoció semejantes comodidades. El espejo despertó su curiosidad al punto que le hizo sonreír. Era la primera vez que se veía a sí mismo. De entre los muchos enseres tomó una tijera de hierro y comenzó a cortarse el cabello dejando un reguero de greñas sobre el suelo. El sirviente no tardó en regresar trayendo consigo una banqueta y un cofrecillo donde guardaba sus aperos de afeitar. Suníschala advirtió su intención, puso a un lado las tijeras y fue a sentarse sobre la banquetilla de madera. Estaba quedo y grave. Con la mirada fija en el espejo, observaba como el joven barbero se daba a su tarea con magistral destreza.

En poco su apariencia cambió. Su cara lampiña descubría el primor de su adolescencia. La cabeza rapada destellaba con el aceite que el mozo frotó sobre el cráneo, que retenía una colilla de su cabello negro en la parte posterior, distintivo de los fieles de Vishnu. Dando por terminada su tarea, el mozuelo fue por dos cubetas de agua hirviente que vertió en una tina de tablas duelas a medio llenar. Suníschala removió su ropa raída descubriendo un cuerpo mustio y atezado por una vida expuesto al polvo y el sol del desierto. Sumergirse en el líquido vaporoso era otra experiencia desconocida, y el contacto con el agua ardiente le hizo vacilar.

Alrededor del barreño había fuentecillas con jabones fragantes hechos del mejor sándalo. Descansó su cabeza en un extremo raso de la tina, entregándose al deleite que semejante complacencia puede ofrecer a quien llevó una vida de penitencias. Seducido por la experiencia, el maltrecho asceta cerró los ojos y respiró con serenidad. En poco, el sueño lo envolvió casi sin procurarlo.

Transcurrió más de una hora antes de que el joven barbero regresara. Parsimonioso, puso sobre una silla de cuero cercana a la tina una túnica blanca plegada con gran primor. Suníschala advirtió su presencia, pero al asir el fino algodón, su intuición le detuvo. Suspicaz, tiró con suavidad hasta que un escorpión negro de picada mortal cayó a los pies del barbero. El joven se alzó en vilo dando un grito aterrador. Suníschala no se inmutó, solo preguntó quién le entregó la ropa.

—Bhairav, —respondió el joven lívido de espanto.

Al ver al arácnido desorientado girando alrededor de sí, el asceta sonrió, y ante la mirada pávida del mozo invitó a la horrenda criatura a trepar su mano.

—Gracias por venir —dijo—, yo también extraño tu compañía. Desde ahora viviré en Chittor como un brahmán, pero jamás dejaré de ser un asceta. Aprende eso, apréndelo.

Capítulo 2

Soy un asceta

Para cuando la caravana de brahmanes abandonó la fortaleza, ya en el horizonte se avizoraba una culebrilla de fuego que todos contemplaban con incertidumbre. «¿Será Jumayún que viene en nuestra ayuda?» Era la esperanza que se abrigaba. La noticia no fue alentadora. Era la vanguardia del Shah alumbrando el camino para sus pesadas piezas de artillería. Suraj desbordó de fascinación. Varias veces escuchó sobre el poder de esta extraña arma, pero jamás la había visto.

Joven y corpulento, Suraj era el futuro paladín de Chittor e íntimo amigo de Bhairav, a quien admiraba a pesar de ser un brahmán. Ambos eran las dos caras de una misma moneda, aunque cada uno a su modo. Sin embargo, sus diferentes cursos de vida les mantuvieron separados por algún tiempo, y Suraj, que veía a través de los ojos de su amigo, sintió pesar al verle partir junto a los brahmanes en compañía del extraño asceta. Corrían rumores de que algunos eremitas que merodeaban los caminos eran impostores, espías al servicio del Shah. Por lo que la llegada del joven moribundo no escapó a la atención de Suraj, el fornido oficial que odiaba a todo aquel y aquello donde se recreasen con ideas de la vida en el más allá.

Esa tarde, desde la muralla, Bhairav le vio llegar junto a los exploradores abriéndose paso a golpes de su caballo y los empellones groseros de sus talones entre la multitud de aldeanos que intentaban entrar al fuerte, sin que faltase el insulto lacerante.

Suraj veía en Bhairav un amigo entrañable. A menudo le reciprocaba su afecto asegurándole que él era la única razón por la cual permanecía en Chittor. Aunque áspero y soez, el joven oficial reía admirando el cinismo de su amigo. Sabía que lo único mantenía a Bhairav en aquel lugar era el joven maharaja de Chittor que, si bien era un déspota inepto, solía ser generoso recompensándolo por sus servicios. En tales ocasiones, Bhairav disfrutaba de ver la soberbia en Suraj cada vez que hablaba del joven maharaja, al que llamaba chiquillo arrogante, añadiendo que con gusto lo estrangularía con sus propias manos. En cambio, Bhairav conocía el arte de la placidez aun en los momentos más perturbadores. Celaba su buena reputación como brahmán y jamás le vieron enfadarse o hablar con rudeza. Mas la ocasión no se prestaba para el deleite fraternal, y desde la cima de la muralla, Suraj vio partir a su entrañable amigo.

Esa noche, el príncipe Udai, de apenas trece años de edad, dejó el fuerte escoltado por una guardia montada. Udai era el hermano menor del maharaja de Chittor, conocido por su denuedo, razón por la cual ostentaba el título de Vikramayit con tan solo diecisiete años. La noche previa los nobles o persuadieron para que abandonase el fuerte y se ocupara en destruir los suministros del Shah en las afueras de Chittor. Sin embargo, la verdadera razón era otra. Vikramayit era un joven insolente y todos lo querían lejos.

El príncipe Udai viajaba en compañía de los brahmanes y su nodriza, cuyo hijo se parecía tanto a él que a menudo los nobles los confundían. La dama también llevaba en sus brazos a un niño de apenas un año de edad. Era el hijo del gran Yay Singh, comandante de la guarnición de Chittor a quien todos llamaban el León de Mewar.

En contraste con el carruaje real, la caravana de brahmanes la tiraban mulas viejas y macilentas. Aunque la fuga no estaba exenta de peligros, tanto brahmanes como lanceros bien conocían cada rincón o recodo de aquellos derroteros y la noche les inspiraba confianza.

Todos guardaban silencio sepulcral excepto Suníschala, el recién llegado asceta, que murmuraba la escritura en el lenguaje de los brahmanes cultos: —*kalo'smi loka kshaya krit pravriddho lokan samarhatum iha pravrttah.*

Mukul sabía que el joven era un niño brahmán huérfano criado entre los ascetas del desierto; un ser excepcional que estaba a punto de consumar el largo viaje del alma. También conocía del poder de algunos eremitas para ver más allá del velo ilusorio del mundo mortal. Avezado en su oficio, comprendió el vaticinio que brotaba de boca del joven asceta: «*Yo soy el tiempo, destructor de los mundos, que vengo a devorar a toda esta gente*». El corazón del viejo brahmán palpitó con temor.

Aunque era de esperar que desde ahora llevase una vida de sacerdocio, más que un brahmán, Suníschala era un místico. Para él, más allá de la religión convencional y la buena conducta en la tierra, Dios insta al alma a la comunión obrando de maneras misteriosas e inescrutables. Su gracia nos puede llegar a través del bienestar en el mundo, pero como el humano es débil, la prosperidad lo ata a los afectos terrenales y obstaculiza su crecimiento espiritual. Con excesiva frecuencia el éxito conlleva la arrogancia que nos hace olvidar el propósito de la existencia. Es la generosidad divina lo que otorga a los seres humanos conocimiento y sabiduría para romper las ataduras al mundo mortal, la cual nos llega en la forma de personas santas, siempre fuente de aliento. Sin embargo, victimadas por la ignorancia, las almas olvidan su verdadera vida y relegan los valores eternos. Es entonces que la divinidad recurre a medios inesperados para traernos de vuelta a nuestros sentidos. En tales momentos la gracia de Dios nos llega a través de severos cambios y sufrimientos, lo cual es también una muestra de su benevolencia. En los fracasos, en la muerte de un ser querido, en la pérdida de nuestros bienes y nuestro prestigio, e incluso en la derrota a manos de nuestros enemigos, también debemos ver la expresión de la benevolencia divina.

Aunque algunos brahmanes se lamentaban, para el joven sabio la ordalía de Chittor era la imagen de nosotros mismos, de nuestro inútil intento de encontrar fruición en un mundo plagado de miserias. Si el tormento acrisola el alma y nos hace comprender que somos desterrados en este mundo, entonces también el dolor es benevolencia de Dios. A paso lento, la caravana se adentró en el oscuro manto de la noche y Suníschala, absorto en sus pensamientos, vio desaparecer Chittor desde la lejanía.

Al despuntar el alba, los defensores del fuerte vieron un escenario desconsolador. El formidable ejército del Shah estaba acampado a unos centenares de metros de las murallas, ocupando un área tan extensa que parecía tocar el horizonte. El páramo que rodeaba la colina sobre la cual se alzaba el fuerte, era un hervidero de tiendas multicolores, brindando un espectáculo tan extraordinario, que de no ser por la noticia todos pensarían que se trataba de un gran festejo.

Días antes, la reina madre envió una embajada suplicando la ayuda de Jumayún, el emperador mogol, pero hasta ahora no había rastros de él. De todas formas, escaseaban los motivos para creer que el monarca musulmán daría socorro a una reina hindú, mucho menos si se trataba de los clanes rajput de Rayasthán, los enemigos jurados de los mogoles.

En tanto, Yay Singh, el bravo guerrero rajput y veterano comandante de la guarnición de Chittor, contemplaba la escena con aplomo. Con su imponente figura, su copiosa barba blanquinegra y su armadura plateada destellando bajo el sol, semejaba al ángel de la muerte. Yay Singh, mantenía la esperanza de que el emperador mogol vendría en su ayuda. Jumayún no era un emperador ordinario, sino un joven cortés e intelectual, un universalista amante de la religión que pasaba horas en su biblioteca, al punto que algunos decían que había nacido más para imán que para administrar un imperio. Socorrer a un principado rajput del ataque de un enemigo común era una oportunidad dorada que Jumayún no debería perder, menos ahora que la brecha entre hindúes y musulmanes amenazaba con resquebrajar su reino y esta era una buena razón para sanarla. ¿Pero quién podría decir si en realidad vendría o si llegaría a tiempo? Agra, la ciudad capital del imperio mogol estaba lejos y no es que le faltasen enemigos.

También corrían rumores de que la santa princesa Mirabai ablandó el corazón de Yay Singh, el bravo guerrero rajput, y que en secreto deseaba renunciar al mundo para llevar una vida de asceta. Nadie podía afirmarlo, aunque lo cierto era que desde entonces ya no se daba a los manjares de corderos sacrificados, ni al buen vino, ni frecuentaba las alcobas de las cortesanas. Ahora solo se le veía en compañía de Premananda y otros fieles de Krishna que visitaban Chittor, pero el rumor mancillaba su orgullo. A su lado estaba Suraj, su corazón hervía con la incógnita. Sin embargo, Yay Singh era un hombre sensitivo que no tardó en intuirlo.

—No temas Suraj, no pienso abandonar Chittor. Mucho menos ahora que la fiesta va a comenzar —dijo sin apartar la mirada del horizonte.

El joven hizo un esfuerzo por parecer algo más aguerrido. —¿Crees que la artillería puede hacer caer los muros? ¿Cuán poderosa es?

—Cuando la oigas rugir lo sabrás—respondió Yay Singh con aplomo.

A Suraj le atrajo la presencia de hombres de piel blanca con cabellos color oro y fuego que manipulaban los cañones.

—¿Quiénes son ellos?

—Portugueses. Mercenarios de tierras lejanas al servicio del Shah.

Los soldados patanes oraban postrados sobre la tierra en dirección a La Meca. Suraj y varios oficiales instaron a Yay Singh a lanzar un ataque por sorpresa. Lo menos que los patanes esperaban era que los rajputs se aventurasen a salir del fuerte, mucho menos a tan tempranas horas del amanecer. Si atacaban ahora tal vez pudiesen destruir las piezas de artillería.

Yay Singh se rechazó la idea. —Ahora no. Están orando. Eso lo respetamos. Es su momento para hablar con Dios y puede que sea la última vez que lo hagan en esta vida.

—¿Acaso nos respetarían ellos si estuvieran en nuestro lugar? Profanan nuestros templos y destruyen nuestros dioses.

La poca piedad del joven enfadó a Yay Singh. —Hagan lo que hagan no atacaremos mientras oran. No somos como ellos.

—¡A quién le importa lo que hablan con su Dios, hagámosles pedazos! —dijo Suraj exasperado.

—¡A mí me importa! —gritó Yay Singh crispando de mal humor—. Hay barreras que jamás se deben cruzar —añadió con introspección

En tanto, la ciudad de Bhilwara recibía con pleitesía a los brahmanes de Chittor, y en especial a Premananda, pues la santidad del anciano era proverbial en todo Mewar. Su reputación siempre le precedía.

Ya que lo que acontecía en Chittor concernía a todos los principados de Mewar, los rastreadores iban y venían con regularidad. Una cálida tarde, Suníschala cabalgaba junto a un oficial robusto de mediana edad y estatura. El joven le ofrecía palabras de gratitud por su servicio a Bhilwara dejándole saber que, aunque ahora vivía entre los brahmanes, él era asceta. Como tal, conocía los caminos del desierto incluso en las noches sin luna, y podía brindarles su ayuda. Además, Chittor era su hogar y quería saber lo que allí acontecía. Indiferente a sus halagos y advertido por Bhairav sobre algunos brahmanes que espiaban para el Shah fingiendo ser ascetas, el oficial solo le miró con desconfianza. Desde su veranda, Mukul se sorprendió al ver que Suníschala se alejaba junto a los lanceros; apenas llegaban a Bhilwara y ya les abandonaba. Como era un buen brahmán intentó detenerle. Premananda se lo impidió.

—Déjalo ir. Será un brahmán, pero el desierto es su hogar —Mukul exhaló con resignación.

Camino de Chittor la cuadrilla de lanceros se tropezó con un pelotón de jinetes del Shah que patrullaban los caminos, y al momento cargaron sobre ellos al grito de *«Alahju akbar»*. Guerreros de profesión, los rajputs no se intimidaron. Arrearon sus caballos y lanza en mano les fueron encima cerrando filas. En un santiamén el lugar quedó decorado con media docena de patanes moribundos sin que los rajputs sufriesen un sólo rasguño. El único patán que aún quedaba con vida vio a Suníschala a solas sobre su caballo a un centenar de metros y le fue encima sable en alto ululando de modo amedrentador. Su aullido alertó al oficial rajput que fue tras él. A todo galope se alzó sobre sus estribos y arrojó la lanza con tal fuerza que penetró la espalda del patán asomándose a través del pectoral. Al impacto de la pica le siguió un aullido desgarrador. El desdichado se desplomó a escasos pasos de Suníschala. El asceta posó su mano al corazón del caído y susurró a su oído. El patán suspendió sus lamentos, asió la mano del joven, le miró a los ojos y exhaló la vida con placidez.

El oficial rajput observó el ritual del joven con curiosidad. —¿Qué haces?

Suníschala guardó silencio observando al patán muerto. —Nunca se sabe el efecto que puede tener en alguien un gesto de amor —respondió pasados unos instantes.

En contraste, los lanceros remataban a los moribundos con sus picas sin reparar en la presencia del asceta.

—Les estamos haciendo un favor. No es nada agradable morir desangrado calcinándose bajo el sol —dijo el oficial, para luego añadir con una dosis de sarcasmo—. Cada cual hace el bien a su propia manera.

Al anochecer llegaron a las inmediaciones de la ciudadela sitiada. El bombardeo podía escucharse por muchas leguas. Desde un altozano contemplaron el horizonte iluminado por millares de fogaratas.

—¿Cuántos crees que son? —alguien preguntó. No hubo respuesta, pero todos confirmaron lo que se decía: los patanes eran como las hormigas, estaban por todas partes.

Antes del amanecer Suníschala meditaba retirado de la colina. Salvo por un largo tirante de algodón atado a su cintura y que cruzaba por entre las piernas cubriendo sus genitales, no llevaba nada más. En el desierto las noches son frías y la tierra endurecida propicia el desvelo. Advirtiendo su ausencia, el oficial se le acercó con sigilo sable en mano curioso de qué hacía el joven a solas a esas horas de la noche.

Suníschala le recordó que, aunque vivía con los brahmanes, el desierto es su hogar. Él era un asceta, y como tal, gustaba de meditar antes de que saliese el sol. Al oficial le costaba creerlo, ¿meditar así, desnudo y con este frío? ¿O tal vez era un espía? Suníschala insistió que era un asceta del desierto y disfrutaba de tolerar el calor y el frío, el hambre y la sed.

El oficial no pudo contener su sonrisa petulante.

—¿Y esperas que crea que viniste hasta aquí tan solo para eso? Yo no soy asceta y también tolero el frío, el calor, el hambre y la sed.

—Sí, pero tú lo haces con disgusto, mas yo lo hago con placer. —La respuesta del joven sólo atizó la desconfianza del lancero.

—¿Quién eres y cómo te llamas? —preguntó aún sable en mano.

—Desde niño todos me llaman Suníschala —respondió el joven con suavidad.

—¡Suníschala! —exclamó el lancero alzando las cejas—. He oído muchas cosas sobre ti. Algunas excelentes y otras… horribles.

Al joven no le molestó la noticia. El oficial preguntó si era cierto que tenía el poder de cambiar el destino de los hombres. Al menos eso se murmuraba.

—¿Crees que puedo cambiárselo a ellos? —respondió el asceta volteando el rostro hacia Chittor.

El oficial contempló por un momento el horizonte iluminado por la miríada de fogaratas.

—No creo que lo necesiten. Los muros son fuertes y no podrán hacerlos caer. Ese tonto del Shah va a sacrificar a todo su ejército para apropiarse de algo que es nuestro y no lo va a lograr. ¡Qué tonto es ese patán, verdad! ¿Tú qué crees?

Suníschala era un ermitaño ilustrado y veía el mundo desde otra dimensión, por lo que respondió a su propia manera.

—Cierta vez había dos toros impetuosos, uno se llamaba Orgullo y el otro Testarudo. Durante mucho tiempo Orgullo y Testarudo lucharon por adueñarse del pastizal. Algunas veces Orgullo vencía a Testarudo y otras, Testarudo vencía a Orgullo. Pero un día llegó el carnicero, los mató a los dos y la lucha terminó para siempre. Al final, ni Orgullo ni Testarudo poseyeron nada. ¡Qué tontos eran los dos, verdad! ¿Tú qué crees?

El oficial no comprendió la metáfora. Jamás prestó atención a los sabios del desierto. La gente decía que hablaban en acertijos y que no valía la pena intentar comprenderlos.

—No veo por qué tengan que preocuparse. Con Yay Singh en Chittor estarán a salvo. Un chacal patán no hace presa del León de Mewar —añadió sin prestar mucha atención al joven.

—Yay Singh no tiene poder para salvar a nadie —repuso Suníschala con la mirada mustia—. Cada alma arrastra su propio destino. Cada cual encuentra el bien y el mal acorde a sus actos previos. Eso es algo que deberías saber.

Esta vez el oficial le ignoró, eran creencias de ascetas. Envainó su sable y le mostró su diestra. Quería saber si viviría una larga vida, mas solo logró una reprimenda.

—¿Acaso no hay algo más importante que vivir una larga vida? Todos me preguntan lo mismo. ¡Hasta un guerrero rajput que dice no temer a la muerte! Los árboles también viven una larga vida, respiran y devoran su alimento. Sin embargo, jamás preguntan el motivo de su existencia. ¿Cuánto vale una vida así de inerte por larga que sea?

El sermón del joven le avergonzó. —¿Qué te dijo el joven brahmán? —preguntó Suníschala al verle cabizbajo.

El lancero recurrió a la desconfianza. —¿Cómo puedo saber que eres el Suníschala de quien tanto hablan? Pruébalo y te lo diré— dijo irguiendo el rostro con arrogancia.

—Puedes preguntar a los brahmanes, varios de ellos me conocen desde niño.

El oficial sonrió de modo burlón. —¡Para lo que vale! Conozco a muchos brahmanes que cambiarían el cielo por una moneda de oro.

Suníschala se unió al buen humor. —¿Una moneda de oro? ¿Solo por eso? Te la puedo dar.

—¡Una moneda de oro! ¡¿Tú?! —El oficial estalló en carcajadas—. Conozco muchos brahmanes ricos, pero ni un solo asceta que pueda pagar por lo que come.

La risa chillona y petulante no hirió a Suníschala, que extrajo una moneda de oro de su precario calzón ante la mirada incrédula del oficial.

—¿Cómo la obtuviste? —Eso que importa. Dásela a tu mujer y te dejará en paz. —Respondió el joven asceta con una leve sonrisa

El sarcasmo dio paso a la desconfianza y la rabia se apoderó del lancero. —¿Cómo lo sabes? No quiero pensar que de veras eres un espía.

La noticia hizo sonreír a Suníschala. —¿Fue eso lo que te dijo el joven brahmán? ¿Qué soy un espía? —El buen humor del asceta exacerbó la paciencia del oficial, que le hincó la garganta con la punta de su sable insistiendo en saber el origen de la valiosa moneda. Alegaba que una moneda de oro era algo peligroso, muchos matarían por algo así. El reflejo lunar destellaba sobre el filoso acero y la pasividad del asceta impacientaba al lancero.

—La tomé del patán que mataste cerca de mí —respondió el joven.

El oficial lo negó con la cabeza y aseveró con un semblante poco complaciente—: No te vi.

Suníschala alzó los hombros con indiferencia. El rajput observaba la valiosa moneda. Le costaba creer su buena fortuna. —¿Por qué me la das así… tan fácil?

—Porque acabas de decir que es peligrosa. Además, es cierto lo que dices, los ascetas comemos sin pagar —respondió el joven sonriente. Los ojos del rajput se posaban sobre el brahmán asceta con desconfianza destellando de codicia cada vez que observaba la moneda—. ¿Cómo te llamas? —preguntó Suníschala al verle más sosegado.

—Jarsha —respondió el oficial.

—Bueno… Jarsha, ¿qué te dijo el joven brahmán?

Jarsha no dejaba de manosear la valiosa moneda y habló sin reserva. Suníschala abría los ojos admirado de cuán feraz era la mente de Bhairav. Ser un espía del Shah y asaltador de caminos era la parte más benévola.

—¿Tú qué opinas? Imagino que no creerás todo eso, ¿verdad? —preguntó al final de la larga disertación.

—No, no lo creo. Prefiero pensar que eres el joven de quien tanto hablan —respondió Jarsha, aunque no del todo convencido—. ¿Y cómo sabes lo de mi esposa?

—He escuchado como gruñe cuando va tras de ti. ¡Qué mal genio tiene! Prefiero ser un asceta. Créeme —dijo esto último de modo socarrón.

El comentario no fue del agrado de Jarsha. Justo en ese momento se escuchó el lejano tronar de la artillería del Shah. El retumbar despertó al resto de los lanceros que corrieron a la cima de la colina seguidos del oficial. Suníschala se cubrió con su túnica blanca y permaneció sentado en el mismo lugar contemplando el horizonte. Desde la cima, Jarsha le observaba con perplejidad. El joven le era más novedoso que la artillería del Shah. Por muchos años cabalgó por aquel desierto y conocía una infinidad de eremitas, pero este era diferente, había algo enigmático en él que no lograba descifrar. Para cuando descendieron, Suníschala estaba sobre su caballo dispuesto a regresar a Bhilwara. Antes de marcharse, se dirigió al robusto oficial.

—Jarsha, no confíes en ese joven brahmán, es más peligroso que la moneda de oro. Su nombre es Bhairav y puede matarte de mil formas diferentes. Aprende eso Jarsha, apréndelo.

El asceta hincó su caballo y desapareció a toda prisa, dejando a Jarsha sumido en la inquietud contemplando la valiosa moneda.

Semanas después la batalla por Chittor continuaba. En el interior de la muralla se vivía un infierno aterrador. La gallardía de Suraj impresionó a Jay Singh, el comandante de la guarnición, que blandía su espadón contra una avalancha de patanes. La guardia arrebataba los cadáveres de los aldeanos de brazos de sus familiares y los arrojaba al exterior para evitar epidemias. Mujeres, ancianos, y niños, hacían filas interminables para recibir una mísera ración de alimento. Centenares de cuerpos desmembrados y putrefactos yacían al pie de la muralla emanando un hedor irresistible. En las noches el macabro espectáculo servía de festejo a los chacales.

En el interior del fuerte se escuchaba el carraspear de los enfermos por todas partes, pero la prioridad se les daba a los defensores heridos. Suraj animaba a los arqueros a permanecer en sus posiciones. Los proyectiles lanzados por la artillería patana sobrevolaban los muros incrustándose contra las edificaciones y callejuelas, dejando un reguero de sangre y sesos, hasta que un estallido le hirió el rostro destrozándole el ojo derecho. Uno de sus hombres corrió en su ayuda, pero el temerario joven lo apartó de un codazo. Cubrió la horrible herida con un trozo de su ropa, y continúo desollando a cuanto patán intentaba sobrepasar la muralla. Cada anochecer mientras los hombres de Shah los despojaban a los muertos de sus escasas pertenencias, se escuchaba el gemido de los moribundos al ser devorados por los depredadores nocturnos.

Capítulo 3

Un mundo en llamas

En ocasiones, Suníschala servía como tutor del pequeño príncipe Udai y el hijo de la nodriza en la lujosa estancia que les habían asignado. En momentos como esos la amable señora degustaba de su compañía con afecto maternal.

—¿Vas esta noche a la boda? —preguntó la nodriza al ver que joven no mostraba interés.

La amable señora estaba consciente de que los ascetas no se involucraban en asuntos del mundo, pero su afecto le impulsó a recordarle que ya no vivía entre los ermitaños del desierto, sino entre brahmanes, y que en aquel lugar eran huéspedes. Había normas sociales que debería cumplir, pero la expresión de Suníschala revelaba su apatía por los eventos de sociedad.

—Está bien, haz lo que quieras, olvidaba que los ascetas lo sabían todo —exclamó la nodriza con sarcasmo maternal. El desdén hizo reír a Suníschala, a quien le agradaba que le trataran sin tanta formalidad.

—¿Sabes si Bhairav irá? — Esta vez fue la nodriza quien sonrió. Después de todo el joven sabio también podía ser inocente.

—¡Bhairav! ¡Ese no se pierde una! No sé por qué, pero ese joven me eriza los pelos. Mientras tú te la pasas yendo y viniendo de Chittor, él se ocupa en hacer amigos aquí. ¿Piensas regresar esta noche?

Suníschala no respondió a pesar de que la nodriza no cesaba de reprocharle desinterés en la vida social; más bien observaba al hijo de la señora como asaltado por una premonición. —Tu hijo se parece tanto a Udai. ¡Cualquiera pensaría que él es el príncipe de Chittor! —dijo, solazando el corazón de la madre de tal modo que colmó a su hijo de besos.

En la noche, Bhilwara reverberaba de júbilo. El salón estaba atestado de aristócratas en un despliegue de excesivo derroche que permeaba el ambiente de regocijo. Era una gran boda. Los brahmanes entonaban himnos sacros en tanto que los desposados intercambiaban las guirnaldas de flores que les colgaban del cuello mientras giraban alrededor del fuego ceremonial. Una vez concluida la pompa nupcial, la profanidad se apoderó del recinto.

Una docena de bailarinas irrumpieron en el salón haciendo mover sus caderas con rapidez y lanzando miradas lúbricas que avivaban pasiones. Pateaban el mármol con sus pies rojizos jaspeados en cúrcuma haciendo resonar sus tobilleras. Sus ojos despiertos ribeteados de negro, se movían veloces al ritmo incesante de las tablas y los shenais. De momento quedaban inmóviles cubriendo el rostro con sus brazos serpentinos de dedos afilados decorados con marfil, para luego descubrir una mirada acezante y traidora. Mientras el esplendor sensual hacía presa de huéspedes y anfitriones, otras cortesanas proveían mesas interminables con infinidad de manjares.

Suníschala esperó a que terminara la danza para entrar, no era de esperarse que un eremita del desierto participara de tan sensual espectáculo. Aunque vestía con la elegancia de un brahmán, su corazón guardaba la usanza del asceta prefiriendo sentarse aislado del resto de los comensales. Jarsha, no tardó en notar su presencia y se acercó acompañado por su esposa. La dama confesó saber que el joven estaba en Bhilwara, pero se quejaba de que rara vez se le veía, puesto que al parecer gustaba de andar solo y distante. Su marido le recordó que los ascetas pertenecen al desierto y aman la soledad.

—¡Asceta! —exclamó la señora con una chispa de sensualidad—. Lo que veo ante mí es un joven y apuesto brahmán.

En poco todo su derredor bullía con damas de la alta sociedad que hormigueaban de curiosidad. Las pocas que se atrevían a pronunciar palabra confesaban estar sorprendidas de ver que era casi un niño. La recién desposada también se acercó agradeciéndole su presencia y pidiendo su bendición para llevar una vida feliz.

—Tienes un marido apuesto, joven y rico —dijo el asceta con jocosidad—. ¡¿Qué más necesitas para ser feliz?!

El carcajeo alertó a Bhairav que cenaba de buen ánimo en compañía de los aristócratas. Al ver que las damas de Bhilwara disfrutaban de la presencia de Suníschala su corazón comenzó a latir de celos. Cuando las risas mermaron el joven asceta aconsejó a la desposada sobre el peligro de la vanidad y lo imperioso de recordar que Dios vive en el corazón de todos, de modo que nunca cayese víctima de la soberbia y la vanagloria. Habló de la felicidad como hermana del amor e hija de la virtud, pues no provenía de los bienes terrenales sino de las buenas acciones y la generosidad. Como hermana del amor, su principal ingrediente es saber perdonar los agravios, pues quien espera que le pidan perdón para perdonar, jamás perdona. Como hija de la virtud su esencia es la compasión.

La joven escuchó a Suníschala con respeto, tocó sus pies y llevó sus manos al corazón. Advirtiendo su sinceridad, el asceta tocó su frente y le ofreció unas últimas palabras.

—Sé indulgente con todos, no veas las faltas en los demás y siempre incluye a Dios en todo lo que hagas. Recuerda que la opulencia, la belleza, la buena cuna, e incluso la sapiencia, no otorgan felicidad, sino la manera en que tratamos a los más desafortunados. Puede parecer difícil, pero cuando se ora con el corazón la oración es el punto de partida de todo milagro. Si sigues estas instrucciones serás bendecida con la dicha del amor y serás feliz. Aprende eso, apréndelo.

La joven estaba tan conmocionada que comenzó a derramar lágrimas. Sabía de muchos que venían desde tierras lejanas tan solo para ver al renombrado asceta, mas su buena fortuna había dictado que le tocase su frente y le brindara su atención personal.

Siempre pomposo y puntual, Bhairav no se hizo esperar. Llevaba la cabeza acicalada con un turbante tornasolado e irrumpió con su sonrisa lisonjera ensalzando a Suníschala por sus sabias palabras. El joven brahmán también habló del valor de la benevolencia, la caridad y la timidez como el ornamento de toda mujer casta. Traía consigo a una joven embarazada que, a juzgar por su fina vestimenta, parecía ser de la rica aristocracia. Su aparente timidez la mantenía apartada con la cabeza gacha y el rostro cubierto con un fino velo de seda oscura. Antes de presentarla, Bhairav habló de sí en términos modestos, y de Suníschala como un sabio erudito, que creció en el desierto entre los ascetas, de quienes aprendió el arte de prever el futuro. Fue entonces que presentó a la joven.

—Véanla. Su extrema timidez la hace callar. Con gran esfuerzo he logrado hacerla venir. Se acercó a mí deseando saber si el bebé que está a punto de dar a la luz del mundo será un niño o una niña, pero no puedo ayudarla, no sé qué decir —dijo encogiendo los hombros, y agregó con un tono tan suplicante que despertaba simpatías—: Por favor Suníschala, ¿dinos que dará?

Para algunos no era más que una jocosidad del brahmán. Otros, deseosos de atestiguar el poder del asceta por simple que fuese la ocasión, guardaron silencio. Suníschala contempló a la joven. Advirtiendo la impertinencia de Bhairav, su rostro hasta ahora alegre languideció y habló compungido.

—Bhairav, ella dará el golpe que hará caer tu cabeza, —y removió el velo que cubría el rostro de la joven.

Se trataba de un sirviente de baja casta que se ocupaba de la limpieza de los retretes y muladares de Bhilwara. Como tenía el rostro desfigurado y las facciones grotescas, los aristócratas se dieron a la burla. Su presencia desagradó a Jarsha. El rudo oficial lo echó del salón con un empellón tan grosero, que el fino manto de seda se embrolló entre sus pies y le hizo caer de bruces causando un gran estropicio de bandejas y utensilios.

Bhairav se retiró con su sonrisa guasona sintiendo que la mirada de Suníschala le quemaba la espalda, mas como era una ocasión de regocijo nadie se lo tomó a mal. A fin de cuentas, los descastados están destinados a servir a las castas superiores, y qué mejor manera de hacerles reír en esa noche de júbilo. De ese modo, mientras los aristócratas reían alzando sus copas, Suníschala se retiró de aquel sitio que consideró viciado.

La noche se apagó y solo los sirvientes merodeaban el salón ocupados en la limpieza. Jarsha bebía a solas, estaba inquieto, como si algo le martillara las sienes. Abandonó el lugar bien entrada la noche. Andaba con la placidez y el deleite de una buena tarde de harto, cuando advirtió que tras un pilar Bhairav le espiaba sin pestañear. La escasa luz que caía sobre su rostro le daba un perfil amedrentador.

—Hoy es tu última oportunidad, o mueres —le dijo. Por primera vez en su vida Jarsha sintió temor.

Bhilwara dormía cuando el fornido oficial se alistaba para partir junto a sus lanceros bajo la mirada intimidante de Bhairav, que le observaba desde su veranda. Cada vez que sus ojos cruzaban los de Jarsha el oficial se inquietaba. Suníschala decidió acompañarlos; la noche había sido larga y bulliciosa. La soledad del desierto le devolvería el sosiego. Cabalgaba a paso lento y abstraído, intuyendo que algo se urdía.

Esa noche Bhairav despertó mucho antes de lo acostumbrado. Aseado y cubierto de un blanco pulcro, abrió el pequeño cofre donde ocultaba una imagen de la diosa Kali de aspecto feroz, tallada en piedra negra. En cada uno de sus múltiples brazos el ícono sostenía un arma. Alrededor de su cuello colgaba un collar de cabezas humanas bien labradas. Su semblante iracundo y boquiabierto exhibía una lengua ancha, afilada y de un rojo escarlata. Bhairav asentó la estatuilla sobre una bandeja de plata y la ungió con aceite de sándalo frotándola hasta hacerla resplandecer a luz de las lamparillas, para luego perfumarla con inciensos y ofrendarle pétalos de hibisco. Entonando salmos de magia negra se hirió el antebrazo con una daga ornamentada y vertió su sangre sobre la cabeza de la imagen. Su voz trepidante saturaba la habitación. Su rostro, transfigurado, asumía una apariencia espectral.

Lejos de Bhilwara, Jarsha se retorcía incapaz de conciliar el sueño. El cuerpo férvido transpiraba batallando por una miga de aire. Sus ojos desvelados miraban extraviados en todas direcciones.

Parado en lo más alto de aquella colina solitaria contemplando Chittor, lugar en que años atrás vivió el gran sabio Aravinda, y envuelto en su chal de algodón blanco, Suníschala semejaba un alma en pena. La frialdad de la noche no le alteraba el aliento, parsimonioso, rítmico, apenas perceptible. Esperaba el amanecer y oraba en silencio por las muchas almas que pronto dirían adiós a la vida mortal. Sumido en sus recuerdos, las palabras de Aravinda dibujaron nostalgia en su memoria: «Pasaron sus días durmiendo y decorando sus cuerpos sin ver que con cada salida y puesta del sol su vida se extinguía. ¡Oh, Dios!, ¡cuán horrible ha de ser morir sin haber servido al Señor del corazón!».

Cuando las primeras luces del amanecer tocaron su cuerpo, el sabio cerró los ojos. Jarsha le vio y espada en mano escaló con sigilo la pendiente pedregosa hasta situarse a escasos pasos de su espalda. Mas, como asido por un ser incorpóreo, su sable aupado era incapaz de descargar el golpe mortal. El esfuerzo le hacía transpirar, y el espectro de Bhairav asomaba en su cuerpo con un semblante aterrador. Suníschala se mantuvo impasible, hasta que el colosal torbellino de fuego iluminó la lejanía e hizo temblar la tierra, cual sol que estalla al romper el horizonte. El rugido estremecedor les llegó instantes después.

Suníschala abrió los ojos sin turbarse ante la aterradora visión. Lo había visto muchas veces en sus sueños, ahora contemplaba su consumación. El estruendo despertó a los lanceros que corrieron a la cima de la colina. Jarsha disfrazó su intención. Los guerreros rajputs quedaron boquiabiertos observando el devastador espectáculo. Era la primera vez que veían un despliegue de tanto poder. La llamarada parecía abrazar el cielo. Los hombres del Shah habían cavado túneles para minar la cimentación, haciendo volar parte de la muralla.

—¿Lo ves Jarsha? —dijo Suníschala sin voltear el rostro—. Cuando se atormenta a un alma buena el mundo entero arde en llamas. Aprende eso Jarsha, apréndelo.

El rajput inclinó el rostro de vergüenza.

En Chittor se luchaba por demorar la evidente entrada de los patanes. Los rajputs cerraron filas luchando hasta el último hombre para resistir el ataque patán. El sacrificio ganó tiempo para que las mujeres se arrojaran al fuego como dictaba la tradición. Arder en las llamas era más decoroso que vivir en ultraje. Pronto el hedor de los cuerpos calcinados permeó el lugar creando una atmósfera grotesca. Quienes no alcanzaron a entrar en las llamas se arrojaban desde la cima de las murallas. El caudal de patanes muertos alrededor de Yay Singh hablaba de su heroico final. Un flechazo que le traspasó el pectoral lanzó a Suraj contra las rocas con tal fuerza, que el impacto lo dejó inconsciente. Los hombres del Shah le dieron por muerto. Después de meses de asedio, los patanes entraron a Chittor. Nadie salvó la vida.

Los lanceros de Jarsha cabalgaron a toda prisa, tristes mensajeros de tan devastadora noticia, y al atardecer estaban de regreso en Bhilwara. Excepto Suníschala, todos traían el aura fosca. La noticia corrió como fuego sobre el heno y en poco toda la ciudad estaba conmocionada. Nadie lo creía, ¿Chittor? ¿Cómo era posible? Nobles, sirvientes y simple aldeanos corrieron hacia los recién llegados. Los brahmanes esperaban alguna noticia que desmintiera el rumor. Mukul corrió ligero en busca de Suníschala a pesar de que su obesidad dificultaba su andar. La mirada del sabio lo confirmaba. Chittor había caído.

El afligido brahmán rodó por el suelo deshecho en lágrimas. Chittor le era más querido que su propia vida. En vano Premananda intentó consolarle, pero su lamento era tan penoso que incluso los aguerridos rajputs de Bhilwara derramaban lágrimas al verle llorar. Bhairav preguntó si había alguna noticia de Suraj. Nadie sabía. En venganza por la feroz resistencia, el Shah ordenó masacrar a todos. No se sabía de sobreviviente alguno. Vikramayit merodeaba las colinas de Mewar con su diminuta caballería. Habría que esperar hasta tener noticias de él. Bhairav estaba preocupado. Mientras la multitud se lamentaba se retiró a su habitación.

Ya había anochecido. En los aposentos de los brahmanes Mukul no dejaba de sollozar. Nacido y crecido en Chittor, dedicó toda su vida a sustentar la religión de los brahmanes y la sanidad social. Allí tenía infinidad de amigos y bienquerientes. El buen prestigio del que gozaba la ciudad era su orgullo. Como brahmán ultraortodoxo que era, para él los nacidos en castas inferiores jamás podían llegar a ser brahmanes como proponía Aravinda. Razón por la cual favoreció su partida de Chittor a pesar de ser su gran amigo. Ahora se lamentaba. ¿Quién sabe si lo ocurrido era un castigo divino? Después de todo, a pesar de que sus doctrinas rivalizaban, Aravinda no solo era un gran sabio, sino un alma en estado de santidad. Ahora todos estaban muertos y solo quedaban lamentos.

Esa noche Suníschala permaneció en las afueras de Bhilwara, no muy lejos de las murallas. Prefería estar apartado. Sentado sobre una roca al pie de una colina donde abundaban las zarzas espinosas, se extrañó al ver el caballo de Jarsha tirando del oficial, que se retorcía sobre la tierra vomitando sangre.

—¡Jarsha! —exclamó Suníschala al llegar al caído. Pero Jarsha no pronunciaba palabras. Su mirada extraviada gritaba en silencio. Sus ojos henchidos parecían querer salir de sus cuencas. La sangre que su garganta expelía le ahogaba la respiración. Suníschala comprendió que era obra del poder oscuro de Bhairav.

—Jarsha, te dije que te apartaras de Bhairav, que él era peligroso y podía matarte de muchas formas.

Pero Jarsha agonizaba. Sus entrañas habían reventado. Sus manos temblorosas le sostenían el vientre inflamado casi a punto de estallar. Suníschala supo que era su fin. Descansó su diestra sobre el corazón del bravo guerrero y susurró palabras a su oído. Los ojos de Jarsha recuperaron su normalidad y su cuerpo se amansó. Contemplando el rostro del joven exhaló con serenidad y dejó este mundo. Suníschala se acercó al portón de la ciudad. Allí vio a Bhairav en lo alto de la muralla sonriendo con cinismo. Un aura fantasmal lo circundaba. Sostenía una daga en su diestra. Su antebrazo izquierdo sangraba.

Al amanecer la gran pira funeral se alzaba en las afueras de la ciudad. Los familiares asistían a la viuda que era incapaz de sostenerse por sí misma. Todos en Bhilwara estaban conmocionados. La guardia real vestía de luto rindiendo honores al caído. Jarsha era querido por todos. En su juventud fue gran amigo de Yay Singh. Juntos lucharon contra Babur, el padre del emperador Jumayún, por lo que muchos le consideraban el León de Bhilwara. Ahora los dos estaban muertos; era una gran pérdida para todo Mewar.

Los cremadores acomodaron el cuerpo sin vida sobre la pira funeral. Estaba tan ungido con sándalo y alcanfor que la fragancia perfumaba el ambiente. Los sacerdotes lo cubrieron con flores entonando himnos sacros para llevar al alma a su nuevo destino. Su hijo, de apenas quince años, encendió el alcanfor haciendo arder la madera que crujía consumiendo el cadáver ornamentado. La brisa avivó el fuego y el excesivo calor forzó a los dolientes en primeras filas a retroceder, momento que la viuda aprovechó para lanzarse a las llamas sin que pudiesen detenerle. Las mujeres gritaron aterradas. Los hombres lo vieron como un gesto digno que trae honor y prestigio a la familia.

La noticia de la caída de Chittor alcanzó los sitios más remotos de Rayasthán, el país de los reinos rajputs, y se hablaba de crear una confederación para reconquistar la ciudad perdida. Vikramayit merodeaba los reinos de Mewar en busca de ayuda, pero todos le daban la espalda. El disgusto que la mayoría de los nobles de Mewar sentían por el joven maharaja conllevó tal desgracia. Rani, su difunta madre, insistió en mantenerlo como dueño absoluto de Chittor y pocos se animaron a luchar por él. Incluso se habló de matarlo, aunque nadie deseaba ganar notoriedad por haber asesinado a un maharaja, mucho menos al heredero indiscutible de la corona del poderoso clan Sisodia. El tiempo transcurría y aún los nobles no lograban llegar a un acuerdo sobre quién sería el nuevo maharaja de Chittor.

Capítulo 4

El osado Bhairav

Bhairav estaba al tanto de cuanto se urdía. Buscando la manera de inclinar la balanza a su favor cabalgó hasta el campamento de Vikramayit. Allí encontró a Suraj tan mal herido, que pasaba la mayor parte del tiempo inconsciente. Había venido a avisarle que los nobles planeaban asesinarlo y crear una confederación para tomar Chittor antes de la llegada del emperador Jumayún. Una vez en sus manos, nombrarían un nuevo maharaja… si es que aún él estaba con vida.

La noticia causó pavor al joven maharaja que se frotaba el rostro con ansiedad sin atinar qué hacer. Mientras conversaban, Bhairav notó que en su índice derecho el joven lucía un hermoso anillo incrustado con gemas al estilo mogol. De buen ánimo, Vikramayit le informó que era un regalo de Jumayún. Se lo había enviado con un oficial de vanguardia como prueba de que vendría en su ayuda. La joya era de gran valor y Bhairav deseó poseerla. Al momento su fértil imaginación ideó un plan. Aseguraba que podía convencer al Shah de que Jumayún planea atacarlo junto a una confederación de reinos rajputs. El emperador mogol sabía que el Shah había sufrido cuantiosas pérdidas, que estaba lejos de Guyarat y los refuerzos no le llegarían a tiempo. Por su parte, Jumayún comandaba un ejército gigante, fresco y deseoso de luchar.

Aunque Vikramayit y Bhairav se conocían desde niños, el maharaja no tenía fe en los brahmanes; la mayoría eran tan ambiciosos como la gente común. Déspota, pero de corta inteligencia, no le veía sentido a la proposición. ¿Qué le hacía pensar que el Shah le creería? Bhairav tenía algo más en su mente. ¿Por qué no habría de creerle a un imán piadoso que le muestra semejante joya? Por más que intentaba convencerle Vikramayit continuaba dudoso. Los imanes son los más fieles servidores de un emperador, así que, ¿por qué siendo un imán con la envidiable posición de estar al servicio de Jumayún habría de traicionarle? ¿Cuál era el motivo?

Bhairav sonrió. Vikramayit olvidaba que él era un brahmán culto. Bastaba con hacerle pensar al Shah que era un imán de Guyarat capturado por Jumayún meses atrás camino de Delhi y convertido en esclavo. Vikramayit aún no lograba entrever su plan y preguntaba quién daría una joya de tal valor a un siervo. A Bhairav le hacía reír la poca imaginación del joven maharaja; era lógico que nadie diera una alhaja de tal valor a un siervo, aun siendo musulmán.

—La joya no es mía —aclaró el joven sacerdote—, es una ofrenda de Jumayún al Shah bajo una condición: acéptala y abandona Chittor, o deja tus huesos aquí.

Vikramayit aún dudaba. Cualquier siervo con tal joya en su poder escaparía sin dejar rastros. Bhairav volvió a sonreír, esta vez de modo burlón. No solo aborrecía a Vikramayit, también le consideraba un idiota. Era de suponer que una escolta rajput enviada por el mismo Jumayún, vistiendo uniforme patán, lo abandonó cerca de las puertas de Chittor con la valiosa joya atada al cuello como un regalo para el Shah de parte del emperador mogol. Ni siquiera un loco se atrevería a arrebatársela.

A Vikramayit no le agradó la mueca burlona de Bhairav, pero era el único que había venido a informarle del plan para asesinarle, y lo que proponía hacer era bastante arriesgado. Aún estaba dudoso. La joya era de mucho valor y no quería perderla. Bhairav lo convenció de que si Jumayún reconquistaba Chittor entonces lo perdería todo para siempre; solo un tonto creería que trajo todo su ejército desde Agra para luchar por el hijo del mismo maharaja rajput que se enfrentó a su padre.

—Una vez dueño de Chittor no le servirás para nada. Ya todos te han abandonado. Tendrás que vivir merodeando el desierto para siempre. ¡Te llamarán el maharaja de los ascetas! —añadió de modo mordaz.

Vikramayit enfureció, pero antes de que pudiese pronunciar palabra alguna Bhairav le dio un ultimátum. Solo había ido a verle como su buen amigo, pues Chittor también era su hogar. A fin de cuentas, él era el heredero legítimo, pero si los nobles de Mewar creaban la confederación no solo perdería su corona, sino también la vida. La decisión estaba en sus manos.

Vikramayit sabía que el grueso de su ejército había perecido, y que con su minúscula fuerza no podía hacer frente a una confederación de los reinos rajputs. Deprimido, neurótico, sin saber qué hacer. Lo que el joven brahmán decía era cierto. Si los nobles tomaban Chittor sin duda le asesinarían y nombrarían un nuevo maharaja. Mientras tanto, Bhairav le hablaba con tono adulador, pero verosímil.

—Una vez que el Shah se haya marchado puedes entrar en Chittor. Cuando los nobles regresen, los recibirás sentado en el trono que te pertenece. Nadie se atreverá a quitártelo. Pero para evitar riesgos, accederás a lo que te pidan. Eso elevará tu prestigio, o al menos te ayudará a salvar la vida. Recuerda que te quieren muerto, y un maharaja que cede su corona para complacer a los nobles deja de ser un peligro.

—¿Y qué haré después para recuperar mi trono? —preguntó ansioso Vikramayit.

—Todo a su tiempo. Si los nobles quieren un nuevo maharaja, complácelos, por ahora no hay nada que puedas hacer. Recuerda que ya tu madre no vive. Si te les opones te harán pedazos. Lo que ahora apremia es recuperar Chittor antes de que caiga en manos de Jumayún o de los nobles que tanto te odian. Después que pase la euforia de la coronación yo me encargaré de que te vuelvas a sentar en el trono de tu padre. Déjalo en mis manos. Cree en mí.

La seguridad con que hablaba Bhairav llenó al desolado maharaja de esperanzas. Estaba feliz de tener un aliado cuando todos le daban la espalda, mas como el apego que sentía por la valiosa joya le hacía vacilar, Bhairav se la extirpó de una vez con la misma firmeza con que le hablaba. Saltó sobre su arisco corcel negro y erguido con apostura le habló con optimismo.

—¡Pronto estarás de regreso en Chittor! Créeme.

Vikramayit quedó pensativo. No podía creer que la buena fortuna le hubiese tocado de una manera tan peculiar. Mientras contemplaba su dedo desornamentado, se preguntaba de dónde este inútil brahmán habría sacado tanta osadía.

Poco después un raído y mugriento mendigo musulmán fue llevado ante el Shah, a quien el centinela entregó un precioso anillo enjoyado al estilo mogol. La joya era tan valiosa que al verla el mismo Shah se maravilló. Le embellecía un zafiro azul en forma de pavorreal asentado sobre una gruesa base de oro, rodeado de rubíes bien trabajados e incrustados de diamantes. El Shah lo observó con admiración y lo ensartó con el índice de su diestra.

—¿Quién eres y de dónde vienes?

—Mi nombre es Abdul Jadí, respondió Bhairav en perfecto guyarati. Soy el imán de mi aldea en Guyarat. Hace algún tiempo, camino de Delhi junto a otros fieles, los hombres de Jumayún nos asaltaron, asesinaron a los ancianos que me acompañaban y me ofrecieron como siervo al emperador, quien a pesar de ser un fiel de Alá me maltrató al saber que yo era de Guyarat al igual que usted.

Al oír el nombre de Jumayún el Shah prestó mayor atención. —¿Y cómo obtuviste este anillo? ¿Lo robaste?

—¡No, no lo robé! ¡Bendito sea Alá! —respondió Bhairav con genuino decoro—. Hace apenas unos días Jumayún me mandó a buscar. Discutía con varios rajputs que, al juzgar por su aspecto, parecían ser nobles acaudalados. Como conozco la lengua local pude entender de lo que hablaban sin que se percataran de ello.

El Shah se intrigó aún más.

—Hasta donde pude escuchar hablaban sobre cuál de ellos lideraría la confederación de rajputs para atacar Chittor junto a Jumayún —añadió Bhairav.

—Qué más oíste? —preguntó el Shah impaciente.

—No mucho más, pero mientras se ponían de acuerdo y conociendo que soy de Guyarat, el emperador Jumayún puso la joya en manos de un oficial y ordenó que me entregaran al Shah junto con el anillo a cambio de Chittor. Antes de dejarme ir, el emperador me dio un mensaje para usted: «Abandona Chittor o deja tus huesos aquí».

—¿Y por qué no huiste con semejante joya? Te sacaría de la pobreza por el resto de tu vida —dijo el Shah con desconfianza.

—No vine señor, los rajputs me trajeron —respondió Bhairav con fragilidad—. Vistiendo como sus soldados, durante la noche me ataron a una carreta abandonada cerca de la muralla y me colgaron la joya al cuello. Fue así como sus hombres me hallaron.

El Shah miró a los centinelas. Un oficial asintió con la cabeza y le dio media vuelta a Bhairav mostrando el escrito que llevaba al dorso de su camisón en lengua guyarati: «De Jumayún para el Shah».

—¿Cuánto tiempo cabalgaron antes de llegar hasta aquí? —preguntó el Shah.

—Dos días señor —respondió Bhairav casi jadeando de sed y debilidad.

Todos se sorprendieron. El Shah se movía de un lado al otro mesándose la barba con ansiedad. Jumayún se encontraba a solo dos días de camino y en cualquier momento podría caerle encima junto con una confederación rajput. Ordenó que le dieran de comer al joven imán y le entregaran ropa nueva. Aún dudoso, antes de dejarle ir le detuvo.

—¿Has dicho que eres un imán?

—Sí señor —respondió Bhairav con nobleza.

El Shah hizo un gesto. Uno de los imanes que siempre le acompañaban comenzó a recitar un hermoso *sura* del Corán en una melodía sublime. A medio camino el Shah le detuvo e invitó a Bhairav a que continuase. Bhairav completó el resto del *sura* en perfecto arábigo con una melodía mucho más encantadora añadiendo que era el *sura* dos, *aleya* doscientos cincuenta y cinco del santo Corán. ¡Su favorito!

El propio Shah quedó extasiado con la forma tan bella en que el joven y pobre imán entonaba el proverbial *sura*.

—¡Supongo que has de ser el más ilustre cantor entre los imanes! —dijo maravillado— ¿Cómo dijiste que te llamabas?

—Mi nombre es Abdul, señor. Abdul Jadí —respondió Bhairav con obediencia.

—Me siento obligado para contigo Abdul y quiero recompensarte. ¿Por qué no permaneces con nosotros? Yo también soy un fiel de Alá.

Bhairav se disculpó con gran humildad alegando que era un imán pobre, ya que desde su niñez había hecho el voto de vivir de la caridad. Su único tesoro era su obligación para con los fieles pobres de Alá en Guyarat, a donde deseaba regresar. Tal vez allí algún día, si era la voluntad de Alá, se volverían a encontrar. El Shah estaba maravillado ante tanta nobleza. Sobraban los imanes que deseaban servir en su corte, y este imán mendicante lo rechazaba por su amor a Alá. Por un instante contempló el valioso anillo. Comprendiendo su intención, Bhairav se negó a recibirlo con visible modestia. Su gesto acrecentó la voluntad del Shah, que lo extrajo de su dedo y lo puso en manos del empobrecido imán casi forzándole a cerrar el puño.

—Tómalo Abdul, sé que lo usarás al servicio de Alá —dijo conmovido—. Podré olvidar tu rostro, pero jamás tu nombre.

Bhairav llevó el anillo al corazón, se inclinó ante el Shah y se marchó escoltado por los centinelas patanes. Al verle alejarse, con profunda emoción el Shah ordenó a sus hombres que le dieran el mejor de sus caballos, la seda más fina y tres mulas cargadas con agua y alimentos para el camino.

—¡Que Alá siempre te bendiga Abdul! —gritaba una y otra vez enardecido mientras el joven desaparecía en la distancia. Apenas le perdió de vista, colérico por la noticia dio órdenes de comenzar los arreglos para abandonar Chittor antes de la llegada del emperador Jumayún con la supuesta confederación de reinos rajputs.

Bhairav cabalgó toda la noche. Para cuando rompió el alba ya se divisaban de las murallas de Bhilwara. Vistiendo ahora los atuendos de brahmán observaba el valioso anillo con satisfacción. Había ganado la confianza de Vikramayit y tenía en su poder una valiosa joya, pero esto habría de ser apenas el comienzo. Encontró abiertas las puertas de la ciudad. Como siempre, el camino que conducía a su interior estaba atiborrado de mendigos. Escondió el anillo y se detuvo a distribuir entre los más necesitados el alimento y la fina seda que recibió del Shah. Justificó su ausencia ante los brahmanes diciendo que había ido a las poblaciones más cercanas a comprar a buen precio, y con sus pocos ahorros, los bienes que traía para ofrecer como caridad, tal como dictaba el deber de un brahmán. Así era como Bhairav ganaba el afecto de los más pobres. Sabía que su único interés era llenar sus barrigas, y les daba como caridad las migajas que no necesitaba. «Bhairav es un gran brahmán, nos viste y nos da de comer», era la voz popular. Pronto por todo Bhilwara la gente alababa el noble carácter del joven brahmán, aunque con frecuencia resulta digno de devoción a los ojos humanos, quien es hallado culpable ante el juicio divino. La ignorancia era el mejor regalo que las masas le ofrecían, y Bhairav bien sabía tomarlo.

Capítulo 5

Peones del mal

Una tarde llegó la noticia de que el Shah había abandonado Chittor dejando tan solo una pequeña guarnición. Vikramayit estaba maravillado. Le había entregado la valiosa joya a Bhairav en un momento de total desesperación, aunque no había puesto mucha fe en sus promesas. Ahora estaba convencido de cuán hábil era este joven brahmán. El verdadero amigo se pone a pruebas en los momentos de vicisitud. Desde ese día Bhairav ganó su corazón para siempre.

Al anochecer se acercó a las murallas junto a sus hombres. El fuerte parecía estar desierto. No se veían centinelas y la brecha que abrió la explosión estaba descuidada. Vikramayit pensó que pudiese tratarse de una trampa, pero el depuesto maharaja no enviaba ningún hombre a donde él mismo no fuese capaz de ir. A su fama de niño arrogante le seguía la de temerario, y a sus diecisiete años sus cicatrices le doblaban la edad. Corrieron por las callejuelas como seres enloquecidos sedientos de sangre patana, masacrando sin piedad a cuantos les cruzaban el paso. La pequeña guarnición, ebria y soñolienta, apenas encontró tiempo para reaccionar, mucho menos para suplicar clemencia.

Para cuando el destello solar tiñó de naranja el horizonte oriental, los rajputs cremaban el último de sus muertos. Los cadáveres patanes se lanzaban al exterior de la muralla. Para ellos no había cremación, mejor que los buitres desgarrasen sus entrañas. La noticia tomó a todos por sorpresa. En Bhilwara, Mukul y sus brahmanes lo celebraron con un gran banquete.

Días después, la caravana de sacerdotes se disponía a regresar a Chittor. Casi toda la ciudad salió a despedirlos. Afligidos por su eminente partida, los mendicantes se amontonaban para tocar los pies de Bhairav. Suníschala observaba con curiosidad el poder que el joven ejercía sobre las masas que, incapaces de discernir su verdadera naturaleza, le veneraban a cambio de las migajas malsanas que él les proveía. La hija de Jarsha tocó sus pies y le obsequió un puñado de alhajas compradas con la moneda de oro que, según su padre, él le había regalado. La chica insistía en que el joven era un brahmán honesto y que las joyas le pertenecían, con ellas podía ayudar a los desamparados de Chittor como lo había hecho durante su estancia en Bhilwara.

Esa mañana Premananda se hizo notar por su ausencia. La noche anterior le vieron junto a Suníschala en las afueras de Bhilwara. Premananda solía decir que las almas sabias son viejas, aunque habiten en cuerpos lozanos. Aunque el nonagenario anciano le cuadruplicaba la edad, conocía que en asuntos del espíritu el joven podía ser su tutor. Había decidido irse a un largo peregrinar al que solo la muerte pondría fin; la recibiría como regalo de Dios cuándo y dónde la voluntad divina dictase. Desde esa noche ni su propia vida estaría ya en sus manos. Los muchos años vividos le enseñaron que la vida sobre la tierra era mísera y plagada por las corrupciones humanas. Mirabai había dejado Chittor años atrás y Aravinda ya no estaba en este mundo, tal vez el peregrinar por tierras lejanas le devolvería la paz y mitigaría el dolor que sentía por la ausencia de esas almas santas. Si solo Dios podía escribir derecho en renglones torcidos, solo Dios podría sosegar la aflicción de su corazón. Abandonó Bhilwara cuando todos dormían. Excepto Suníschala, nadie le vio partir. La noticia acortó el júbilo del regreso a Chittor que hasta ese momento enardecía el semblante de los brahmanes. Nunca más se supo de él.

Semanas después Chittor estaba de fiesta. Era la coronación de Banbir, el joven primo de Vikramayit, como el nuevo maharaja. El palacio real rebosaba con nobles venidos de todo Mewar y otros reinos aledaños, pero no todos estaban satisfechos con la elección. Banbir tenía fama de ser ambicioso, déspota, y excesivamente cruel. Muchos temían que fuese tan insolente como su primo. Mientras tanto, los brahmanes se lucían ante la multitud con ceremonias pomposas entonando himnos arcaicos de impecable métrica. Suníschala vestía con elegancia y por primera vez asistía a Mukul en sus oficios ceremoniales, tal y como el respetable brahmán confió que haría. Cuando llegó el momento de la coronación los tambores redoblaron y Mukul puso la corona sobre la cabeza de Banbir ungiéndolo como el nuevo maharaja de todo Mewar.

Terminada la pompa de la investidura llegó el momento de lucirse las bailarinas, que robaron la atención marcando el ritmo sobre el mármol con sus pies desnudos haciendo resonar las campanillas tobilleras. Movían sus pechos voluptuosos que luchaban por librarse de la apretada seda. Sus caderas al aire, y sus ojos alargados orlados en negro, daban un espléndido toque de sensualidad al ambiente. Suníschala abandonó el salón con discreción, tal espectáculo de erotismo no era adecuado para un eremita.

Recuperado de sus heridas, Suraj cubría su ojo derecho con seda pulcra y bebía el mejor de los vinos en copa de plata. Descarnaba un hueso a mordiscos cuando le vio pasar y tomó provecho de la ocasión para hacer mofas de los ascetas. Se lamentaba en voz alta de que los muy desdichados ni comían carne, ni conocían el lecho del amor, pues para ellos ambos eran violencia. Como era el único héroe sobreviviente de la titánica defensa y sentían gran admiración por él, todos sonrieron, mientras el ahora comandante de la guarnición aceptaba elogios de buena gana. Era su noche de gloria.

Mientras el festejo y la pompa continuaban, Bhairav fue en busca de Vikramayit. Le halló en su habitación jugueteando sobre su lecho junto a sus concubinas consumiendo opio. Las jóvenes imitaban a Banbir bailando semidesnudas al ritmo que les llegaba desde el palacio real. Al ver a Bhairav desaparecieron como por arte de su magia. El depuesto maharaja juraba que los nobles iban a pagar por lo que le habían hecho, nadie le humillaba y vivía una larga vida. Bhairav le hablaba de sus muchas ideas para librarse de Banbir; aseguraba que lo más importante ahora era traer brahmanes que estuviesen a su favor para deshacerse de Mukul y de su padre. Al impaciente Vikramayit el plan no le parecía idóneo. Desdeñaba a los brahmanes y alegaba que lo que necesitaba eran hombres de verdad dispuestos a luchar por él, no sacerdotes inútiles.

Bhairav se sintió aludido por el desdén hacia los de su casta, y le recordó que quien pierde a los brahmanes pierde Chittor; además, si aún no se había dado cuenta, eran ellos quienes ponían y quitaban coronas. Ningún maharaja había sobrevivido sin la aprobación de los brahmanes, a quienes todos obedecían por mandato divino. Eran ellos quienes dictaban la voluntad de Dios en la tierra. Había perdido su trono por idiota y recuperarlo le costaría. Los brahmanes de hoy cobraban como maharajas y no bastaba con tener unos pocos a su favor ahora que Banbir era poderoso y que Suraj le favorecía. Deshacerse de un maharaja no era algo fácil e iba a necesitar bastante dinero para comprar alianzas.

Vikramayit estaba molesto. Como no tenía otra opción toleró la reprimenda lo mejor que pudo. Su carácter impaciente y despótico contrastaba con la naturaleza alevosa e impávida de Bhairav, que era capaz de tolerar cualquier agravio con una sonrisa en el rostro. Cuando los vítores por el nuevo maharaja les llegaron desde el palacio, Vikramayit comenzó a sollozar incapaz de contener la rabia que le provocaban sus celos. Bhairav se esforzaba por consolarle con palabras de afecto asegurándole que, si recuperó Chittor de manos del Shah, también recuperaría su corona. Solo tenía que confiar en él una vez más. Esa noche Bhairav regresó a la habitación de Vikramayit. El depuesto maharaja le entregó una fuerte suma en monedas de oro y plata.

En el palacio, Banbir lucía sobre su cabeza la corona del clan Sisodia con la arrogancia que le era propia. Andaba con donaire escoltado por Suraj, que tomó provechó para presentarle a su buen amigo Bhairav, asegurándole que era el mejor hombre en Chittor. Banbir preguntó por su primo. El joven brahmán le informó que se había retirado a su habitación desde antes de la coronación. No se sentía bien.

—¿Se retiró a solas o… con sus *nodrizas*? —preguntó el recién entronado maharaja con tono socarrón.

—Con sus nodrizas, varias de ellas —dijo Bhairav con simpatía provocando la risa de Banbir.

—¿He oído decir que eres su consejero? ¿Le has hablado?

—Su conducta pedante no es mi culpa señor. Nadie puede aconsejar a quien poco le importa el bienestar de Chittor —respondió el brahmán que sabía decir a cada cual lo que cada cual deseaba escuchar. Banbir asintió con la cabeza y le dejó ir impresionado con la apostura del joven brahmán.

—¿Seguro que lo conoces? ¿Puedo confiar en él? —indagó Banbir

Aunque a su propia manera, Bhairav le había relatado a Suraj su encuentro con el Shah, y el joven oficial le aseguraba al nuevo maharaja que Bhairav no era como los demás brahmanes; gracias a él recuperaron Chittor. Suraj era el héroe indiscutible del momento e insistía en que tomara al joven brahmán como su consejero si deseaba mantener aquel lugar bajo control, mucho más ahora que nadie sabía lo que urdía el malicioso Vikramayit.

Recorrían los jardines cuando advirtieron a Suníschala rodeado de nobles y gente común. Hablaba sobre las vanidades del mundo y la importancia de amar en lugar de buscar ser amado. Sobre los valores de la vida y los intentos inútiles de encontrar la felicidad permanente en un mundo temporal plagado de miserias y vanidades humanas. Exaltaba la caridad y el servicio a la humanidad como la más elevada virtud, e incitaba a todos a anhelar ser bien visto a los ojos de Dios y no a los de los hombres, invitándoles a vivir para el espíritu en lugar de malgastar la vida en placeres sensoriales que también están al alcance de las bestias. Atraído por su encanto natural Banbir se detuvo a escucharle.

—¿Dónde están aquellos que anduvieron por estas calles luciendo sus alhajas? —decía el asceta. ¿Dónde están aquellos que una vez se sentaron sobre el trono de Chittor y ostentaron su corona? ¿Dónde están ahora quienes tanto mal hicieron a cambio de un mísero dominio en este mundo? ¿A dónde han ido? Hoy, ni el recuerdo los puede nombrar. Quienes dominan sus pasiones son mucho más dignos de honra que quienes portan grandes coronas. Nadie debería convertirse en padre, madre, tutor, brahmán o maharaja, si no es capaz de guiar a sus dependientes por la senda del supremo bien. ¿Acaso no tienen los chacales reyes en sus manadas y las abejas reinas en sus colmenas?

Banbir escondía su disgusto tras una sonrisa cortés. La presencia del joven y su influencia sobre la realeza le inquietaba; y Suraj, que sentía un odio natural por Suníschala, le dio un buen consejo.

—Busca la manera de sacarlo de aquí. Ese solo sirve para crear problemas y comer de lo que servimos.

El tiempo transcurría y la reconstrucción de la muralla avanzaba de manera notable. La ciudad extramuros volvía a ser un bullicio de mercaderes, artesanos, y por supuesto… de mendicantes. Debido a que Banbir castigaba cualquier quebranto de la ley con extrema severidad, el orden se había restablecido y los caminos volvían a ser seguros. También quería deshacerse de Vikramayit, pero su primo era hijo del más grande de los maharajas de Mewar. No podía matarlo como a un cualquiera; eso sólo teñiría su nombre y crearía caos en todo el reino. A su debido tiempo, Bhairav también le convenció de que el primer paso era traer brahmanes que estuviesen a su favor. Los brahmanes que conocía se hacían pagar bien, pero eran de confiar. Banbir no objetó, tenía en sus manos las arcas de Chittor y no tardó en entregar al brahmán una copiosa suma en monedas de oro.

No tardó Suníschala en encontrar la vida en Chittor demasiado frívola. A pesar de los pedidos de Mukul decidió retomar su vida de asceta. Ya no llevaba la seda fina de los brahmanes de la corte, sino ropa raída que encontraba en los caminos. El polvo y el sol volvían a curtirle la piel. Otra vez el cabello le colmaba los hombros. El desierto le había devuelto su apariencia de asceta y en los atardeceres se le podía ver en las colinas contemplando la puesta del sol.

Un atardecer vio acercarse un carruaje por buenos caballos camino del fuerte. Transportaban varios brahmanes cuyos ropajes y demás aperos revelaban que eran sacerdotes de la diosa Kali. Como un brahmán ha de ser ejemplo de caridad, Suníschala se acercó con esperanzas de recibir algo de comer. En lugar de limosna, un brahmán alto, fornido y de avanzada edad, le habló con desdén tildando a los ascetas de ser gente de bajo nacimiento que retaban la autoridad de la casta sacerdotal. Era Kailash, un renombrado brahmán en los reinos aledaños por su destreza decapitando cabras durante los sacrificios en honor a Kali.

Suníschala no mostró disgusto, era su código no contrarrestar ningún tipo de agresión, ya fuese física o verbal, mas sintió compasión por quienes dicen darse al espíritu, pero viven como peones del mal. Para un alma como él, los insultos también eran pequeñas dosis de gracia divina que nos ayudan a librarnos de todo vestigio de honra personal.

Esa tarde el camino estaba solitario y pensó que quizás antes del anochecer algún peregrino piadoso le daría algo de comer. O tal vez era la voluntad de Dios que hoy debería ayunar como en tantas otras ocasiones. Si algo había aprendido durante su niñez en compañía de Aravinda, era que todo viene de Dios, que todo sirve un propósito y que de todo hemos de extraer una enseñanza. En momentos como esos gustaba de recordar las palabras del sabio: «Si Dios te ha dado la vida, Dios te dará el pan». Era la manera de los ascetas.

Con la llegada de los brahmanes Chittor volvía a estar de fiesta. Se trataba de un gran sacrificio de cabras para la diosa Kali, organizado por Bhairav, bajo el pretexto de bendecir el reinado de Banbir. Más de un centenar de cabras iban a ser sacrificadas a nombre del maharaja, quien había prometido dar caridad a todos los pobres de Mewar. Kailash estaba a cargo de la ceremonia y decoraba los animales de sacrificio con seda y guirnaldas de flores. Puesto que era un festival para todos, el ambiente en la ciudad desbordaba júbilo. Hoy, nobles y aldeanos se mezclaban en los jardines del palacio y en las calles de la ciudad extramuros.

Mukul y sus brahmanes se negaban a participar. Como sacerdotes de Vishnu no participaban del sacrificio animal. Una vez más iban rumbo al destierro, tal como Bhairav había previsto, tal vez en Bhilwara aceptarían sus servicios. Mukul estaba deprimido al ver como los sacrificios de cabras a la diosa Kali se habían vuelto la norma del día, e increpaba la conducta de Banbir por haber convertido a Chittor en un matadero. ¿Qué más les quedaba por tolerar? ¡Bastante sangre se había derramado en Chittor! ¿No era suficiente? El padre de Bhairav, a quien todos llamaban Ramesh, le propuso hablar con su hijo. Sabía que Banbir le escuchaba, pero lo único que logró fue enfurecer aún más al deprimido brahmán que gritaba de cólera.

—¡Cómo no lo habría de escuchar! —Se sabía que Banbir y Suraj veían a través de los ojos de su hijo, que de seguro estaba detrás de todo cuanto acontecía. El comentario avergonzó a Ramesh que conocía la naturaleza malévola de Bhairav, aunque como padre prefería ocultarlo.

El joven maharaja estaba satisfecho de ver consolidarse su poder. Bhairav había cumplido su promesa a cabalidad y la partida de los brahmanes de Mukul significaba un problema menos por el cual preocuparse.

—Ahora tú gobiernas Chittor y yo gobierno a los brahmanes —dijo Bhairav al ver la satisfacción en los ojos de Banbir. El recién coronado maharaja cambió la expresión. Conocía el refrán y sabía que quien gobierna los brahmanes gobierna la ciudadela. Bhairav leyó su mirada. Como no carecía de buen humor añadió jovial y sonriente: —No te preocupes, eso no es lo que quise decir.

Banbir no era tonto, sabía que Bhairav era un aliado peligroso, pero había mostrado ser astuto y cumplía cada una de sus promesas. Suraj tenía razón, el joven brahmán era su mejor hombre en Chittor; fue entonces que preguntó por el plan para deshacerse de Vikramayit. Bhairav le pidió paciencia. Nada en esta vida era gratis e iba a necesitar más dinero. Con el depuesto maharaja había que ser precavido. Vikramayit abdicó su reino a petición de los nobles sin poner objeción. El gesto le había granjeado simpatías. Habría que hacerle creer una historia a través de algún aldeano y supuesto enviado de los nobles que se opusieron a la coronación, para luego hacer caer las evidencias de su muerte sobre ellos. Pero una vez más le recordó que ya nadie hacía algo por amor, ni siquiera por un maharaja. Le costaría diez monedas de oro.

A Banbir el precio le pareció excesivo. Diez monedas de oro para un aldeano era mucho dinero. Bhairav le convenció de que la paga no era excesiva, pues le servirían para irse de Mewar para siempre. Banbir aún dudaba. ¿Qué tal si luego hablaba? ¿Si se le iba la lengua y los nobles se le venían encima? El temor de Banbir hizo sonreír a Bhairav, que le aseguró que no había por qué temer, con él a nadie se le iba la lengua. Diez monedas de oro eran suficientes para aprender a usar bien el cerebro. Banbir insistía en que era mucho dinero para comprar a un simple aldeano; sin embargo, Bhairav y Suraj habían probado ser sus ojos y brazos en Chittor. Puso las diez monedas en manos del brahmán y descendieron al patio a tomar parte del sacrificio, a fin de cuentas, era en su honor y la muchedumbre demandaba su presencia.

Kailash continuaba decapitando cabras en el altar de sacrificio. Cada vez que descargaba su espadón al redoble de los tambores la sangre salpicaba y la muchedumbre exaltada proclamaba las glorias de la diosa Kali. Cuando la ceremonia concluyó el área era un lodazal de sangre, y las castas más pobres se atiborraban con la carne asada de las cabras sacrificadas.

Como dictaba la costumbre, las sensuales bailarinas robaron la atención moviendo sus caderas al compás de las tablas y los címbalos en medio de un colorido jolgorio de sensualidad religiosa. Una jovencita ejecutaba una compleja danza encarnando las proezas de la diosa Kali. Sus pies giraban en todas direcciones, y sus ojos se engrandecían asumiendo un aspecto feroz cada vez que sus brazos se alzaban y caían con fuerza imitando la espada de sacrificio. Llegó el momento cúspide, la victoria de Kali sobre las huestes demoníacas. La escena demandaba gran pericia debido a la rapidez con que se entrecruzaban las piernas. La joven lanzó una mirada discreta a Bhairav, que asintió con la cabeza sin ser notado. Las tablas redoblaron. La joven danzarina entretejía las piernas con explosividad vertiginosa cuando un paso premioso le hizo perder el balance y cayó de nalgas al suelo. Era una danza sacra. La creencia dictaba que en tales momentos madre Kali encarnaba en la danzarina y la caída puso en juego la fe e hizo que la audiencia retuviese el aliento, pero no Banbir, no tenía por qué. Él era el maharaja de Chittor. Lanzó una carcajada tan larga y resonante que, salvo algunos nobles, se extendió de boca en boca hasta hacerse contagiosa. Pronto la joven se incorporó y continuó dando muestra extraordinaria de su habilidad.

El sol se puso y la celebración llegó a su fin. Los nobles se retiraron y los aldeanos regresaron a sus hogares con sus barrigas llenas, glorificando el buen carácter del nuevo maharaja. Mañana tendrían que volver a los campos de cultivo para ganarse el sustento, pero hoy todos estaban alegres. «¡Banbir es un gran maharaja, nos da de comer!», se les escuchaba decir.

Bien entrada la noche la bailarina andaba por las callejuelas de la ciudad extramuros donde le esperaba Bhairav entre penumbras. Nada descubría su condición de brahmán. No hubo palabras, ni saludos, ni demora alguna. Puso una moneda de plata en su mano, la miró como quien advierte discreción y desapareció. La suerte de Vikramayit estaba sellada.

Capítulo 6

La sangre de Vikramayit

El sol escalaba su cumbre cuando Bhairav partió de Chittor. Suníschala cocía raíces silvestres y le vio pasar afanoso, arreando su caballo en dirección al valle donde Vikramayit pasaba sus días ocupado en la cacería. Le traía buenas noticias. ¡Había llegado su oportunidad dorada! La joven bailarina que Banbir ridiculizó era su concubina favorita, pero ahora le odiaba y lo quería muerto. Banbir le había pedido que hablara con ella para que lo perdonara, pero al parecer la joven solo quería venganza. Bhairav hablaba de Banbir como un idiota que controlaba Chittor, pero que era controlado por las concubinas. En lugar de avivarse Vikramayit se sorprendió, ¿qué podía hacer una concubina enfadada contra un maharaja?

—¿Puedo hablar con ella? —preguntó.

—¿Serás idiota? ¿Sabes lo que Banbir le hará si se entera? Esta es tu oportunidad, no la pierdas. Podrás verla esta noche en el templo de Kali. Ve solo, la joven estará ahí.

—¿Y qué dice Suraj? ¿Está de acuerdo?

Por esos días Suraj viajó a Ajmer por razones que no venían al caso. Sin embargo, Bhairav le aseguró al depuesto gobernante que Suraj fue a encontrarse con los nobles que se opusieron a la coronación de Banbir para planear su asesinato. La idea no convenció a Vikramayit. Aunque confiaba en Bhairav no estaba seguro si los nuevos brahmanes del templo estaban de su parte. Bhairav le recordó que él mismo pagó para traerlos a Chittor. De todas formas, Vikramayit prefería no ir solo e insistió en que Bhairav fuese con él, eso le daría mayor seguridad de que no era una treta de su primo Banbir. Sus dudas encendieron el furor del brahmán.

—¡¿Estás loco?! Si salgo a medianoche Banbir va a sospechar de mí. ¿Crees que no sabe que vengo a verte? La chica estará ahí. Tiene agallas y quiere vengarse, eso es todo. Pero no creas que lo hace por amor, te va a costar bastante. Entiende que también está arriesgando su cabeza por ti.

Bhairav hincó su caballo de vuelta a Chittor. La seguridad con que hablaba levantó el ánimo al depuesto maharajá. Viéndole alejarse murmuró: —Te llegó tu hora Banbir, te llegó tu hora.

De vuelta en Chittor, Bhairav fue en busca de Banbir que le esperaba junto a varios de sus hombres. La noticia era fascinante, ¡Vikramayit lo había creído! Para el nuevo maharaja la historia era otra. La aldeana a quien entregó las monedas de oro, era una supuesta enviada de los aliados de Vikramayit en Ajmer con un plan para deshacerse de Banbir. La había llevado ante el depuesto maharaja y ambos acordaron verse esa noche en el templo de Kali, donde le esperaría junto a varios nobles de Bhilwara que estaban de incógnito en Chittor. Bhairav mismo se haría cargo de que dejase Mewar para siempre tal y como le había prometido.

Los ojos del joven maharaja hinchieron de alegría. También quería deshacerse de Udai, el otro heredero legítimo, pero hasta ahora su principal obstáculo había sido Suraj. El joven comandante de la guarnición amaba al niño príncipe en la misma medida que odiaba a Vikramayit. Bhairav le animó a deshacerse de Udai esa misma noche, pues de imaginar Suraj que Banbir estaba detrás de su muerte lo descarnaría vivo. Jubiloso por la oportunidad de deshacerse de ambos hermanos, Banbir tomó un atuendo común entre las aldeanas y lo lanzó sobre el conjurado que llevaría a cabo el crimen.

—¡Te llegó el momento de lucir hermoso!

Los hombres soltaron una risotada, excepto Bhairav, quien le advirtió que era mejor andar con cuidado. Vikramayit había sido un tonto toda su vida, pero jamás un cobarde. Suspicaz en exceso, si presentía peligro pelearía por su vida ¡y bien que sabía hacerlo!

A medianoche Bhairav fue a ver a Vikramayit. Le encontró ansioso contando monedas de oro entre algunas otras joyas que pertenecieron a su madre. Bhairav se quejaba alegando que no era suficiente, puede que la joven fuese una simple concubina, pero no estaba seguro si arriesgaría su cabeza por semejante miseria que de nada le serviría de descubrirla Banbir. La lamentación se apoderó de Vikramayit. Juraba que era todo lo que tenía. Su madre estaba muerta y Banbir le quitó su reino, lo había perdido todo, solo le quedaba la esperanza que depositaba en él. Su condición inspiraba lástima, pero el corazón de Bhairav desconocía la piedad. Mientras observaba las valiosas alhajas con desdén aseguraba que trataría de convencer a la joven, pero si se negaba a arriesgar la cabeza por tal miseria no era su culpa.

Ocultaba las monedas y prendas entre sus atuendos cuando notó que tras la mirada conturbada de Vikramayit había desconfianza. El recelo incomodó a Bhairav. En medio de un sinfín de reproches le recordó que si aún estaba vivo era gracias a él. No arriesgó su cabeza ante el Shah por un mísero anillo. Pero Vikramayit tenía razón para dudar, si el plan no funcionaba tendría que vivir de limosnas. Un temor repentino sobrecogió al depuesto gobernante. Sus ojos estaban lánguidos y no dejaba de frotarse el rostro. Bhairav se sentó a su lado en un intento por calmarlo. Lo mínimo que necesitaba era que Vikramayit abandonara el plan ahora que todo estaba tan bien concebido, recordándole que una vez volvió a poner a Chittor en sus manos.

—No te angusties, escúchala y habla con ella —decía el brahmán mientras le palmoteaba la espalda—. Recuerda que es la concubina favorita de Banbir y duerme con él. Con tal de que lo envenene prométele lo que te pida. Asegúrale que muerto Banbir, esa misma noche serás maharaja y nadie podrá tocarla. Luego podrás hacer con ella lo que quieras.

Antes de retirarse, Bhairav le dio un fuerte abrazo a quien le profesaba ser su amigo, asegurándole que pronto la corona de su padre volvería a reposar sobre su cabeza, solo tenía que confiar en él una vez más. Para cuando Bhairav partió, el depuesto maharaja estaba mucho más confortado.

Todo Chittor dormía cuando Vikramayit andaba las callejuelas de la ciudadela evitando hacerse notar. Cerca del lugar de la cita, oculta entre muros, vio una silueta de mujer que le animó a seguirle hasta adentrarse en el templo de Kali. Vikramayit le siguió con prudencia escurriéndose lento y cauteloso a través del portón entreabierto. Decenas de lamparillas de aceite perfumado proyectaban una tenue luz sobre la diosa que sostenía variadas armas en sus múltiples brazos. Su lengua roja y afilada brotaba de sus fauces dándole un aspecto feroz. De espaldas, entre penumbras, contemplando la sacra imagen, le esperaba la supuesta joven cubriéndose el rostro con recato. Vikramayit no era ajeno al peligro y mantuvo una distancia prudencial. Su voz advertía desconfianza.

—Si eres quien dicen debo haberte visto muchas veces, así que… voltéate y descúbrete el rostro.

El asesino no respondió. Su silencio alertó a Vikramayit. Intuía su intención cuando la misteriosa mujer se abalanzó sobre él. Eludió con pericia el golpe de sable que estuvo a punto de herirle el rostro. Consciente de que había perdido el factor sorpresa, la engañosa concubina dejó caer el velo. Sus ojos delineados con un maquillaje torpe no lograban ocultar sus rasgos masculinos. Al instante los aceros chocaron. En el silencio de la noche la aguda resonancia permeó el recinto, pero el enviado de muerte no era rival para el hábil Vikramayit. Un par de cruces de los sables fue suficiente para dejarlo tendido con el vientre destrozado. Intentó huir, pero a las afueras de la capilla una docena de hombres de la guardia real lo acorralaron. Consciente de que era una trampa, Vikramayit sintió que había llegado su momento, pero él era el hijo de Rana Sanga, el más grande entre los maharajas de Mewar. El temor siempre le fue ajeno. Más de uno cayó bajo los poderoso golpes de su sable. Se defendía con la destreza por la que era conocido lanzando insultos a sus atacantes sin advertir que a su espalda Banbir se abalanzaba sobre él sable en mano. De un solo golpe el joven maharaja le abrió una profunda herida. Vikramayit cayó retorciéndose de dolor.

Banbir le pisoteaba el rostro y le hincaba el pecho con la punta de su sable devolviéndole cada insulto, disfrutando el hacerle saber que ahora irían por su querido hermanito. Justo cuando iba a hundirle el sable en el corazón Bhairav le detuvo, lo quería para él. Bastante había tenido que tragarse sus idioteces. La algarabía atrajo a dos centinelas de la guardia de Udai que huyeron para alertar al joven príncipe de la intención de Banbir. Temeroso de ver fracasar su plan, el propio Banbir fue tras de ellos junto a sus hombres. Bhairav quedó a solas con Vikramayit, que yacía sobre el frío mármol malamente herido. El joven brahmán lo contemplaba con morbosidad. Sus ojos deliraban y reía como un ser poseído mientras le tiraba de los cabellos arrastrándolo de vuelta al interior del recinto.

—Hoy mi madre Kali se complacerá conmigo. Voy a ofrecerle un maharaja en sacrificio. Eres un privilegiado Vikramayit, ¡la bañaré con tu sangre! —decía con cinismo. El eco de su risa malévola retumbaba en el sacro lugar.

Vikramayit intentaba defenderse sujetándose con sus escasas fuerzas del brazo de Bhairav, que lo arrojó a los pies de la imagen de Kali. Tomó la pequeña vasija de bronce del tabernáculo, y sin parar de reír le abrió la garganta con su daga de una sola pasada. La sangre oscura y tibia brotó con fuerza llenando el recipiente. Mientras el desventurado se ahogaba en su propia sangre, Bhairav le despojaba de sus alhajas cantando con cinismo «El maharaja va a dormir», una canción de cuna popular entre la realeza.

En tanto, los centinelas de Udai lograron alertar al resto de la guardia real, al tiempo que Banbir llegaba como un torbellino seguido de sus hombres tal como lobos sedientos de sangre. De inmediato se armó la reyerta cuando la guardia del joven príncipe los enfrentó. Eran pocos, pero de élite y jurados a muerte Mientras se enfrentaban a los asaltantes golpeaban el portón para alertarlo. La nodriza despertó horrorizada por los gritos de Banbir. En medio de la confusión y el pánico, corrió a despertar al príncipe que apenas lograba comprender lo que ocurría. Su guardia había matado a media docena de asaltantes y Banbir gritaba encolerizado tratando de abrirse paso. La algarabía atrajo la atención de varios nobles. Los hombres de Banbir bloquearon la entrada al palacio y corrieron la voz de que Vikramayit junto a la guardia de Udai intentaron asesinar a Banbir mientras llevaba al príncipe de vuelta a su habitación. Al ver su plan fracasar, el depuesto maharaja huyó seguido por los hombres de Banbir que le dieron alcance en el recinto de Kali, donde lo mataron. Por seguridad de Banbir, nadie podía acercársele, excepto su guardia personal.

Udai solía dormir custodiado por un guardián de noche, quien le hizo descender por el balcón sujetándole de una cuerda. Una vez en tierra, el niño corrió a esconderse en los jardines aledaños. Para cuando la nodriza fue en busca de su hijo, el último hombre de la guardia de Udai cayó y Banbir estaba a punto de echar la puerta abajo. La señora comprendió que no quedaba tiempo. Puso al pequeño Deva Singh en brazos del guardián de noche y le hizo huir del mismo modo. Una vez a salvo, la nodriza dejó caer la cuerda que el centinela retiró antes de huir llevando consigo a Udai y Deva Singh al establo real justo cuando Banbir echaba la puerta abajo gritando enloquecido.

En vano buscaron al príncipe en cada rincón de su habitación. Furioso, Banbir ordenó escudriñar toda la ciudadela, jardines, patios, casas, establos. ¡Qué echaran todo Chittor abajo si era necesario! Estaba tan iracundo que había perdido la razón. Tomó a la nodriza y apretujándole del cuello la forzó de rodillas. Presionaba el filo de su sable contra su garganta jurando que le arrancaría la lengua a pedazos si no hablaba. La señora sabía que de ir Banbir en su busca Udai no tendría escapatoria, y recordó aquellas palabras de Suníschala en Bhilwara: «Tu hijo se parece tanto a Udai. ¡Cualquiera pensaría que él es el príncipe de Chittor!» Con el corazón destrozado la abnegada nodriza hizo el sacrificio del que solo una madre rajput es capaz.

—No me mates te lo suplico. Udai está aquí, te lo juro, no me mates. Lo escondí en mi cuarto, entre las cobijas de mi cama —exclamó entre sollozos fingiendo temor por su vida.

Los ojos de Banbir irradiaron de dicha. Corrió hacia una modesta habitación donde dormían los sirvientes y tiró de las cobijas. La pobre iluminación y la ceguera de su soberbia eran la combinación ideal. El chico aún dormía. Era cierto que semejaba a Udai. Preso del autoengaño, Banbir lo despedazó a sablazos antes los ojos de su madre. Mientras gritaba de dolor desgarrándose el pecho, la guardia le tomó del cabello y la arrojó escaleras abajo. La frágil mujer cayó golpeándose el cráneo hasta quedar inconsciente sobre el charco de sangre de la guardia real. En su afanosa retirada todos le dieron por muerta, incluso Banbir.

La alteración se propagó por la ciudadela. La gente se aglomeraba en las callejuelas sin saber con certeza lo que ocurría. Los centinelas andaban por todas partes. Al volver en sí, la nodriza corrió hasta el establo real luchando por contener su dolor. Allí le esperaban Udai junto a su guardián nocturno que aún llevaba en brazos al hijo de Yay Singh. La oscuridad de la noche, el alboroto del cual era presa la ciudad y el hecho de cabalgar acompañados de un jinete real, facilitó la huida. Salieron con discreción. Una vez fuera de la muralla urgieron las bestias hasta más no poder. Esa noche la luz de la luna era tan pobre que apenas iluminaba el desierto, aun así, Suníschala los vio pasar y musitó.

—Buena suerte Udai, algún día nos volveremos a ver.

Entrada la noche, en su habitación, Banbir estaba satisfecho. Ambos herederos de la corona estaban muertos. Ahora nadie podía desafiarlo. El joven maharaja tenía motivos para estar eufórico. Apostó a su suerte y salió victorioso. No fue hasta la mañana siguiente que le informaron que la nodriza y su hijo no aparecían por ningún lugar. Envió a sus hombres a buscar por todas partes, pero no había rastro alguno. Desde esa noche Banbir nunca más durmió en paz.

Capítulo 7

Un adúltero impostor

Durante días los fugitivos merodearon el desierto con la ayuda de los aborígenes, que les protegían de los chacales nocturnos y de los hombres de Banbir que rastreaban los caminos, puesto que ellos también eran víctimas de las crueldades del joven maharaja. Los nobles de Kumbhalgarh se opusieron a la coronación, por lo que les dieron refugio bajo la condición de incógnitos. Banbir tenía espías por doquier y otros reinos poderosos aún lo apoyaban.

La noticia de la muerte de Udai corrió como fuego. Todo Mewar estaba consternado. Nadie lloraba a Vikramayit, mas como no tenían descendientes, con la muerte de los hermanos se extinguía el linaje de Rana Sanga, el más grande de los maharajas de Mewar. Se temía que la pugna por el trono desencadenase una guerra entre los rajputs. La cremación de Udai atrajo gran cantidad de personas que deseaban ver por última vez al niño príncipe que debió haber sido el próximo maharaja. Todos esperaban por la llegada de Mukul y Ramesh, por décadas habían sido los sacerdotes de la familia real y los nobles pidieron su presencia, algo a lo que Banbir accedió de buena gana.

Esa tarde, mientras todo Mewar lloraba, Banbir retozaba en su habitación con las exconcubinas de Vikramayit. Corría tras las jóvenes de pechos desnudos intentando atraparlas, que sonrientes y en estado de embriaguez, pretendían resistirse con provocación.

—Antes de Vikramayit y ahora mías —decía cada vez que lograba atrapar una de ellas.

Ansioso por su demora, Bhairav envió un sirviente para informarle que todo Mewar esperaba por el maharaja de Chittor. A Banbir le agradó el elogio y fue a encontrarse con su brahmán consejero. Una vez ante la muchedumbre ofreció su versión de lo ocurrido con profunda aflicción: Mientras acompañaba a Udai a sus habitaciones, Vikramayit y la guardia real del príncipe intentaron asesinarle. Atrapado en medio de la revuelta Udai cayó herido de muerte. Al verse asediado por su escolta, Vikramayit huyó a refugiarse en el templo de Kali, donde se enfrentó a sus hombres hasta morir.

Suraj había regresado de su viaje a Ajmer. Estaba tan desconsolado, que cuando los cremadores trajeron lo que todos suponían era cadáver de Udai envuelto en mortajas blancas y guirnaldas de flores, comenzó a llorar. Tras Udai llegó el cadáver de Vikramayit junto a más de una docena de soldados muertos. Fue Suraj quien encendió la pira que devoró el cadáver sumiendo a todo Mewar en profunda agonía. Mucha gente común que jamás conoció a Udai vino atraída por la curiosidad del evento. No todos los días se cremaba un príncipe. En tales ocasiones los nobles ofrecían caridad en honor al difunto.

Cuando las llamas mermaron la muchedumbre se disipó. Banbir y Bhairav echaron a andar agradeciendo a todos por su presencia. Ambos llevaban la aflicción en el rostro. Corrían rumores sobre la posible complicidad de Banbir, aunque nadie se atrevía a acusar al joven maharaja quien probó ser más cruel de lo que se decía. Los rumores le preocupaban, pero Bhairav no les prestaba atención. Andaba a paso relajado saludando a nobles y aldeanos que le admiraban por su generosidad. Las preocupaciones de Banbir no eran suyas, estaba satisfecho con la adulación que recibía de la muchedumbre. Tampoco le importaba si Udai estaba vivo o muerto. De saberse lo ocurrido todo caería sobre Banbir; él no estaba implicado con los hechos. Bhairav solo apostaba a una persona: Bhairav. Por otra parte, era bueno mantener a Banbir en ansiedad perpetua. Eso lo obligaba a depender cada vez más de él. Cada favor costaba, había que comprárselo a alguien y él era el intermediario. Banbir vivo y ansioso era una fuente de oro segura.

Mientras andaba llamó su atención un matrimonio de aldeanos de mediana edad y evidente pobreza. Deambulaban indiferente a la muchedumbre mirando en todas direcciones. Él cargaba un fardo sobre su espalda y parecía ser de noble carácter. Ella, a pesar de que algunas hebras de su cabello negro habían emblanquecido, la simpleza de su vestidura y la inocencia de su perfil le hacían verse hermosa. Banbir continuaba preguntando cómo librarse de los rumores que le implicaban, pero el único interés de Bhairav era deshacerse de Suníschala de la manera más sabia posible. Mientras observaba a la empobrecida aldeana, una idea vino a su mente: si las mujeres adoraban al asceta, las mujeres serían su ruina.

Bhairav controlaba a Banbir de modo sutil. Se deshizo de él aconsejándole que se ocupara de consolar a los nobles, tenerlos de su lado era lo que más necesitaba. El hábil brahmán se acercó a los recién llegados a la manera de quien trae la mejor intención. Al ver su gentileza la atractiva mujer tocó sus pies con respeto llevándose luego las manos al corazón. Siempre cortés, Bhairav le ofreció sus bendiciones, aunque le asombró que la pobre señora apenas lograba emitir un tartajeo casi incomprensible. Fue su esposo quien dijo que venían desde lejos en busca de un joven llamado Suníschala. Los ojos de Bhairav se avivaron, y se ofreció para ayudarles a encontrar a quien dijo ser su querido primo. Sus palabras tocaron el corazón de los aldeanos y la esperanza iluminó sus ojos; Bhairav preguntó qué le había ocurrido a la buena señora. El esposo la hizo a un lado y relató su historia con recato agobiado de vergüenza.

Años atrás la esposa de uno de los brahmanes de su aldea la acusó de ser la amante de su marido. Bhairav abrió los ojos sobrecogido de asombro preguntando si era cierto. El aldeano lo negó insistiendo en que eran gente pobre, pero decente y honesta. Su esposa siempre fue temperamental. Al verse difamada de tal manera comenzó a lanzar insultos contra los brahmanes. Como consecuencia, los acusaron de ser adúlteros, gente de bajo nacimiento, y no les permitían entrar al templo. Esta vez Bhairav se mostró horrorizado por la noticia. Insultar a un brahmán era un gran pecado. El caballero se sintió avergonzado. Bhairav le aseguró que no tenía por qué preocuparse, nadie en este mundo es perfecto. Fue a razón de aquel hecho que los brahmanes mayores la acusaron de sacrilegio y como castigo le cortaron la lengua. Desde entonces, como todos los consideraban impuros, nadie les ofrecía trabajo por simple que fuese. Conmovido por su desgracia, Bhairav puso unas monedas en las manos del desafortunado, asegurándole que para Suníschala no había impureza imposible de sanar. El empobrecido aldeano agradeció la piedad del joven, y reveló la razón por la que deseaban conocer al joven asceta. Estaban envejeciendo y aún no tenían hijos a pesar de haber horado por años. Tal vez era el castigo de Dios por insultar a un brahmán. Habían oído que el joven asceta poseía dones milagrosos y tenían fe en que podría ayudarles.

Bhairav miró a su alrededor. Como quien prefiere no ser escuchado, le susurró al oído que sus oraciones no fueron en vano, su fe había sido recompensada. Suníschala podía otorgarle todo lo que le pidieran: hijos, dinero, ¡lo que fuese!

—Cada noche madre Kali entra a su cuerpo y lo hace recipiente de su poder. No por gusto los maharajas lo mantienen cerca de Chittor.

El pobre aldeano estaba perplejo. Antes de dejarle ir el brahmán le tomó del brazo y le habló una vez más con afecto.

—Mi nombre es Bhairav. Dile a tu esposa que venga esta noche al templo de Kali, Suníschala y yo estaremos ahí. Hablaré con él para que la bendiga. Ahora tomen provecho de la ocasión, nuestro maharaja se ha comprometido a dar de comer a todos en honor a Udai. Luego váyanse a descansar, se les ve agotados.

El aldeano abandonó el lugar. Emocionado, relató a su esposa lo que el joven brahmán le había revelado.

Al anochecer la aldeana fue al templo de Kali tal como acordaron. Previamente informado, Kailash la condujo hasta el aposento de Bhairav. Al verse a solas con el joven brahmán la aldeana se mostró retraída y tímida. Bhairav no tardó en ganarse su confianza. El joven brahmán solía ser gentil en sus tratos ordinarios. Aseguraba que con la bendición de Suníschala le nacería un hijo de madre Kali. ¡Ni siquiera la esposa de aquel malévolo brahmán que causó su desdicha era tan afortunada! Mientras le hablaba los ojos de la aldeana destellaban de esperanza. La gentileza del joven revelaba que era diferente a los demás brahmanes. No había arrogancia en él y mostraba un sincero interés por ayudarlos sin pedir nada a cambio. Bhairav puso en sus manos un atuendo de seda fina y la condujo hasta la habitación de baño; debería estar pulcra y bien vestida para cuando Suníschala llegase.

La aldeana estaba maravillada. Jamás había visto un baño palaciego. En una habitación contigua Bhairav la contemplaba a través de una hendija apenas perceptible. El agua humeante sobre su piel le hacía lucir mucho más hermosa. Pero el joven brahmán buscaba algo más. Notó que cerca de la cadera, en la parte superior de su nalga izquierda, tenía un lunar claro y casi tan redondo como una moneda. Una vez aseada y vestida en seda fina, la pobre aldeana lucía esplendorosa.

Bhairav le ofreció un suntuoso manjar digno de los brahmanes. Platicó con ella por unos minutos, dejándole saber que al llegar Suníschala él tendría que retirarse. Entre balbuceos y señas la intrigada mujer quiso saber por qué siendo un brahmán tendría que irse, a lo que el joven repuso que ella habría de mostrar su cuerpo desnudo ante Suníschala de manera que pudiese santificarlo, por lo que su presencia no sería apropiada. Viendo inquietud en los ojos de la mujer, Bhairav le aseguró que no tenía por qué preocuparse, no había pecado alguno. Suníschala era una persona santa y no estaba atraído a los placeres sensuales. Aplacado su temor y poco después de embocarse cuanto tenía a su alcance, la aldeana dormía bajo el efecto del harto ungido de una poción que invitaba al sueño.

Al amanecer, cuando los rayos de sol le acariciaron el rostro la aldeana despertó. Perpleja, halló que sobre su cuerpo una guirlanda de flores hibisco usadas en la adoración de Kali. Bhairav relató que Suníschala vino bien entrada la noche. Al oír su triste historia, puso sobre ella su propia guirnalda a manera de bendición. Aunque prefirió no despertarla, aceptó verla en cuanto cayera la noche. Conmovida, la señora derramaba lágrimas. Bhairav la condujo hasta un balconcillo desde donde se podían ver los altozanos que rodean Chittor. Allí residía el joven ermitaño distanciado del mundo, y acordó encontrarla esa noche al pie de la colina para llevarla ante su primo. La señora tocó los pies del brahmán y partió tartajeando palabras de gratitud que no Bhairav lograba entender.

En su precaria choza en las afueras de la ciudadela le esperaba su marido. Luego de escuchar la noticia estaba tan emocionado como su propia mujer. Pronto les nacería un hijo… ¡un hijo de madre Kali!

Cayó la noche. Fiel a sus esperanzas, la aldeana esperaba ansiosa al pie de la colina. Bhairav se acercó al lugar de la cita acompañado de Kailash y varios de sus brahmanes. A su orden, corrieron hacia los caseríos más pobres que rodeaban Chittor en busca de aldeanos. Bhairav traía consigo una moneda de plata, y otros enseres para la adoración de Kali que le entregó a la mujer, instruyéndole en el modo apropiado de encontrarse con un asceta en la noche. No era correcto presentarse ante un asceta con las manos vacías. Una vez frente a Suníschala debía tocar sus pies y mostrar sin temor su cuerpo desnudo. El sabio, que era una persona santa libre de tendencia libidinosas, consagraría su cuerpo con su mirada invocando a madre Kali para que entrase en su vientre. No obstante, le advirtió que con seguridad pondría a prueba su fe e intentaría convencerla de que abandonara el lugar. Si realmente deseaba un hijo de madre Kali debería persistir; los ascetas conocían su poder y se hacían de rogar.

Esperanzada, la humilde señora echó a andar colina arriba por el trillo escabroso bordeado de plantas espinosas. Solo la luz de la luna iluminaba su andar. No demoraron los brahmanes en regresar de los suburbios de Chittor trayendo consigo una docena de aldeanos. Habían regado la voz de que por mucho tiempo creyeron que Suníschala era un asceta respetable, cuando en verdad no era más que un adúltero impostor. Como a los aldeanos les costaba creerlo, Bhairav les invitó a seguirle colina arriba para que lo vieran con sus propios ojos.

En tanto, la aldeana llegó a la gruta en que habitaba Suníschala. Lo halló sentado sobre la tierra, frente al fuego, con el cuerpo cubierto de cenizas. El cabello le caía sobre sus hombros. La barba pobre y lacia le acariciaba el pecho. Sus ojos estaban cerrados y cubría la parte baja del cuerpo con tela raída. Su imagen era emblema de paz y sabiduría. Sobrecogida por un sentimiento de temor lindando con veneración, la señora se acercó al sabio, que abrió los ojos y habló con voz grave.

—Todo lo que el joven brahmán te ha dicho es falso; él sólo intenta destruirme y no ha reparado en tu inocencia. No ha sido él quien te trajo a este lugar, sino tus propios deseos. Nadie puede cambiar su destino si no cambia sus deseos. Aprende eso mujer, apréndelo. Si te vas ahora podré ayudarte, pero si no me escuchas estarás perdida. Tú escoges.

La aldeana recordó las palabras del joven brahmán: el asceta probaría su determinación, y no reparó ante la advertencia. Puso los utensilios de adoración a sus pies y de un solo golpe descubrió su cuerpo desnudo ante Suníschala, quien sin mostrar la menor atracción hacia su figura le advirtió:

—Has sido tú quien ha elegido tu destino, yo ya he aceptado el mío, —y cerró los ojos.

Al momento Bhairav irrumpió en la gruta seguido de sus brahmanes y una docena de aldeanos antorchas en mano. La algarabía era tal, que la confundida mujer apenas tuvo tiempo para echarse la seda encima cuando Kailash la sacó de la gruta a empellones. Al instante llegó otro brahmán acompañado del marido. Momento en que Bhairav dio rienda suelta a su parodia.

—Aquí tienen al gran Suníschala— gritó con cinismo—. Vean con sus propios ojos. ¡Véanlo! Ha estado posando como un gran santo, pero no es más que un adúltero impostor.

En medio de la algarabía los brahmanes llevaron por la fuerza a Suníschala, haciéndole andar a empujones seguido por los aldeanos que le lanzaban improperios. La asustada mujer gesticulaba emitiendo sonidos inentendibles intentando explicar lo ocurrido ante su perplejo marido, a quien Kailash mostraba la bandeja con hierbas afrodisíacas, el frasco de licor y demás enseres tántricos para rituales sexuales como evidencia del adulterio. Aseguraba que por años todos creyeron que Suníschala era una persona santa. Muchas mujeres de Mewar decían haber concebido hijos gracias a sus bendiciones, pero era evidente que el tan venerado eremita no era más que un impostor.

La inocente señora lloraba y balbuceaba con desespero intentando probar su inocencia ante su marido. Según él, su mujer juraba que el joven brahmán mentía. Fue él quien acordó venir a ese lugar y le entregó los artículos instruyéndole qué hacer si deseaba recibir la bendición del asceta. Pero Bhairav había tomado precauciones.

—Esta mañana Kailash me dijo que ayer la vio venir a este lugar pasada la medianoche, por eso me quedé esperándola en el templo de Kali como habíamos acordado. ¡Ni yo podía creer lo que Kailash me aseguró haber visto! Para mí Suníschala siempre fue un santo. Pero ya ven, fue por eso que los mandé a buscar, para que vieran por ustedes mismos y luego no digan que son inventos míos.

La aldeana lloriqueaba y juraba que el brahmán mentía. El marido estaba furioso. Incapaz de creer lo ocurrido, a cada momento aumentaba su confusión. Una ira terrible se apoderó de su corazón.

—Dice que este brahmán la acompañó anoche a tu habitación, que todo esto es una trampa que tú le tendiste. Jura que mientes por alguna razón.

—¡Ahora resulta que todos los brahmanes mienten! —exclamó Bhairav con sarcasmo. Tomó la moneda de plata de la bandeja y la mostró al marido preguntándole si tenía idea de cómo la había obtenido. También traía puesto un atuendo de seda fina. Le recordó que su mujer aún conservaba su atractivo y que los nobles de Chittor eran conocidos por ser dadivosos.

—¡Después de todo quién sabe si la esposa del brahmán que la acusó de ser amante de su marido estaba en lo cierto! —añadió con un énfasis malicioso.

El aldeano titubeaba, creía en su esposa, pero las evidencias en su contra eran muchas. La señora insistía en que ambos brahmanes mentían, que algo tramaban. Fue entonces que Kailash interrumpió con su propia malicia.

—¿Y el bello lunar redondo que tiene sobre la nalga izquierda y que el impostor anoche besaba con tanta pasión? ¿También es mentira?

El testimonio hirió el corazón del marido. Convencido de su infidelidad sus ojos se inyectaron de cólera. Apático a las súplicas de su mujer se le fue encima cual cobra que ha sido pateada. Le arrancó la seda que lucía y comenzó a golpearla ante los ojos impávidos de Bhairav y Kailash. Viéndole luchar por su vida, ambos brahmanes abandonaron aquel lugar indiferente a su triste suerte, sin reparar ante sus gemidos mientras su esposo la estrangulaba golpeándole el cráneo contra las piedras.

Capítulo 8

Un brahmán degradado debe morir

La noticia destruyó la fe de muchos nobles y aldeanos en el joven asceta. Otros lo encontraban difícil de creer, y se rumoraba que era otro de los ardides malévolos de Bhairav. Pero lo qué había ocurrido en aquella colina en medio de la noche entre Suníschala y la aldeana desnuda, era un misterio que se volvió tema del día en cada hogar de Chittor. Las nobles que se jactaban de haber concebido un hijo por la bendición del asceta encontraban incómoda la opinión pública. Kailash afirmaba que el joven no era más que un brahmán degradado que desacreditó su casta y debía ser juzgado por impúdico. A su pedido, Suraj lo tenía bajo custodia.

Días después Banbir invitó a cuanta muchedumbre fuese posible para un espectáculo excéntrico donde Kailash, el brahmán de mayor edad, dictaría sentencia. Luego de disponer de un reo ordinario, el toque final al espectáculo sería la muerte del brahmán degradado. Una vez concluida la función habría un banquete para todos. La partida de Mukul junto a sus brahmanes más la estrepitosa noticia del asceta, contribuyó a que Banbir asegurara el control absoluto de cuanto se hacía y se decía en su reino. Una vez más Suraj tenía razón cuando le dijo que Bhairav era el mejor hombre en Chittor. Ahora su fe en el joven brahmán era ciega.

Aunque el sol calentaba con rigor, la arena de martirio estaba atestada de aldeanos y curiosos venidos de todo Mewar. Unos con la intención de ver al afamado ermitaño y otros tan solo para llenarse la barriga. Suraj no estaba presente, no le interesaban los espectáculos excéntricos de Banbir, quien se hacía ver en la parte más alta de la arena sentado en sobre un trono pomposo rodeado de nobles. Sus sirvientes le abanicaban con flabelos de plumas de pavorreal y le cubrían con un parasol decorado con joyas multicolores, recordándoles a todos, de ese modo sublime, que él era el maharaja de Chittor. Al borde de la arena podía verse un elefante atado a un pilar empotrado en la tierra. Banbir dio orden de comenzar, los tambores redoblaron con vigor y los soldados trajeron a rastras al primer condenado. Estaba maniatado y se negaba a andar, forzando los soldados a arrastrarlo hasta el centro de la arena. Gritaba horrorizado pidiendo clemencia, pero sus plegarias le eran indiferentes a un público que pedía castigo. Se trataba de un asaltante de viudas peregrinas que robaba sus limosnas y abusaba de aquellas que aún guardaban juventud. También se le acusaba de robar ganado, razón por la cual Banbir se negó a escucharle; el robo de ganado en Chittor se pagaba con la muerte. Estaba bien advertido. El condenado se resistía, obligando a los verdugos a derribarlo boca arriba. Una vez atado al áncora empotrada en medio de la plaza, Kailash asintió. Al ver al cornaca sobre el elefante acercarse al lugar de martirio, el sentenciado gritó aterrorizado implorando misericordia. Esta vez el amedrentador rugido de la bestia ahogó su voz. Entrenado para el martirio, la bestia piafó un par de veces al redoble de los tambores y a la tercera cayó sobre el tórax de la víctima esparciendo sus entrañas en todas direcciones.

Banbir celebró el espectáculo con aplausos y los vítores de la muchedumbre. Sentado a su diestra, Bhairav, el joven sacerdote, disfrutaba con discreción. Un brahmán es símbolo de compasión. Como era de esperar, tal espectáculo no debería ser de su agrado. El cornaca regresó la bestia a su lugar y los soldados fueron en busca del próximo sentenciado.

Vestido para la ocasión, Kailash se dirigió al maharaja de Chittor. El vigoroso brahmán, cuyo largo cabello blanco y negro descansaba sobre sus hombros, anunció que el consejo de brahmanes había concluido que un brahmán tan degradado como Suníschala debería morir bajo el peso del elefante ceremonial. Banbir percibió que la sentencia no agradó a los nobles más prominentes. Para rehuir consecuencias impredecibles relegó su autoridad en Kailash. Se trataba de un asunto entre brahmanes, algo que no concernía a un maharaja. A fin de cuentas, Kailash era la mayor autoridad religiosa de Chittor y bien conocía los códigos de su casta. Era él quien debería decidir. Bhairav sonrió. Al parecer el tonto de Banbir estaba aprendiendo a gobernar la ciudadela. Kailash ordenó traer al reo. Esta vez se trataba de Suníschala. La euforia del populacho ahogó las pocas voces de desacuerdo. Bhairav sonrió con discreción.

Por su orden lo traían atado con una cadena tirándole del cuello como un animal. Estaba cubierto de harapos, y debido a que desde su encarcelamiento Bhairav lo tenía atado sobre la tierra en el corral de las cabras, estaba mugriento. A través de la enmarañada cabellera que le cubría el rostro entremezclándose con su barba mansa, el asceta contemplaba el espectáculo tal como un observador casual ajeno a cuanto acontece. Unos proferían insultos, otros opinaban que era obra de Banbir sin que pudiesen decir por qué. Las mujeres lloraban sin consuelo.

Kailash ordenó atarlo al pilar empotrado al centro de la arena de martirio. Por ser un brahmán se le concedió el derecho de ser aplastado con la cabeza del elefante ungida con pasta de sándalo y alcanfor en lugar de las patas delanteras como a un criminal ordinario. Los brahmanes son la casta superior. Algo que debe quedar claro incluso en la forma de morir. Ahora nadie vociferaba, solo se escuchaba el lamento de algunas mujeres y de algún que otro hombre piadoso que aún conservaba su fe.

Suníschala le lanzó una mirada retadora a la que Bhairav respondió con su sonrisa cínica. El porqué era algo que solo ellos conocían. Una vez atado Suníschala cerró los ojos. Su semblante, siempre apacible, enrojeció, de su frente cayó sudor y pateó la tierra con fuerza. Era la ira de los ascetas, que desata el poder inescrutable de quienes han vivido en penitencia y a la cual incluso los sabios temen. Una agradable brisa comenzó a soplar que al instante se convirtió en un torbellino batiendo el lugar y levantando un remolino de polvo que irritaba los ojos. Los toldos y banderines que adornaban la arena volaron por todas partes y el cielo sobre Chittor se cubrió de nubes oscuras, excepto por un agujero a través del cual penetraban los rayos de sol que se posaban sobre la cabeza de Suníschala. La escena era numinosa. En poco el torbellino cesó y la muchedumbre abrió los ojos. Algunos aldeanos y nobles abandonaron el lugar, temerosos del pecado de ver matar a un brahmán asceta.

Kailash conocía el poder que se le acreditaba al joven. Aunque soportó el torbellino con estoico ademán se le notaba vacilante. Con un discreto movimiento de cabeza Bhairav le ordenó continuar. Lo había dejado todo en sus manos, no quería estar implicado en la muerte de Suníschala ante los ojos de los nobles para no ensuciar su reputación. Sería Kailash quien llevase a cabo la ejecución. El corpulento brahmán dio la orden, el cornaca afanó la bestia y el público comenzó a agitarse. Suníschala clavó su mirada en los ojos del animal. La bestia comenzó a cabecear batiendo al cornaca de un lado a otro con tal fuerza que solo por su gran pericia logró sostenerse. En medio de las exclamaciones de la muchedumbre urgía a la bestia con la intención de incrustar al condenado con el cráneo del animal. El gigantesco bruto cabeceaba redoblando el paso, estremeciendo el suelo con cada pisada. El bullicio se transformó en euforia. Apenas estuvo a unos pasos del asceta la bestia se detuvo con brusquedad proyectando al cornaca contra el suelo. Rugió enloquecido pateando la tierra y se lanzó contra Kailash. El robusto sacerdote corrió para salvar su vida. El animal arrojaba barreras y banderines pisoteando cuanto se encontraba a su paso, abriéndose camino hasta donde se encontraban los nobles junto a Bhairav y Banbir.

En medio del caos la muchedumbre huía despavorida. El joven maharaja parecía un ser pétreo ante los ojos del animal que rugía augurando su muerte. Bhairav se mantuvo sereno sin mover un solo párpado ni mostrar temor. Si Suníschala conocía el arte de agitar a la bestia, él sabía cómo amansarla. Una vez sosegada su ira, regresó adonde se hallaba Suníschala y tocó sus pies con la trompa antes de dejarse llevar fuera de la arena por el cornaca.

Atónitos ante el poder del joven la muchedumbre comenzó a corear su inocencia. La efervescencia creció hasta volverse contagiosa. La misma multitud que momentos antes pedía su muerte ahora estaba a sus pies. Pero Banbir no era de los que toleran humillación. Empuñó su sable decidido a acabar con el desafiante asceta, sin importarle que plebeyos y nobles le pidieran clemencia. Bhairav olfateó el momento ideal de limpiar su nombre y se interpuso en su camino. El joven maharaja resoplaba como una víbora herida e intercambió miradas intensas con Bhairav. El joven brahmán sabía que

Banbir no se atrevería a matarle, eso sería no solo el fin de su reinado sino también de su vida. Banbir confiaba en la inteligencia de Bhairav, por lo que al verle interceder en favor de Suníschala intuyó que lo hacía en su mejor interés y sable en mano abandonó la arena sin pronunciar palabras.

El gesto del brahmán le ganó la admiración de la multitud que ahora vitoreaba su nombre, y no tardó en sacar provecho de su momento de gloria. A fin de cuentas, las muchedumbres siempre responden a favor de quien bien sabe manipularlas. Bhairav se acercó al condenado seguido de una multitud de aldeanos y le limpió el rostro con sus manos.

—Incluso en la adversidad un brahmán se le debe honrar. Todos somos humanos y nadie está exento de faltas. ¡Banbir y Kailash son tan crueles! Si yo fuese el brahmán mayor de Chittor jamás hubiese permitido algo así.

Mientras la muchedumbre elogiaba los buenos sentimientos de Bhairav, el joven sacerdote ordenó que llevaran a Suníschala a la estancia de los brahmanes en el palacio, le dieran de comer, beber y un lugar limpio donde descansar. Aun así, nadie lograba discernir si los ojos insondables del asceta miraban con gratitud o nostalgia.

El sol se ponía sobre las colinas rocosas de Mewar y Banbir aún hervía de furia. Jamás un maharaja fue tan humillado. Mucho menos por un vagabundo cuya vida no era diferente a la de un animal, e increpaba a Bhairav que le escuchaba sin inmutarse. Suraj supo de lo ocurrido. El rudo oficial apenas podía contener su risa chillona, irritando a Banbir, que celaba su buen prestigio. Pero la reputación del arrogante Banbir era lo menos que preocupaba a Suraj, a él solo le concernía la seguridad de Chittor. De no ser por su naturaleza despectiva y cruel Suraj hubiera sido un modelo de patriota.

Banbir estaba molesto con Bhairav, que le culpaba del fracaso por tomar decisiones sin consultarle.

—¿Te das cuenta de que no debiste acceder al pedido de ese tonto de Kailash? Claro que un asceta como él puede controlar la mente de ese estúpido animal —le reprochaba el brahmán.

—¿Qué hubieras hecho tú en mi lugar? —preguntó Banbir contrariado y de mal humor.

—Hacerle morder por una cobra rey para que todos le vean morir y luego echar su cuerpo a los chacales —dijo Bhairav sin esconder su desprecio por el asceta.

Banbir preguntó por el paradero de Suníschala y sugirió matarlo de inmediato, luego podían regar el rumor de que había escapado y así nadie podría culparles de nada. Bhairav dijo haberlo amarrado en el establo junto a las bestias, pero tenía razones para no acceder a la propuesta de Banbir. Suníschala debería morir cuando sus bienquerientes lo desdeñasen, de otra manera regresaría más poderoso y le destruiría.

Banbir se sorprendió al oír algo tan extraño. —¿Regresar después de muerto… y destruirte? ¿Es eso posible entre los brahmanes? —Bhairav permaneció callado—. Si es así mejor lo dejo en tus manos. ¿Qué piensas hacer?

Bhairav se tomó su tiempo antes de responder. —Encerrarlo en la cocina del palacio. Que se gane lo que se coma y que viva como un animal hasta que encuentre el momento ideal para destruirlo. Mientras tanto, le diremos a todo el que pregunte que abandonó Mewar por vergüenza.

Al anochecer Bhairav y Suraj deambulaban por los jardines del palacio donde encontraron a Ramesh, el padre de Bhairav. El envejecido brahmán supo de lo ocurrido con Suníschala y la aldeana, razón por la cual viajó a Chittor para ver a su hijo, pues como bien decía Mukul, no dudaba que estuviese detrás de todo aquello.

—¡Padre! ¿Qué te trae a Chittor? —el joven brahmán rebosaba alegría, pero Ramesh estaba irascible y le interrumpió sin apenas dejarle hablar.

—Dime que no estás detrás de todo esto. ¿Qué le has hecho a ese muchacho? ¿Dónde está? —El semblante de Bhairav revelaba inocencia, pero Ramesh bien le conocía—. No trates de hacerme creer que no sabes a qué me refiero. ¿Dónde está Suníschala? ¿Qué has hecho con él? ¿Fuiste tú quien planeó todo esto?

—¡Padre! Te juro que intenté ayudarle. Tuve que suplicarle a Banbir para que no lo matara, fui yo quien le salvó la vida. Puedes preguntarle a cualquiera en Chittor, todos me vieron —alegaba con perfecta candidez.

—¿Y esa mujer? ¿Quién planeó todo eso? —insistía Ramesh con vehemencia.

—Cuando llegué al lugar ya estaba rodeado de aldeanos. Puedes preguntar a quien desees.

Ramesh jadeaba de ira. Le costaba creer que su hijo fuese tan malévolo, pero nada podía hacer sin evidencias de su complicidad. —¿Dónde está Suníschala? Lo quiero ver.

—No sé dónde está. Ya te dije que intervine para salvarle la vida, pero no tengo idea de donde habrá ido.

La mirada de Ramesh hacía palpitar el corazón de Bhairav. —Si me llego a enterar de que estás detrás de todo esto, lo vas a lamentar.

El piadoso brahmán y se marchó sin siquiera despedirse. A Bhairav no le agradaban a enterar de que estás detrás de todo esto, lo vas a lamentar. las amenazas y le siguió los pasos con la mirada. Una vez que le perdió de vista le murmuró a Suraj que permanecía a su lado:

—Este también está comenzando a molestarme, tendré que ir pensando en cómo salir de él.

Bien entrada la noche ambos amigos fueron al establo acompañados por dos de los hombres de Banbir, forzaron a Suníschala dentro de un cesto para transportar leña, lo cubrieron de heno, y lo llevaron a la cocina principal. Suraj pateó la puerta. Bhairav fue el primero en entrar. Su repentina llegada hizo temblar a los cocineros, más cuando extrajo a Suníschala de entre el heno tirando de sus cabellos no podían creer lo que veían. El temido brahmán les lanzó una mirada amedrentadora y anduvo unos pasos observando cada rincón. Nadie se atrevía a abrir la boca, excepto el propio Bhairav.

—Estoy seguro de que todos ustedes conocen al gran asceta de Chittor —dijo con jocoso sarcasmo, emblema de su carismática personalidad—. Siéntanse afortunados, desde hoy va a vivir y trabajar aquí. Si por alguna razón se escucha tan solo un rumor de su existencia, pagarán con su cabeza y la de sus familiares.

Los cocineros estaban temerosos. Habían servido en el palacio por tiempo suficiente como para saber de lo que Bhairav era capaz. Tomó del brazo a Suníschala y de un empellón lo encerró en un diminuto cuarto oscuro para almacenar sacos de arroz.

—Esta es la cueva ideal para un animal como tú. A partir de ahora vivirás ahí. Te acordarás de que existo cada año cuando celebremos el festival para mi madre Kali y venga por tu sangre. —Dijo esto último susurrándole con desprecio al oído.

Pasó cerrojo a la maltrecha puerta y le lanzó la llave a Atul, el principal de los cocineros del palacio. Atul era de mediana edad, algo grueso y con un prominente mostacho de puntas bien afinadas que sobresalían de sus mejillas. El brahmán se le acercó y le habló con su mirada perversa.

—Debes ocuparlo en trabajo fuerte. Que sude lo que se coma. Ni se bañará, ni se afeitará, ni se cortará el cabello, y si me entero de que puso un pie fuera de esta cocina, te hiervo vivo —le dijo tan cerca del rostro que Atul pudo sentir su aliento.

Suraj miró con detenimiento a cada uno de ellos antes de retirarse con el ceño fruncido. Todos sabían que el comandante de la guarnición nunca olvidaba un rostro y que no era conocido por ser clemente. Una vez solos, los cocineros comenzaron a hacer mofas de Suníschala a través de las hendijas y vanos de la precaria puertecilla. Uno de ellos, de voz chillona, jorobado y de aspecto ordinario, asumiendo porte de realeza hacía reír a los demás.

—Oye asceta, ¿puedes cambiar mi destino? No quiero seguir de cocinero, ¡quiero ser el maharaja de Chittor!

Otro, semiobeso, se acariciaba el vientre y preguntaba si el bebé que estaba esperando era un niño o una niña. Las burlas eran continuas y a cada momento se desternillaban de risa. Sin embargo, Atul era diferente. Tenía un corazón piadoso y amaba la sabiduría a pesar de que el destino le obligó a ganarse la vida como un humilde cocinero. Disgustado por la impertinencia de la gente ordinaria, les hizo callar echándoles del lugar palmoteando con brusquedad. Por mucho tiempo escuchó hablar de Suníschala, aunque nunca tuvo la oportunidad de verle de cerca hasta hoy en la arena, y estaba convencido de que el joven era un sabio de extraordinario poder. Se acercó al cuartucho donde estaba encerrado. Por debajo de la puerta le dio una escudilla repleta de arroz con granos sazonados, vegetales hervidos y una vasija de agua.

—Mi nombre es Atul. Aquí abajo quien manda soy yo —dijo con respeto.

—Gracias Atul —respondió Suníschala con gratitud.

—Odio a Bhairav tanto como tú. Ese joven brahmán es un alma malévola.

—Yo no odio a nadie Atul —respondió el brahmán asceta mirándole a los ojos—. Si tú me odias y yo te odio, ¿qué nos hace diferentes? No odies Atul, no odies, porque el odio devora el alma. Aprende eso, apréndelo.

Atul se sintió avergonzado. Sin embargo, las palabras del asceta le brindaron cobijo. Los ojos de Suníschala no mentían. —Me gustaría haber sido un brahmán como tú.

—Concedido Atul, un día serás un brahmán y viviremos juntos lejos de este lugar.

Las inesperadas palabras de Suníschala le llenaron el corazón de esperanza y dudas. Abrió la puerta del almacén y lo llevó al área donde cenaban los sirvientes.

—Todo Chittor habla de ti y esa mujer. Algunos dicen que es cierto lo que se rumora, otros creen que todo fue un plan de Bhairav.

—¿Y tú qué dices? ¿Eres de los que cree todo lo que cuenta la gente?

Esta vez fue Atul quien le miró a los ojos. No podía concebir que hubiese culpabilidad en él. —Creo que fue idea de Bhairav. El corazón de ese joven es el antro del mal.

A Atul le causaba curiosidad que, a pesar de su condición, Suníschala comía con tranquilidad observando cada rincón del lugar tal como un niño inocente. —No es un mal sitio para vivir, se come bien y se duerme en buena cama —dijo el asceta sonriente mientras saboreaba el alimento y palpaba un saco de arroz similar a los que se amontonaban en el pequeño almacén donde habría de vivir.

La mente de Atul era un cenagal de preguntas y dudas que no se atrevía a expresar por temor a incomodar al asceta. Por fin se aventuró. —¿Cómo hiciste para detener a la bestia? —Suníschala lo ignoró y continuó comiendo. Atul optó por algo más sustancial. —¿Es cierto que Aravinda convertía en brahmanes a personas de bajo nacimiento como yo?

El joven lo miró con ojos cargados de piedad. —Nadie es bajo por nacimiento, Atul. Tampoco se es brahmán por herencia familiar, sino por buenos hábitos, sabiduría e integridad de carácter. ¿Por qué deseas ser un brahmán?

Atul vaciló en responder. —Porque… porque desde niño visitaba el templo con mi padre, escuchaba su sabiduría y quería ser como uno de ellos. ¿Es cierto eso… que puedes hacer de mí un brahmán?

Al cocinero le costaba creer que fuese posible. Suníschala sonrió. Llevándose un puñado de arroz a su boca respondió: —Solo si prometes hacerme tan buen cocinero como tú.

A Atul la propuesta le pareció una broma y comenzó a reír. —Tú no solo eres un brahmán sino también un asceta del desierto desde tu niñez; apuesto que puedes instruir a muchos brahmanes. En Chittor sobran los cocineros como yo. ¿De qué te puede servir? —Dijo el humilde hombre sonriendo y alzando los hombros.

Suníschala detuvo el comer, sus ojos fijos miraban hacia ningún lugar, pero esta vez habló con gravedad. —Porque esa es la única manera en que tú y yo algún día podremos salir de aquí. Aprende eso Atul, apréndelo.

Atul se marchó a su aposento colmado de dudas. Las palabras del asceta no le hacían sentido alguno. Todo Chittor dormía cuando Atul regresó a la cocina. Allí encontró a Suníschala durmiendo sobre los sacos de arroz. Le costaba creer que aquel joven desventurado y mugriento fuese el poderoso ermitaño a quien incluso los sabios reverenciaban. ¿Era cierto que podía hacer de él un brahmán como decía? Mientras lo contemplaba advirtió que las hormigas deambulaban sobre su mejilla, las removió con cuidado con el dorso de su mano y regresó a su hogar.

Capítulo 9

La cabeza de Banbir

Antes del amanecer Atul regresó a la cocina para comenzar sus quehaceres. Allí encontró al joven absorto en su meditación. Sus ojos estaban entrecerrados. La respiración era apenas perceptible. El humilde cocinero no se atrevió a perturbarlo y anduvo con cuidado, casi a hurtadillas. Suníschala advirtió su presencia. Con profunda humildad expresó su agradecimiento por su atención para con él la noche anterior. Sin importarle las amenazas de Bhairav, Atul le condujo al área donde se lavan las ollas mayores y le permitió bañarse. También le ofreció leche caliente de la mejor entre las vacas destinadas al consumo exclusivo de Banbir. Una vez más Suníschala se mostró agradecido.

Atul se admiraba de que a pesar de las circunstancias el joven siempre sonreía, confesando de buen humor que la cocina de los maharajas ofrecía más comodidades que las colinas de Chittor. Para Suníschala el castigo que Bhairav se propuso imponerle resultó ser un aliciente para su vida ascética, era otra muestra de cómo el hombre propone y Dios dispone. Mientras Atul le confesaba su admiración, Suníschala le instruía en que la felicidad no reposa en los objetos ni en las circunstancias que nos rodean, sino que es inherente en el corazón, aunque brota o sucumbe según en la manera en que percibimos el mundo. El sufrimiento no es más que nuestra incapacidad para reconocer y aceptar los designios de Dios para con nosotros a cada momento de nuestra vida. Suníschala era un sabio de corazón optimista. Sabía apreciar las cosas buenas aun en medio de su aparente infortunio. Para él la vida era un largo camino de aprendizaje que no culmina jamás y advirtió a Atul que esa era la primera lección que debería aprender si deseaba ser un buen brahmán. Solo así le sería posible crecer y sobrellevar las inconveniencias que agobian a las almas desterradas en este mundo temporal y plagado de miserias.

La confesión del asceta tocó a Atul en lo más profundo, que dijo haber vivido toda su vida en humillación cual espina clavada en el corazón. Como pertenecía a las clases más bajas de la sociedad, incluso los aldeanos a menudo le miraban con desdén. Para no heredar su destino a otros jamás se casó ni tenía descendientes. Sin embargo, le causaba curiosidad que, a pesar de ser un brahmán, Suníschala llevaba una vida similar a la suya. De no haber elegido vivir como un asceta hubiese disfrutado de su buen prestigio social. Vivía bajo el continuo desprecio del mundo sin sentir incomodidad alguna. Más bien siempre se mostraba alegre, satisfecho, sin que su humilde apostura dejase de inspirar respeto y solemnidad.

El cocinero también estaba perplejo por la buena fortuna que el destino le había reservado, de tener la compañía del tan renombrado sabio. Atul era hombre religioso por nacimiento que siempre añoró estar a los pies de un ser ilustrado en la ciencia de alma, aunque hasta hoy el destino se lo había negado. No obstante, el talante de Suníschala le inspiraba un tipo de afecto que lindaba con el temor. Siempre escuchó decir que los santos eran como el fuego, el cual nos aporta su luz y calor, pero que también puede hacer arder un imperio si se pierde cuidado o se le trata con desdén. Las personas santas toleran los agravios de sus semejantes, pero la providencia es implacable con quienes los agravian. Como no conocía las normas sociales para atender a un sabio del desierto, sentía temor de importunarle con las muchas preguntas que merodeaban su mente. La simpleza de Suníschala le animó a romper su temor y volcó sobre él todo cuanto deseaba conocer acerca de los senderos del alma. Con placer y paciencia infinita, el joven brahmán le disertaba sobre cuanto Atul inquiría, satisfaciendo sus ansias de saber. Pero algo más revoloteaba en la mente del manso cocinero. «¿De qué le había servido vivir una vida en humillación? ¿Qué bien se podía alcanzar con ello?»

Suníschala comprendía el corazón de alguien que está condenado a la ignominia desde antes de nacer. Como el cocinero le duplicaba la edad, le habló de modo formal y respetuoso.

—Atul, todo cuanto el hombre pueda sufrir en este mísero mundo es una nimiedad si con ello obtiene la gracia de Dios. Esa gracia rebosa el corazón de dicha inconmensurable y está al alcance de todos. Es algo que todos ansiamos, pero no nos damos cuenta de ello y corremos tras la quimera del mundo. Tú también has vivido en el desierto y has visto a los chacales correr tras la falsa apariencia de agua en el horizonte. Al final, las pobres bestias mueren de sed y todo porque no es agua real, sino tan solo un reflejo ilusorio. De igual manera, Atul, nosotros también pasamos nuestras vidas corriendo tras la ilusoria sensación de felicidad en este mundo.

El joven hizo una breve pausa antes de continuar. —Es esa ilusión de alcanzar una felicidad permanente en un mundo temporal y mísero lo que nos roba la paz. Pensar de otra manera es vanidad, Atul. Vanidad es también la jactancia que ahoga al alma en ese mar de angustias que llama placer. No hagas caso a la manera en que otros te miran si tus actos son dignos y agradan a Dios. Si alejas tu corazón de las cosas del mundo nadie manchará tu nombre sin importar lo que digan.

Es mejor, Atul, vivir como un humilde cocinero que lleva a Dios en su corazón y no como un arrogante brahmán, o un soberbio maharaja, que descuida su propia alma a cambio de una gloria efímera en un mundo tan fugaz. Atul, la vida en este mundo es breve, y el desdén de aquellos que están destinados a morir no amerita que nos robe la calma. Si tu mente y tu corazón se llenan de gracia divina no te molestará lo que digan los hombres, sino que encontrarás gozo en sus desprecios, pues son ocasión para librarnos de la vanagloria que nos ata a este mundo mortal. Vive una vida virtuosa Atul. Complace a Dios con tus palabras, pensamientos y actos. ¿Qué más habría de esperar el hombre en este mísero mundo?

Atul escuchaba las palabras de Suníschala como bálsamo de sabiduría que saciaba su ser. Confesando que su corazón hervía del resentimiento acumulado por tantos años de desprecio, comenzó a llorar. Ocultaba odio en lo profundo en su corazón, un odio que le quemaba el alma y le abrumaba de tanto rencor.

—Atul —continuó el joven—, el resentimiento también es vanidad. Pensar que somos dignos del respeto ajeno es vanidad. Más digno es sentir compunción por nuestros pecados y por haber olvidado servir al Señor del corazón a cambio de placeres tan ínfimos. Ambicionar honor es vanidad, anhelar los deseos carnales en lugar del goce eterno es vanidad. Si te estimas mejor que otros serás, desestimado a los ojos de Dios, pues para el alma sabia el desprecio que le llega en este mundo es el mejor regalo de la providencia, ya que nos libra de esa vanidad por la cual un día seremos juzgados. Atul, quien entiende esto no busca la aprobación de los hombres, sino que vive feliz en esta vida y en la siguiente.

—Quisiera conocer todas esas cosas que tú conoces —dijo el humilde señor lagrimeando de compunción.

—Lo más importante, Atul, es que te conozcas a ti mismo. Saber que buscar aprecio en este mundo es condenarse a sí mismo. Si deseas ser hombre de sabiduría no pongas tanto empeño en las disertaciones, sino en extirpar tus vicios, el egoísmo, la ira y la codicia; porque verás que hay muchas cosas que podemos conocer, pero en nada benefician al alma. Atul, nadie emprende un camino más arduo que quien trata de vencerse a sí mismo y progresar en el bien dejando a un lado las promesas de este mundo de maledicencia y murmuración. Mientras más los mortales te desprecien y señalen, más apelarás al refugio divino. Esa es la ganancia suprema, Atul, pues quien vive para agradar al mundo morirá con el mundo, pero quien vive para agradar a Dios, vivirá con Dios. Aprende eso Atul, apréndelo.

Conmovido, Atul tocó los pies de Suníschala y se retiró a sus deberes. Apenas anduvo unos pasos cuando el asceta le detuvo.

—Atul, gracias por espantar las hormigas anoche, son fastidiosas incluso para los ascetas.

Con el paso del tiempo, la sencillez del carácter de Atul y la atracción que sentía por los temas del alma conquistaron el corazón de Suníschala, quien sin intentarlo se convirtió en su mentor espiritual. Las labores en la cocina eran arduas, acaparaban gran parte del día, aun así, Atul encontraba tiempo para oír sus disertaciones sobre las escrituras y aprender los deberes, costumbres e himnos de los brahmanes. También desarrolló el buen hábito de bañarse tres veces al día y orar antes de la salida del sol. Aprendió a leer y a escribir no solo en su lengua natal sino en la lengua de las escrituras que solo conocían los brahmanes cultos, junto a varias otras formas poéticas y literarias. A pesar de haber descubierto su insospechado potencial intelectual, Atul servía a Suníschala con el afecto que un discípulo debe a su preceptor espiritual. Evitaba ocuparlo en trabajo arduo. Aun a riesgo de ser sorprendido por Bhairav, procuraba facilitarle un baño cuando su suciedad era extrema. Siempre que no estaban en función de trabajo mantenía al resto de los cocineros fuera de aquel lugar propiciando a su mentor algunas horas de quietud.

La posición que había asumido como mentor espiritual de Atul tampoco ofuscó la comprensión de Suníschala, que bien conocía la igualdad espiritual de todos los seres por ordinarios que pudieran parecer a la visión mundana. El joven también mostró ser un gran aprendiz de las labores más humildes. Realizaba todo tipo de trabajos por arduos que pudiese ser y sus habilidades culinarias aumentaban por día. Jamás Atul lo escuchó quejarse. Por adversa que fuese su condición la lamentación nunca hizo nido en su corazón. En sus horas de soledad el joven sabio era grave e introvertido, pero cuando estaba ocupado en labores de trabajo o en compañía de otros, era manso y obediente, sin que le faltase el buen humor.

Un atardecer, mientras acarreaban harina, alguien pateó la puerta con fuerza. Era Bhairav. Al momento el ambiente se permeó con su aura. Vestía atuendos de fina seda amarilla con gran elegancia. Llevaba un turbante del mismo color. Le escoltaban dos hombres de la guardia de Banbir. Tan solo de verle, Atul sintió escalofríos en su espina dorsal. La mirada de Suníschala adquirió una textura melancólica al inferir que había trascurrido un año desde que el joven brahmán lo encerró en la cocina del palacio. Bhairav entró a paso lento contemplándolos a todos con su distintiva sonrisa amedrentadora. El joven brahmán traía una pequeña vasija de plata en su mano. Se detuvo a observar a Suníschala de pies a cabeza a poca distancia de su rostro, regocijándose de ver su condición mugrienta. A su ligera sonrisa le sucedieron sarcasmos y burlas. Suníschala no se inmutó. Atul luchaba por controlar su furor indignado por la manera abusiva con que Bhairav trataba al joven sabio. Bhairav ordenó a todos retirarse. Los centinelas ya estaban instruidos. Sujetaron a Suníschala de los brazos y tiraron en dirección opuesta.

—Hoy es el festival de madre Kali y he venido por tu sangre— le susurró Bhairav al oído sonriendo con cinismo. Extrajo una daga de entre sus atuendos, hizo una profunda incisión en la espalda y colectó la sangre del asceta en la vasija de plata. Oculto en una habitación colindante, Atul observaba lo que acontecía. Viendo a Bhairav drenar la sangre de quien consideraba su guru comenzó a llorar de impotencia.

El festival de adoración de la diosa Kali tomaba lugar una vez al año y durante esos días peregrinos de todas partes venían a Chittor. A solas en su habitación, Bhairav vertía la sangre de Suníschala sobre su pequeña imagen de Kali entonando cantos de magia negra para intensificar su poder. Cuatro veces Atul vio a Bhairav desangrar a Suníschala de semejante modo. Cuatro años habían transcurrido.

Un buen día, Suraj se ausentó de Chittor sin dejar rastro alguno. Nadie sabía el por qué ni a dónde había ido. Como no había noticas de él, Bhairav activó su red de informantes para dar con su paradero y mantener informado a Banbir a su propio modo. Descansaba en su cuarto cuando alguien golpeó la puerta con afán. Era uno de los brahmanes de Kailash anunciando que Banbir deseaba verlo con urgencia. A Bhairav le agradó la noticia, al parecer el maharaja de Chittor no había perdido la costumbre de necesitar de él.

Esta vez la noticia no fue placentera. Banbir había interceptado al informante Bhairav antes de que entrara al palacio, quien dijo haber visto al príncipe Udai en Bhilwara. La noticia inquietó al joven maharaja que iba y venía de un lado a otro. El hecho de que Banbir fuese informado antes que él no fue del agrado de Bhairav, pero ya nada podía hacer salvo poner en uso su habilidad histriónica.

—¿Estás seguro de que era Udai? —preguntó.

La respuesta del informante fue afirmativa, añadiendo que poco después de las festividades en honor a Kali, los nobles lo presentaron. Como todos le consideraban muerto se sorprendieron de verle. Había nobles de varios reinos aledaños a Mewar. Udai relató ante todos cómo logró salvarse cuando Banbir intentó matarlo y buscó refugio en Kumbhalgarh. Mukul, Ramesh y otros de los brahmanes que estaban presentes lo reconocieron como el verdadero heredero de la corona y único maharaja de Chittor. Los nobles de Jaisalmer, Ajmer y varios otros reinos compartían la misma opinión. Banbir estaba colérico. Hablaba de la nodriza como una vieja estúpida que le dejó matar a su hijo para proteger a Udai. La gran sorpresa llegó cuando el informante dijo haber visto a Suraj entre los presentes.

Los ojos de Bhairav se agrandaron. —¿Suraj? ¿Qué hacía allí ese traidor? ¿Viste o escuchaste algo más?

Las noticias seguían sin ser agradables.

—Udai quiere su corona y formó una confederación de reinos bajo el mando de Suraj. Tomé cuidado de no alertarlos con mi ausencia, por eso esperaré hasta anoche para huir de Bhilwara, pero para entonces ya Suraj venía en camino. Supongo que en unas horas estará aquí.

Banbir se puso pálido. No sabía qué hacer, pero tenía que buscar la manera de detenerlos. Tal vez Bhairav pudiese hablar con Udai e intentar llegar a un acuerdo por el bien de Chittor. Bhairav sabía que las horas de Banbir estaban contadas. Por ahora solo una cosa era segura: su reinado había llegado a fin. Pronto el maharaja no le serviría de nada. Era el momento de pensar en cómo salir de él y buscar una nueva alianza. Pasó sus manos por el rostro fingiendo preocupación y al momento ideó un plan.

—Conozco bien a Udai, pasamos algún tiempo juntos durante nuestra estancia en Bhilwara. Iré a su encuentro y hablaré con él. Udai respeta a los brahmanes. Sé que se alegrará de verme. Mientras tanto, alista tu ejército y envíalo a detenerle, así podrás ganar tiempo para huir en caso de que Udai no ceda.

Alevoso más allá de lo creíble, Bhairav sabía que el ejército de Chittor era incapaz de derrotar en campo abierto a una confederación de rajputs y llevó a Banbir a su propia perdición. Convenció al maharaja de que trataría de hacer creer a Udai que, informado de su avance, Banbir estaba dispuesto a defender Chittor. Suraj sabía que ponerle sitio a la ciudad era inútil; ninguna confederación de Mewar contaba con fuerzas suficientes para tomar las murallas. Consciente de que había perdido el factor sorpresa Suraj desistiría del ataque. Al anochecer, los hombres de Banbir les caerían encima cuando menos lo esperaban. En el peor de los casos, si Udai no cedía, Banbir podría entregar Chittor a cambio de su vida. Luego buscarían la manera de deshacerse de Udai y del traidor de Suraj. Pero debería enviar su ejército ya, de modo que a su regreso del encuentro con Udai pudieran encontrarse en el camino. El improvisado plan convenció a Banbir y ordenó alistar su ejército en tanto que Bhairav salía a toda carrera en busca de Udai, Suraj y su confederación de reinos rajputs. Bhairav sabía que la guarnición de Chittor estaba mal preparada, pero lo menos que tenía en mente era ir en busca de Udai; mucho menos regresar al encuentro del ejército de

Banbir. Primero dejaría los dados rodar y luego apostaría al vencedor.

Cabalgó por horas y escaló las colinas. En el más lejano horizonte se divisaba la densa nube de polvo que levantaba la confederación del joven príncipe al mando del terrible Suraj. Aún habrían de transcurrir unas horas antes de que ambos ejércitos chocaran, y decidió esperar. Allí sentado, no tardó en divisar a un aldeano que cabalgaba a paso lento sobre un borrico. Para Bhairav fue la oportunidad de ganarse el aprecio de Udai sin correr riesgos. Luego de relatar al aldeano una corta y maravillosa historia le ofreció uno de sus valiosos anillos. El anciano quedó maravillado. Mientras observaba la costosa joya Bhairav le aseguraba que la vida del príncipe Udai dependía de él. Le diría que era un emisario de Bhairav, quien lo envió para informarle que el ejército de Banbir avanzaba a su encuentro. Si se escondían en las colinas podrían emboscarlos y destruirlos con facilidad. Le insistió en que preguntara por Suraj y le mostrase el anillo, él lo reconocería como un emisario suyo, y Udai, que era generoso, lo colmaría de riquezas mil veces más valiosas.

El pobre mercader fue en busca de Udai. Maravillado de su buena fortuna, contemplaba la valiosa joya. Pensando en que salvaría la vida del resucitado príncipe y pondría fin a su pobreza, cabalgaba dando gracias al cielo apurando su borrico. Mientras tanto, Bhairav volvió a la cima de la colina y se sentó a esperar. La suerte estaba echada, pues si algo el brahmán bien sabía hacer era tramar y esperar.

Pasó una hora. Bhairav sonrió al ver desaparecer la nube de polvo que levantaba el ejército de Udai. Al parecer Udai recibió su mensaje y se ocultó tras las colinas. Poco después el ejército de Banbir desfiló cerca de la colina sobre la cual se ocultaba Bhairav. El joven brahmán les siguió de lejos por más de una hora cabalgando en la retaguardia. Su improvisado plan funcionó. Mientras el ejército de Banbir avanzaba por el camino intramontañoso con esperanzas de encontrar a Bhairav de regreso de su entrevista con Udai, Suraj se les vino encima con varios centenares de hombres. Bhairav volvió a escalar las colinas para contemplar la escena con mayor claridad. El eco de los sables reverberaba en todo el valle ahogando el lamento de centenares de heridos. Los hombres de Banbir se defendieron con fiereza, pero la superioridad numérica era imposible de compensar. Al enterarse de que se enfrentaban a Suraj, la confusión hizo presa de la guarnición de Chittor y la mayoría depuso las armas. Los que se resistieron, en poco tiempo, ninguno quedaba en pie, salvo quienes lograron huir por las montañas para salvar la vida. Suraj estaba tan iracundo que ordenó rematar a los heridos que se negaron a reconocer a Udai como el único maharaja. Para Bhairav fue suficiente, la suerte de Banbir estaba sellada. Descendió de la colina y cabalgó de vuelta a Chittor en busca del maharaja. Bhairav era experto en encarnar todo tipo de emociones. Para cuando entró a la habitación de Banbir llevaba el rostro tan lívido como quien ha visto un espectro.

—Si quieres ver el sol de mañana tienes que irte ahora mismo.

Banbir se puso pálido. Confió en que Bhairav buscaría una salida favorable.

—Udai no quiso escucharme. Tus hombres se negaron a seguir mi plan y tacaron al ejército de Udai tan pronto lo vieron. Suraj los hizo pedazos. Ahora viene por tu cabeza. En unas horas estará aquí. Tienes que irte.

Banbir jadeaba. Estaba tan aturdido que tartamudeaba y apenas lograba articular palabras.

—¿Pero ....irme adónde? ¿Hablaste con Udai?

—Te dije que se negó a escucharme. Quiere su corona. El traidor de Suraj lo tiene bajo control y pide tu cabeza.

El pobre Banbir no hacía más que preguntar adónde iría y cómo. Bhairav le sugirió esconderse en la gruta de la colina donde antaño vivía Suníschala. Allí nadie le buscaría y podía permanecer a salvo hasta que él hallase una solución. Primero trataría de calmar a Udai, entonces, en uno o dos días iría por él. Antes de irse le sugirió que se llevara todas sus joyas y tantas cosas de valor como pudiese, eso le ayudaría a establecerse en algún reino lejos de Mewar y continuar su vida.

La noticia sumergió a Banbir en un océano de lamentaciones. Estaba tan conturbado por su repentino cambio de suerte que Bhairav tuvo que zarandearle los hombros para componerle. Sin tiempo que perder, Bhairav y Banbir estibaron una carreta tirada por mulas con media docena de bolsos repletos de las mejores alhajas, monedas de oro y plata, una costosa colección de diamantes y otras piedras preciosas cubiertas con heno. La poca vigilancia facilitó la fuga de Banbir vestido como un pobre mercader.

La guarnición de Chittor abandonó el fuerte bajo el pretexto de un ejercicio de entrenamiento, pero la confusión aumentó cuando llegaron los primeros sobrevivientes hablando de la muerte de un centenar de los hombres de la guarnición y Banbir no aparecía por ningún lugar. Se especulaba sobre su huida, alimentando la anarquía. ¡Chittor no tenía maharaja! Abundaban las noticias no confirmadas que Udai no estaba muerto, aumentando el desconcierto y alimentando la anarquía. Para colmo, en unas horas entraría en Chittor con un ejército provisto por los nobles de Mewar y otros reinos bajo el mando de Suraj. A todos les costaba creerlo. Pronto circularon varias versiones de la salvación de Udai.

En tanto, Bhairav se ocupó de levantar el entusiasmo entre los pobladores para recibir al príncipe con el honor que merecía. Ordenó a la servidumbre embellecer el palacio. Situó una banda musical en el portón principal con banderines, guirnaldas de flores y hasta un elefante esplendorosamente decorado. Incluso exigió que los cocineros preparasen un gran banquete en honor al maharaja Udai. En un santiamén el joven brahmán hizo hervir a todo Chittor en optimismo organizando un gran festival.

Antes que cayera la tarde el ejército de Udai hizo su entrada en las inmediaciones de Chittor. A la vanguardia avanzaban los músicos haciendo resonar sus instrumentos con gran pompa. El clamor y el alboroto podía escucharse a gran distancia. Suraj cabalgaba al frente de las tropas con su marcada arrogancia, seguido por una buena cantidad de nobles, varios de los cuales venían heridos. Una vez más, Suraj era el héroe del día. La multitud enardecida clamaba su nombre.

En medio de las tropas venía Udai en un sitial sobre el lomo de un elefante de batalla bien resguardado con cuero y corazas metálicas que resplandecían bajo el sol. Las gigantescas bestias resoplaban y alzaban sus trompas acrecentando el esplendor de la procesión. El príncipe vestía de rojo. En su turbante portaba plumas de pavorreal que rodeaban un gigantesco rubí digno de un maharaja. De su cuello colgaban collares de oro y un medallón con el emblema del clan Sisodia que su guardia de noche llevó consigo cuando huyeron de Chittor. Detrás de Udai venían sus dos esposas que apenas rebasaban los trece años de edad sobre sendas elefantas enjaezadas con oro y sedas. Mientras la procesión se acercaba, el príncipe podía escuchar las bandas musicales y distinguir los banderines de colores que adornaban el fuerte. A ambos lados del camino la multitud lanzaba torrentes de flores y pétalos que le tocaban el cuerpo al caer, sin que el joven maharaja voltease el rostro para retribuir la euforia de la muchedumbre.

En poco llegaron a las puertas de Chittor. Allí se encontraba Bhairav parado al umbral del gran portón sosteniendo una colorida guirnalda de flores presto a recibir al nuevo amo de todo Mewar. Le escoltaban Kailash y sus principales brahmanes listos para honrar al heredero de la corona. Suraj fue el primero en desmontar y corrió a abrazar a su querido amigo. Atrapado entre sus fornidos brazos, el flacucho brahmán a duras penas lograba respirar. En medio de la resonancia de tambores, platillos y cuernos, la multitud daba vítores por Udai, que con mucha gracia descendió de su trono sobre el elefante de batalla. Apenas sus pies tocaron la tierra Bhairav puso la guirnalda de flores en su cuello. Lo abrazó y rompió a llorar.

—Pensé que estabas muerto, pero Dios escuchó mis oraciones —le dijo humedeciendo con sus lágrimas el cuerpo del príncipe, quien le retribuyó su afecto de igual manera, expresando haberle extrañado mientras le aseguraba que Dios escucha las oraciones de los buenos brahmanes como él.

Bhairav se lamentaba de lo cruel que Banbir había sido con todos, por lo que debería hacerle pagar por su crimen. Aún más, le tenía una buena noticia. Le había visto huir a las colinas y podía ir por él, era su consejero y conocía donde se ocultaba. Udai se maravilló y le dio varios hombres dejando bien clara su intención.

—Quiero su cabeza esta misma noche.

Bhairav secó sus lágrimas y sin perder un instante saltó sobre un buen caballo. Antes de partir seguido de la guardia real, comandó a los brahmanes a todo pulmón.

—¡Apuren a los cocineros, hoy celebramos el regreso del maharaja Udai Singh de Chittor!

Todos dieron vítores de gloria por el joven maharaja.

El manto de la noche caía sobre las colinas cuando Bhairav se acercó a la gruta donde se escondía Banbir. Poco antes de llegar ordenó a la guardia real aguardar detrás de los arbustos y esperar por su señal mientras él cabalgaba en busca del desafortunado maharaja voceando su nombre. Al escuchar la voz de su más fiel amigo, Banbir salió de su escondrijo con cautela. Allí estaba su buen amigo Bhairav erguido sobre su caballo. Sus ojos irradiaron de dicha y corrió junto él, pero el descorazonado brahmán lo echó a tierra de una patada en el rostro. El depuesto maharajá estaba confundido. Sin darle tiempo a reponerse y como el excelente jinete que era, Bhairav hizo piafar a la bestia que pisoteándolo repetidamente con sus patas delanteras hasta aplastarle el cráneo y las costillas. Sus gritos de dolor atrajeron a los hombres de Udai que lo desmembraron a golpes de sables. Bhairav se adentró en la gruta. Allí encontró la fortuna que con su ayuda Banbir robó de las arcas de Chittor. Por herencia le pertenecía a Udai, pero ahora era suya. Sus ojos brillaban de codicia; a su debido momento vendría por ella.

Para cuando cayó el sol todo Chittor era una gran fiesta. En el palacio real no cesaba la celebración. Mientras tanto, frente al portón principal de la muralla, la muchedumbre se aglomeraba deseosa de ver la cabeza de Banbir.

Capítulo 10

Bhairav y yo

Atul no estaba en Chittor para cuando el regreso de Udai. Como encargado de la cocina, días antes partió hacia las aldeas cercanas que abastecían al palacio en busca de especias y otras necesidades. Regresó entrada la noche sobrecogido de asombro ante lo ocurrido. Aunque apenas faltaba una hora para el amanecer la muchedumbre aún festejaba. Los centinelas echaron a un lado la cabeza del maharaja muerto que colgaba de la entrada del fuerte, para darle paso a su caravana de mulas cargadas hasta más no poder.

La cabeza del arrogante Banbir que en sus días se adornó con finos turbantes de seda, y sobre la cual resplandecieron los mejores diamantes, ahora colgaba de los rizos de su largo cabello negro siendo devorada por los insectos. Aun después de verlo a Atul le costaba creerlo. A su memoria vinieron las palabras que tantas veces escuchó de Suníschala: «Nada en este mundo es permanente y los placeres tras los cuales corremos no valen el precio que pagamos por ellos. Es correcto desear la autopreservación, pero eso no debe distraernos del propósito final de la existencia, que es la comprensión del ser. De otra manera malgastaremos la vida trabajando arduo durante el día para asegurarnos el alimento, y las noches ocupados en el efímero placer carnal. ¿Cuál es el valor de una larga vida que se pierde de esta manera? ¿Acaso los árboles no viven por cientos de años? ¿Acaso los animales no respiran, se aparean y disfrutan del paladar? Es mejor experimentar al menos un momento de conciencia divina que vivir tan solo para rodearnos de cónyuges, hijos, parientes y amigos, que no son más que soldados falibles, incapaces de protegernos a la hora de la muerte».

Atul corrió hacia la cocina rebosante de júbilo. Llevaba una idea prendida en su corazón: la muerte de Banbir significaba la liberación de Suníschala. El sitio estaba desierto, silencioso. Como era de esperar, luego de concluir sus deberes los cocineros también se sumaron al festejo. Fue hasta el cuartucho donde vivía Suníschala. Allí lo encontró acostado sobre los sacos de arroz. No dormía. Daba la impresión de estar taciturno y pensativo. La débil luz de una lamparilla de aceite apenas iluminaba el lugar.

—Banbir está muerto y Udai regresó ¡Todos están celebrando! ¡Por fin eres libre, vamos!

Suníschala no mostró emoción alguna. Su rostro no brillaba de felicidad tal como Atul esperaba, sino todo lo contrario, estaba tan meditabundo como siempre. Alegaba que para él no era el momento apropiado. Por ahora habría de permanecer en aquel lugar. Atul insistía en que fuese consigo a ver a Udai. El nuevo maharajá lo conocía desde su niñez, seguro que le creería, mas Suníschala veía las cosas de un modo diferente. Decía no tener mucha fe en Udai, cuyo único interés era su corona. Además, Bhairav siempre fue más cercano a él, podía hacerle creer lo que quisiera. A Atul le costaba comprender que, a pesar de pasar casi cuatro años de enclaustro en la cocina, Suníschala no estuviese ansioso por escapar. Lo único que parecía interesarle era cuándo sería la coronación. Atul respondió que al atardecer del siguiente día, al menos eso había escuchado. Suníschala pensó por un momento antes de hablar.

—Por ahora me quedaré aquí. Solo necesito unas horas más. Udai no debe saber que existo. Aún no es el momento.

Por más que se esforzaba, Atul no lograba comprender qué quería decir Suníschala con que «*aún no era el momento*». Intuyendo su curiosidad, el asceta cautivo inhaló a plenitud y le invitó a sentarse a su lado. Atul obedeció a su mentor y se dispuso a escucharlo como tantas veces había hecho. Los años que pasaron juntos sirvieron para que el noble cocinero ganase su confianza. Como Atul había probado ser no solo un alma sincera, sino un discípulo fiel, por vez primera Suníschala se dispuso a revelar la historia de su vida, o al menos parte de ella.

—Escucha Atul, es una larga historia que nadie conoce. Espero que puedas entenderme, luego serás libre de juzgarme como desees. La aversión que Bhairav siente por mí tiene su razón de ser. Aunque veas en él un ser perverso y cruel, Bhairav no es del todo culpable, sino víctima del rencor y el odio que yo planté en su corazón.

Un soplo de frialdad recorrió el cuerpo de Atul.

—En un nacimiento previo Bhairav y yo fuimos hermanos. Nacimos en una familia de brahmanes respetables de gran sabiduría en una aldea lejana. Nuestros padres nos dieron la mejor educación De jóvenes memorizamos muchos de los textos importantes de los brahmanes. Bhairav era el mayor de los dos. Todos le admiraban por su aguda memoria y su extraordinaria inteligencia; pero por sobre todo, Atul, todos le admiraban por su inocencia y la nobleza de su carácter.

—Yo sentía celos de él y como mi corazón rebosaba de envidia. Mientras crecía me esforcé por ser el mejor de los dos y con el pasar del tiempo le excedí, no en sabiduría, mas sí en conocimiento de los textos de los brahmanes. En poco, tal como era mi deseo, me convertí en el niño brahmán favorito de toda la región. A Bhairav no parecía molestarle, más bien se alegraba de verme crecer y exceder a todos. Él era un niño sabio, pero su sabiduría no provenía de memorizar los textos, a los cuales nunca prestó mucha atención. Su sabiduría era intuitiva, era algo innato que yacía cubierto por la simpleza de su corazón. A pesar de mis esfuerzos por superarle, Bhairav nunca guardó secretos para conmigo. En cambio, me hería que él no celara mi superioridad intelectual tal como yo celaba la suya intuitiva, por lo que no dejaba escapar la ocasión de ridiculizarle, siempre que mi conocimiento de los textos superaba el suyo. A pesar de ser un niño de carácter noble, con el tiempo mi hostilidad hizo mella en su ser y su frágil corazón se carcomió de dolor, tal como la arrogancia carcomió el mío.

Suníschala hizo una pausa y exhaló con el pesar de quien se alivia de una pesada carga emocional. Atul permanecía callado sin saber qué hacer. Escuchaba a su preceptor como siempre lo había hecho, aunque no encontraba palabras con qué aliviar su dolor. Pasado un momento y aún conmovido, Suníschala continuó su enigmática historia.

—Un día, durante una festividad en honor a Vishnu, nuestra deidad familiar, escuchamos a varios sabios venidos de tierras lejanas debatir las escrituras. Aprovechando que toda la aldea estaba presente, reté a Bhairav a debatir conmigo. Aunque a Bhairav no le interesaban tales debates, aceptó tan solo para complacerme. Como para ese entonces la arrogancia ya había cegado mi alma, lo humillé ante todos mientras deshacía cada uno de sus argumentos. Así, mientras los sabios elogiaban mi intelecto yo me burlaba de él. Bhairav era un niño de buen corazón y esa noche lo escuché llorar, pero mi corazón no sintió la menor compasión. Algún tiempo después supe que no lloraba por él, sino por mí, al ver como la arrogancia había destruido mi alma. Años más tarde, poco antes de morir, nuestro preceptor espiritual me nombró sucesor de su prestigioso linaje. Para ese entonces Bhairav y yo éramos brahmanes de gran sabiduría. A pesar de mi hostilidad, él mostraba gran afecto por mí, pero el hecho de haberme convertido en una reconocida autoridad religiosa a tan temprana edad hizo que mi corazón se corrompiera aún más. Desde ese entonces Bhairav me evitaba. Como yo siempre andaba rodeado de mi séquito de discípulos, y debido a que mi arrogancia no conocía la empatía, cada vez que nuestros caminos se cruzaban yo lo invitaba a debatir las escrituras para mofarme de él.

Por alguna razón que jamás conocí, mi hermano buscó la compañía de tántricos degradados conocedores de magia negra, de quienes aprendió rituales perversos. Quizás él pensó que algún ser maligno me había poseído y solo intentaba aprender las artes oscuras para extirparlo de mi conciencia. No lo sé. Solo recuerdo que comenzó a cubrir su cuerpo con cenizas de crematorios. Usaba cráneos humanos como vasija de comer a fin de perder toda aversión por lo abominable, tal como ellos lo hacían. Fue debido a tan mala compañía que un espectro maligno poseyó su alma fomentando en su ser un rencor desmedido hacia mí. Fui yo quien con mis actos sembró en su corazón la semilla del más oscuro mal. Fue así como su odio y mi engreimiento nos separaron cada día más. De ese modo, en un soplo de aliento la vida se nos pasó. Sin darnos cuenta llegó la vejez y luego la muerte, que se hizo presente en la forma del tiempo imperecedero.

Atul estaba boquiabierto, jamás hubiese intuido que en su interior Suníschala llevaba tan profundo pesar.

—¿Bhairav también recuerda todo eso? ¿Puede recordar su vida anterior tal como tú? —preguntó con timidez.

—Tal vez mejor que yo —respondió Suníschala cabizbajo—. El rencor te hace recordar incluso hasta los detalles más insignificantes. Nadie lo sabe, Atul, pero Bhairav es más poderoso que yo, de ahí que todos mis intentos por rescatarle de su condición hayan fracasado. Fue mi indolencia lo que corrompió su alma. Desde entonces, nacimiento tras nacimiento y a donde quiera que vaya, cargo el dolor de mi pecado. Bhairav es un alma buena Atul, no lo odies, él no es más que el engendro de un mal. Tan solo una víctima de un ser impúdico y abominable como yo.

—¿Y es por lo que permites que te abuse de tal manera? —preguntó Atul luego de un momento de vacilación.

Suníschala movió la cabeza. —En cierto sentido sí. Yo fui cruel con él y ahora cosecho el fruto de mi insolencia. Debido a que pasamos nuestras vidas, ardiendo él en odio y yo en arrogancia, hemos tenido que volver a nacer para purgar el mal que alimentamos. Bhairav es mi dolor Atul, su condición es mi culpa. Rescatarle es mi único motivo de vivir. Todo cuanto Bhairav me ha hecho y me hará es porque lo merezco, es la compensación divina por cuanto hice con él. El espectro que me hiere yo lo sembré en su corazón. Es por esta razón que no lo odio Atul, más bien sufro su pena y cada noche oro por su redención. Así como su maltrato disminuye mi arrogancia, su condición solo puede mitigarse si deplora sus acciones tal como yo lo he hecho, o si es sacrificado por algún otro tántrico como él. Pero por más que he tratado no encuentro manera alguna que el remordimiento entre en su corazón, y si en esta vida no lo libro de su mal su condición empeorará, entonces su alma no encontrará redención ni siquiera en miles de nacimientos. Pronto serás un brahmán Atul, espero que me comprendas y me sepas perdonar.

Hubo un momento de silencio antes de que Suníschala pronunciara sus últimas palabras aquella noche.

—Mañana será la coronación y habrá un gran banquete, ocupa a los cocineros en lo que necesites; seré yo quien cocine para Udai Singh, el maharaja de Chittor.

Atul estaba tan desconcertado que no atinaba a hablar. Suníschala le palmoteó el hombro y permaneció sentado sobre los sacos, en el pequeño almacén de arroz donde había vivido por los últimos cuatro años. En la cocina del palacio reinaba el silencio. Mientras Atul se retiraba de vuelta a su hogar, por primera vez escuchó llorar al joven sabio.

Capítulo 11

En la corte de Udai

Con la muerte de Banbir los nobles apresuraron la coronación de Udai para el siguiente día. Chittor no podía permanecer sin maharaja. Los brahmanes llevaron ejecutaron ceremonias pomposas tal como dictaba la costumbre. Esta vez fue Kailash, el brahmán de mayor edad, quien puso la corona sobre la cabeza del joven Udai. Nobles de diferentes reinos llenaron las arcas del fuerte con valiosos regalos. Todos estaban alegres de ver al hijo menor de Rana Sanga ascender al trono del clan Sisodia. Terminado el festejo se esperaba con ansias la llegada de las bailarinas, que llenaron el ambiente palaciego con su sensualidad mientras los nobles se deleitaban en el suntuoso banquete.

Udai desbordaba alegría. Aún no se había sentado a la mesa. Mientras los nobles se deleitaban en el banquete, observaba cada rincón del lugar relatando historias de su niñez. De cómo su nodriza sacrificó a su propio hijo para salvarle de una muerte segura a manos de Banbir. Exaltó la lealtad de Suraj que, a pesar de tener todo a cuanto se pueda aspirar bajo el reinado de Banbir, no vaciló en arriesgar su vida por amor a Chittor. Fue entonces que hizo llamar a Bhairav y mostró a los nobles el anillo que recibió de parte de su emisario, advirtiéndole del plan de Banbir para frustrar su justo reclamo de la corona que heredó de su padre. La noticia sorprendió a los nobles. Jamás esperaron algo así del joven brahmán. Más de uno alabó su valentía. Atrapado en medio de un sinfín de elogios Bhairav era epítome de mansedumbre. Cautivado por su modestia, Udai puso de vuelta el anillo en sus manos reconociéndole como el más fiel y honesto de los brahmanes, añadiendo que gracias a él hoy podía sentarse en el trono de su padre. Alzó su copa con solemnidad afirmando que su inigualable devoción le había ganado su confianza, razón por lo cual deseaba tomarle como su brahmán consejero.

Bhairav se mantuvo calmo, e inclinó su cabeza en obediencia. Para sorpresa de todos, Udai le tomó del brazo e hizo que se sentara a su diestra en la alargada mesa junto a los nobles. Era raro que los brahmanes se sentasen a cenar entre nobles y maharajas, no era bien visto, pero como hoy era una ocasión excepcional, nadie cuestionó que el joven, cuya profesión de sacerdocio es la sencillez y el desapego, se sentase a la diestra del nuevo maharaja. Bhairav, que sabía guardar la apariencia, allí sentado era la personificación del recato.

Una docena de sirvientes les proveían de exquisiteces. Como muestra de su agradecimiento, Udai insistió en que los nobles fuesen servidos antes que él. Cuando todos se hallaban degustando del suntuoso manjar, dos sirvientes pusieron ante Udai una bandeja de plata sobre la cual había varias fuentecillas que contenían mangodis preparados con diferentes aderezos y sazones. Era la exquisitez favorita de Udai. Tanto se complació al verlos que de inmediato comenzó a devorarlos. Mientras comía con apetencia paladeando los múltiples sabores de las variadas fuentecillas, lo asaltaron recuerdos de su niñez. Su ánimo cambió. Sobrecogido por la nostalgia, una lágrima rodó por su mejilla que enjugó discreto con el mandil.

—¿Quién cocinó estos mangodis? —preguntó—. ¡Son celestiales! Me han hecho recordar a mi nodriza que sacrificó a su hijo para salvar mi vida. ¿Quién los hizo?

Bhairav intuyó peligro y al momento intervino. Relató cómo después de tomar Chittor se encargó de buscar quien aprendiera a hacer los mangodis con los aderezos que tanto le gustaban. De esa manera la buena señora tendría algún descanso, pues le apenaba verla tan atareada con la crianza del príncipe, su hijo, más el hijo de Yay Singh.

Udai agradeció el gesto de Bhairav, pero estaba emocionado. Quería conocer al cocinero que tanto le hizo hecho recordar su niñez junto a su querida nodriza. El corazón de Bhairav comenzó a latir con rapidez e intentó hacerlo desistir. Hoy era el día de su coronación, no era el momento adecuado para dejar a un lado a los nobles para prestar atención a un simple cocinero. Luego tendría todo el tiempo del mundo para conocerlo, ¿por qué tanto apuro? Algunos nobles dieron la razón a Bhairav, pero Udai insistía en conocerlo. Por ser la noche de su coronación quería mostrar su agradecimiento a todos por igual. A fin de cuentas, decía sonriente, él era el maharaja de Chittor. Esperaba que se hiciese su voluntad, dijo con su sonrisa traviesa. Bhairav apeló con su jocosa gentileza, recordándole que como ahora su consejero, su majestad debería escucharle.

Aunque Udai solo contaba con dieciocho años y Bhairav no sobrepasaba los veinticinco, la familiaridad que había entre ambos desde su niñez le permitía a Bhairav ciertas libertades. Pero Udai no cedió y ordenó al sirviente: —Tráelo, —esta vez de modo enérgico.

Bhairav reaccionó como si la orden fuese para sí y se dispuso a ir en su búsqueda. Udai lo tomó del brazo y le hizo sentarse recordándole que él era su consejero, no su sirviente, por lo que despachó al mozo con un gesto de su cabeza. Bhairav respiró profundo y lanzó una mirada a Suraj. Ambos se prepararon para lo peor.

Momentos después el mayordomo trajo al cocinero que con tanta exquisitez preparó los mangodis de Udai. Tan pronto como entró al salón todos se sorprendieron. Al asombro le siguió un silencio sepulcral. Su apariencia era espeluznante. Las largas hebras de su cabello que no había cortado en años estaban tan fundidas unas con otras por la suciedad, que formaban gruesos mechones emblanquecidos por la harina acumulada. Las hilachas de su barba casi le tocaban la cintura. Vestía con retazos hediondos de sacos de harina. Sus pies descalzos estaban ennegrecidos, su piel sucia hedía a especias. Udai estaba pasmado. Por un momento creyó que se trataba de una broma de Bhairav, aunque no por mucho tiempo. Tan curioso como perplejo se acercó al desdichado, que era ahora el centro de atención de todos. Por más que lo contemplaba no lograba discernir su identidad. El mugriento cocinero alzó la cabeza con lentitud. Intrigado, Udai removió el cabello que le cubría el rostro con el utensilio de comer para evitar tocarle. Al contemplar tan de cerca su inconfundible mirada, cargada de paz y piedad, Udai quedó atónito.

—¡Suníschala!

Aún estaba boquiabierto cuando se escucharon reclamos y argumentaciones. Por años muchos le dieron por muerto. Otros creyeron la versión de Banbir de que Suníschala había abandonado Chittor. Se escucharon acusaciones de adúltero e impostor seguidas de otras que le exoneraban de tales cargos. Udai se volteó hacia Bhairav sin comprender por qué le ocultó la verdad. Como artífice de la manipulación, el joven consejero, contó una triste historia revirtiendo el daño a su favor.

Por su afecto al maharaja solo había intentado evitarle un sinsabor en una ocasión tan especial como hoy. La triste realidad era que después de su muerte... o después de su desaparición, por alguna razón desconocida, Suníschala se corrompió tanto que comenzó a desafiar a los brahmanes y terminó convirtiéndose en un tántrico adúltero tal como lo acababa de escuchar de boca de algunos de los nobles. Banbir y los brahmanes lo condenaron a morir bajo el peso de un elefante. Para su buena suerte, él pudo intervenir para salvarle la vida arriesgando la suya. Viendo que muchos aldeanos le querían muerto y que el desdichado no tenía a donde ir, lo escondió en la cocina para protegerlo. Por más que intentó convencerlo no quiso desistir de sus prácticas de magia negra. Ahora podían ver en lo que se convirtió.

Udai, que siempre tuvo predilección por Bhairav, creyó la fantástica historia. Agradeciendo la buena acción del brahmán, el joven príncipe tomó provecho de la ocasión para recordar a los nobles que su hermano Vikramayit, cierta vez le dijo que Bhairav fue el único que se mantuvo a su lado cuando perdió su trono y todos le abandonaron.

Bhairav asintió con la cabeza agradeciendo las palabras de Udai que continuaba contemplando a Suníschala con curiosidad mientras los nobles argüían su supuesta culpabilidad. Algunos afirmaban que el joven era un gran santo, describiendo el milagro que vieron con sus propios ojos el día que Banbir intentó matarlo. A Udai poco le importaba la suerte de Suníschala. Lo único que le preocupaba era su corona. Antes de dirigirse al desdichado sopesaba las consecuencias de actuar a su favor o en su contra.

—En realidad no me interesa la forma en que un brahmán elija vivir su vida, y detesto tener que meterme en disputas entre los de tu casta. Pero pareces simpatizarles a muchos de los nobles y no quiero desagradarles, mucho menos un día como hoy. ¿Qué tienes que decir?

Suníschala clavó su inescrutable mirada en Udai. —Que si piensas gobernar este lugar no debes permitir que otros te digan lo que tienes que hacer. Tú eres el maharaja de Chittor, y nadie más. Aprende eso Udai, apréndelo.

El joven maharaja abrió los ojos sorprendido ante el brío del asceta; solo un tonto se atrevería a hablarle de semejante manera a un maharaja, mucho menos en público. Pero Suníschala le cuidó con afecto durante el tiempo que pasaron en Bhilwara cuando aún era niño. Además, hoy era un día especial, y a pesar de su juventud, el nuevo maharaja amaba los retos.

—Bueno… ¿qué propones? ¿Aún deseas vivir entre nosotros o prefieres volver a tu hogar en el desierto?

Esta vez Suníschala clavó su mirada en Bhairav.

—Quien aconseja a un maharaja ha de ser el más sabio entre todos. Dispón un debate entre Bhairav y yo, después decide quién debe ser tu consejero. Recuerda Udai, ahora tú eres el maharaja de Chittor, nadie más. Apréndelo —repitió.

Udai no salía de su asombro. Excepto su nodriza todos los nobles, brahmanes y súbditos siempre le hablaban con recato. Demasiada informalidad no era buena; pero este brahmán, asceta o lo que fuese, tenía un arresto que era de admirar. Su tenacidad ganó su admiración. Como había estado bebiendo desde la noche anterior, se mostró complaciente y exclamó con asombro.

—¡Ajaaaa! Chittor está lleno de sorpresas, ¡aquí la guerra nunca termina! —Todo el palacio estalló de risas—. ¡Concedido! Será mañana cuando amaine el sol. Todos están invitados. ¡Creo que voy a disfrutar la vida en este lugar!

Suníschala advirtió que por primera vez el temor afloraba en la mirada de quien una vez fue su hermano mayor. Al parecer, por fin la balanza comenzaba a inclinarse en su favor.

Mientras la mayoría de los nobles reían celebrando la noticia, Suníschala abandonó el lugar. Al salir, rozó con intención el hombro a Bhairav susurrándole al oído de modo compasivo:

—Hermano.

Capítulo 12

El debate

Cuando el horizonte oriental preludió en atardecer, personas de todas las castas atestaban el lugar elegido por los brahmanes para el debate. Corrió la voz de que Suníschala había aparecido e iba a enfrentar en un debate público a Bhairav, quien ahora era el brahmán consejero de Udai, tal como dictaba la costumbre entre los sabios. Como la tensión que existía entre ascetas y sacerdotes era un secreto a voces, muchos vinieron desde las aldeas cercanas para presenciar el debate. Años atrás a Aravinda los excomulgaron de la casta brahmínica y fue expulsado de Chittor sin oportunidad alguna de hacerse escuchar, ¡pero hoy, su discípulo enfrentaría a un brahmán para reivindicar su nombre! Había gran entusiasmo. Las opiniones estaban divididas. Tal como ocurría con Suníschala, algunos admiraban a Bhairav, otros le odiaban.

Los brahmanes daban los últimos toques al lugar para crear la atmósfera propicia. Al centro de la arena había manteles de colores y dos asientos anchos de patas cortas con cojines a ambos lados, situados uno frente al otro, donde habrían de sentarse los contendientes. Udai llegó acompañado de sus dos esposas, un pequeño séquito de sirvientes y su guardia personal. Todos los presentes se pusieron de pie en actitud de respeto y sumisión al joven maharaja que fue a sentarse en el sitio asignado, escoltado por sus jóvenes esposas. Minutos después llegaron Bhairav y Kailash junto a otros brahmanes. Vestían atuendos de fina seda amarilla con los bordes ribeteados en ocre y turbantes esplendorosos para protegerse del sol. En sus frentes relucían tres líneas horizontales de barro amarillento con un punto de cúrcuma roja indicando su afiliación al culto de Shiva-Shakti.

Suníschala no se hizo esperar. Andaba grave y solemne. Su mera presencia hizo que todos guardaran silencio. Su apariencia era todo lo opuesto a la noche anterior. Su cabeza rapada, con una colilla de cabello en la parte posterior, y ungida en aceite de sándalo, resplandecía bajo el tenue sol. El rostro rasurado develaba su semblante juvenil. Su dorso cubierto con un chal de algodón blanco le hacía verse pulcro. La ancha marca de barro blanco y cúrcuma roja sobre su frente anunciaba su devoción a Vishnu. Más que un asceta debilucho, parecía ser un sabio majestuoso. Atul venía tras él como un humilde servidor. En una mano portaba una sombrilla para cubrir la cabeza de su mentor del abrasador sol vespertino de Mewar; en la otra una vasija de barro con agua fresca para beber. Al ver al asceta acompañado del cocinero de Chittor, Bhairav, Kailash y los demás brahmanes soltaron una sonrisa burlona, ajenos a su ahora vasto conocimiento de los textos de los brahmanes con sus ramas subsidiarias.

Suníschala se sentó sin pompa alguna. Debido a los años de confinamiento hizo una salutación al astro rey a quien consideraba un amigo. Como no necesitaba que Atul le brindase sombra, dejó que buscase donde sentarse con comodidad. Bhairav había dispuesto el lugar de modo que al sentarse Suníschala estuviese de cara al sol poniente para entorpecer su concentración. Sin embargo, cuando los rayos le acariciaron el rostro, daba la sensación de que sus ojos se avivaban.

Un joven brahmán fue al centro de la arena. Una vez de cara a Udai anunció:

—Siendo Kailash el mayor entre los brahmanes, hemos acordado que es nuestro deber honrarle con el derecho a representarnos.

La audiencia acogió el anuncio con desagrado. Suníschala sonrió al ver que Bhairav se hacía el desentendido. Udai comía mangodis secos como aperitivo e hizo un gesto de desencanto, pero como los debates y querellas entre brahmanes no eran tema de su predilección, no dio mucha importancia al repentino cambio a pesar de las quejas de la audiencia. A fin de cuentas, asistía al encuentro tan solo por cumplir con su palabra de la noche anterior. Como líder de los brahmanes, Kailash fue a sentase frente a Suníschala. La fina seda amarilla que vestía contrastaba con su largo cabello negro. La pesada barba acentuaba su apariencia majestuosa y temeraria. De sus orejas colgaban pendientes de plata. Un collar de semillas de rudrakshas descansaba en su amplio pecho. Kailash miraba con firmeza a los ojos de Suníschala que le retribuía con una mansa y quizás mordaz sonrisa. La diferencia de edad entre ambos era tan contrastante como la corpulencia. Aunque para entonces Suníschala contaba con veinticinco años aún conservaba un rostro pueril. Debido a su largo encierro estaba delgado y pálido. El gigante Kailash merodeaba los setenta años. Su fornido cuerpo alcanzaba dos metros de estatura. Una vez sentados fue el mismo joven brahmán quien anunció las reglas del debate.

—Cada uno de los contendientes hará tres preguntas. El primero que falle en responder una de ellas tendrá que aceptar su derrota y el vencedor decidirá su suerte.

Se escucharon murmuraciones. Como era de esperarse la mayoría de edad dictaba que el corpulento brahmán tuviese la primera palabra. Kailash era un brahmán bien letrado, por lo que no faltó quienes se apiadaron del joven. Ejerciendo su derecho fue el primero en lanzar el reto.

—Tengo entendido que eres un fiel de Vishnu, cuyas glorias canta el Bhagavata Purana. ¿Puedes decirme cuantos versos contiene esta escritura, la más sacra para sus fieles?

—Dieciocho mil, distribuidos en trecientos treinta dos capítulos y doce cantos —respondió Suníschala sin la menor vacilación.

El público murmuró de admiración. Bhairav escondió su ansiedad con su grata sonrisa. Kailash asintió con un ligero gesto de su cabeza a modo de admiración antes de continuar.

—Los seguidores del Bhagavata Purana consideran que Vishnu es el dios supremo. ¿Cómo puedes decir algo así? ¿Qué evidencias hay de esto en los textos más arcaicos de los brahmanes?

Otra vez Suníschala habló grave, sin vacilación.

—El Rig Veda, el más arcaico de nuestros textos, describe la morada de Vishnu como *paraman-padam*, la suprema y más excelsa de todas. Quien vive en la morada suprema ha de ser la deidad suprema.

Una vez más se escucharon los elogios que llegaban del público. Percibiendo que por joven que fuese, el asceta no era la presa fácil que había imaginado, Kailash intentó someterle con preguntas que demandaban conocimiento gramatical del sánscrito, la lengua exclusiva de los brahmanes más cultos; y lo hizo con apostura burlona.

—Bueno... puede que consideres a Vishnu como el más exaltado entre los dioses, ¿pero por qué también habría de ser el más hermoso como sus seguidores dicen que es? Las escrituras declaran: *kapyasam pundarikam evam akshini*, «dos ojos de Vishnu son tan rojizos como el trasero de un mono». ¿Qué clase de dios es ese?

Udai mascaba mangodis y sonrió. Otros le imitaron, pero a los fieles de Vishnu que estaban presentes no les agradó el comentario. Suníschala intuyó el esfuerzo desesperado de Kailash por lucir un poco mejor ante la audiencia, sonrió y habló como quien instruye a un niño arrogante.

—Querido Kailash, me asombro de que, aunque posas como un brahmán culto, tu entendimiento gramatical del sánscrito sea tan pobre. Respetable Kailash, la palabra *kapi* no solo significa mono; *kapi* también indica *kam-yalam-pivati*, o aquello que absorbe el agua, mientras que en esta cita *asam* connota florecer. Por lo tanto, *kapyasam* indica aquello que florece en el agua, es decir, la flor de loto. Así que la lectura correcta de esta cita de la escritura es: «Los ojos de Vishnu son tan rojizos como la flor de loto». Querido Kailash, creo que debes irte a tu casa y dedicar más tiempo a estudiar tus libros un poco mejor. Aprende eso Kailash, apréndelo.

Al escuchar su disertación el público estalló en carcajadas. Kailash enrojeció de vergüenza al ver que incluso Udai disfrutaba de la ocasión riendo a todo pulmón. Sin darle descanso al cruel brahmán Suníschala continuó.

—Estimado Kailash, ¿no comprendo por qué me has hecho preguntas tan simples?

Intentando justificar su fracaso y rescatar algo de su buena imagen Kailash respondió. —Porque puedo ver que eres tan joven y luces tan frágil.

Era justo lo que Suníschala esperaba para hacerle pagar por su crueldad y arrogancia.

—¡Pero Kailash, si la sabiduría dependiese de la edad y la corpulencia, entonces el elefante más grande y viejo de Chittor sería un gran sabio!

Las risotadas estallaron por todas partes. Incluso Udai y sus reinas reían sin contención. Suníschala recordaba la complicidad de Kailash en el ardid de Bhairav que le costó la vida a la pobre aldeana. Esa era su forma de hacerle pagar por su crueldad. A fin de cuentas, para quien ha recibido honores el deshonor es peor que la muerte. Las risas no se detenían y Bhairav, que hervía de rabia, le ordenó retirarse con un discreto movimiento de su cabeza. Kailash abandonó el lugar con la humillación que sufría su corazón reflejada en el rostro.

Por un momento reinó la confusión. Como muchos pensaron que la tan esperada función había llegado a un abrupto final, los ojos de la audiencia se posaron sobre Bhairav. Sintiéndose presionado fue a ocupar el lugar de Kailash. Anduvo reservado, con aire retador, pero en su interior una profunda ansiedad le oprimía el su corazón. Conscientes de sus vidas previas, ambos contendientes intercambiaron una mirada intensa y silenciosa sin que nadie pudiese intuir lo que acontecía, excepto Atul, que sentía poder contemplar, por el efecto de algún poder inusitado, la continuidad de una historia que volvía a repetirse. Acorde a las reglas del debate, era Suníschala quien debería poner a prueba el conocimiento de su adversario, pero para asombro de todos reescribió las reglas en favor de Bhairav.

—Querido Bhairav, haré tres postulados, si logras confirmar tan solo uno de ellos aceptaré mi derrota y juro por la providencia que podrás hacer cuanto quieras conmigo.

El público murmuró ante la osadía del joven que no tardó en lanzar su primer reto.

—Bhairav, yo digo que tu madre era estéril. Por favor, confírmalo.

Ninguno de los presentes halló sentido en la pregunta, mucho menos Bhairav que respondió con desdén. —Deja tu estupidez. ¿Estás loco, o acaso has perdido el respeto por el maharaja Udai Singh? Si mi madre hubiera sido estéril yo no hubiera nacido. ¿Cómo puedo confirmar tal necedad?

Suníschala sonrió y volvió a hablar. —Querido Bhairav, si no puedes confirmar mi primer postulado entonces confirma el segundo. Yo digo que el maharaja Udai está manchado por el pecado. Por favor, confírmalo.

Udai mascaba los mangodis. Un silencio inquietante se cernió sobre el público al ver la forma en que miraba a Suníschala sorprendido ante su osadía. Su irritación no escapó a la perspicacia de Bhairav que intentó denunciar al asceta y anular el debate.

—Sólo el más bajo entre los hombres confirmaría tal blasfemia contra el maharaja de Chittor. En nombre de la casta de brahmanes pido que se le corte la lengua ahora mismo —reclamó volviéndose hacia Udai.

El joven Maharaja no prestó atención a las palabras de Bhairav, pero el comentario de Suníschala no fue de su agrado. Como estaba rodeado de muchos nobles que admiraban a Suníschala, prefirió mostrar contención.

Impávido ante la intimidación de Bhairav, Suníschala agradeció a Udai por su paciencia con un suave gesto de su cabeza y continuó.

—Querido Bhairav, por favor, no te molestes conmigo, pero si no eres capaz de confirmar mi segundo postulado entonces al menos confirma el tercero. Yo digo que las esposas del maharaja Udai Singh de Chittor son adúlteras. Por favor, confírmalo.

La multitud quedó atónita. La osadía del Suníschala había llegado al extremo. El mangodi que Udai sostenía entre sus dedos cayó al suelo. Las jóvenes reinas se llenaron de ansiedad. Esta vez Bhairav erupcionó en cólera.

—Udai, debes cortarle la lengua a este blasfemo desvergonzado ahora mismo. Mátalo antes que su locura nos destruya a todos. Se ha vuelto loco. Mátalo Udai, mátalo.

Udai alzó su diestra y detuvo la conmoción del gentío. Se acercó a Suníschala sable en mano y le alzó el mentón con la punta del filoso acero.

—A menos que puedas justificar tus palabras me veré obligado a hacer contigo lo que el brahmán me pide.

Suníschala juntó las palmas de sus manos e inclinó su cabeza con mansedumbre. Un silencio sepulcral reinaba mientras Udai enfundaba su sable e iba de vuelta a su lugar con su lento y pesado andar. Una vez en su trono Suníschala comenzó a hablar.

—Querido Bhairav, por favor escucha. Las antiguas leyes dictadas por Manu a los brahmanes nos dicen que una numerosa prole es algo tan preciado, que si una mujer tiene un solo hijo ha de ser considerada estéril, pues por hermosa que pueda ser, es como una fragante flor con un solo pétalo. Tú fuiste hijo único, por lo tanto, acorde a los textos que rigen nuestras vidas tu madre fue estéril.

La audiencia murmuró de satisfacción. —Querido Bhairav—, continuó el asceta—. El libro de Manu también nos dice que el maharaja recibe una sexta parte de las actividades pías que se ejecutan en su reino, así como también de las impías. Debido a que en esta era todos somos propensos tanto a la piedad como a la impiedad, se entiende que el maharaja Udai Singh no solo lleva consigo los actos píos de sus miles de súbditos, sino también los impíos, tal como un buen padre es responsable por las fechorías de sus hijos.

Esta vez incluso a Udai se le vio sonreír. Suníschala esperó a que la audiencia se calmara para develar la razón de su tercer postulado.

—Bhairav, el antiquísimo libro de Manu también nos recuerda, que debido a que todos los seres celestiales moran en el cuerpo del maharaja, a este se le conoce como *naradeva*,

Dios entre los hombres. Por lo tanto, cuando el maharaja Udai Singh se une con sus esposas se entiende que ellas comparten intimidad con todas las divinidades. Creo Bhairav, que tú también debes volver a casa y estudiar tus libros con más cuidado. Aprende eso Bhairav, apréndelo.

Udai estalló en carcajadas asombrado ante la genialidad de Suníschala. Sus jóvenes reinas exhalaron de alivio. La audiencia se contagió con su buen humor. En poco la multitud flotaba en un mar de risotadas. Bhairav ardía de envidia y dolor, aunque como maestro del artificio sonrió e inclinó la cabeza con mansedumbre aceptando la victoria del asceta. Udai descendió de su trono para situarse en medio de los contrincantes hablando de buena gana.

—Tengo que reconocer que Suníschala es el vencedor.

La audiencia continuaba dando ovaciones en su favor. Una vez aquietada la euforia Udai volvió a pronunciarse.

—Ahora eres mi brahmán consejero. Según lo acordado tienes su vida tus manos. Es un trato que estoy obligado a cumplir. Puedes hacer con él lo que quieras. Bhairav es todo tuyo, dispón de él como desees.

Ramesh, el padre de Bhairav, estaba entre la multitud sin hacerse notar. Se acercó a Suníschala afligido, derramando lágrimas.

—Él quiso matarte, ahora te pido que hagas lo mismo con él. Hazlo ahora Suníschala, o la desgracia que causará será aún peor.

Aunque Bhairav se esforzaba por ocultarlo, Suníschala advertía que estaba aterrorizado. Su vida estaba en sus manos, ahora podía hacer con él según su voluntad. Pero el interés de Suníschala no era destruir a Bhairav, sino redimir a quien aún consideraba su hermano de la condición en que él mismo le había sumido en su vida previa.

—No veo por qué debamos cometer semejante crimen. No hay falta alguna en él. Bhairav y yo somos brahmanes, el conocimiento, el desapego y la compasión son nuestro único tesoro. Si incluso ahogándose un escorpión no abandona su naturaleza y hiere el brazo que le socorre, ¿por qué el sabio habría de abandonar la suya? Matar a un brahmán es un pecado aterrador y Bhairav es un hermano para mí. Prefiero que se quede en Chittor y viva entre nosotros, sé que juntos podemos vivir en paz.

Mientras todos aplaudían, apreciando el noble gesto, Bhairav se retiró ocultando el dolor que hería su corazón, el cual se incrementaba al escuchar los continuos elogios que la multitud enaltecida le ofrecía al vencedor.

Cuando cayó la noche Suníschala aún pernoctaba por las murallas contemplando el horizonte de Mewar. Habían transcurrido cuatro años desde la última vez que contempló el cielo estrellado. La fresca brisa nocturna le batía el rostro con agrado. A su mente vinieron muchas imágenes de su infancia junto a Bhairav en su vida previa, a quien aún amaba a pesar del abismo de odio que les separaba. En momentos como esos el sentimiento de culpabilidad le quemaba el corazón. ¡Tanto deseaba abrazar a su hermano y volver a sonreír junto a él, como solía ser en aquellos días ya olvidados para el mundo! Ansioso de su amor, abandonó la muralla y fue a buscarle. Encontró el portón de su habitación entreabierto y se aventuró a su interior. Ya pasaba la medianoche y aún Bhairav estaba tirado bocabajo sobre su cama, llorando sin consuelo tal como un niño. Era la misma imagen de una vida ya pasada. Suníschala se sentó al borde de la cama acariciándole el cabello con ternura.

—Bhairav, el orgullo, el odio, la envidia, solo engendran angustia y miseria, no dejes que sigan corrompiendo tu alma como una vez corrompieron la mía. He venido aquí a pedirte perdón, quiero que otra vez volvamos a ser hermanos. Yo deploro mis acciones pasadas con todo mi corazón; es más, si me prometes abandonar tu odio, dejaré que me avergüences ante todos de la forma que prefieras, incluso dejaré que me mates si así lo deseas.

Bhairav ignoró su súplica. Suníschala comprendió que las palabras llegaron en sus oídos, pero no tocaron el corazón. Besó su cabeza con suavidad y abandonó la habitación entristecido. El joven brahmán levantó el rostro de entre las almohadas, sus ojos enrojecidos eran refugio del mal. Viéndole alejarse lo siguió en silencio con un pensamiento maligno aferrado a su alma.

Capítulo 13

Una cobra rey

Suníschala fue de vuelta a la muralla y una vez más se detuvo a contemplar la noche. Fue allí donde lo encontró Ramesh, quien se acercó al joven sollozando, sumido en su gran dolor. Ramesh conocía a Suníschala desde su infancia. Sabía que incluso los más afamados sabios del desierto le tenían en gran estima. Lo abrazó al punto de que humedeció el chal del joven asceta con un torrente de lágrimas. Bhairav siguió a Suníschala a hurtadillas. Al ver a su padre, se mantuvo oculto tras los muros entre penumbras; desde donde podía escucharlo con claridad. El viejo brahmán hablaba ahogándose en su propio llanto.

—Hijo —dijo el anciano como usaba llamarle debido a su profundo afecto—. Debo decirte algo que jamás he revelado a nadie. Quiero que me escuches. Quiero confesarte mi dolor. Excepto tú, no hay alguien más que pueda traer paz a mi alma antes de morir.

Suníschala se mantuvo callado. Ramesh se esforzaba por contener sus lágrimas limpiándose el rostro con su chal para continuar.

—Algún tiempo después de enviudar decidí que quería volverme un asceta y fui en busca de Aravinda. Fue un momento difícil en mi vida, había perdido a mi esposa y estaba decidido a renunciar al mundo para siempre. Mientras iba en busca del sabio, por mi propio descuido, fui tentado por una joven de bajo nacimiento que me dio los placeres carnales que con mi esposa jamás conocí. Con el tiempo y con sus artes supo cautivar mi corazón. Sin darme cuenta me enamoré de ella. Aunque tenía un hijo pequeño lo acepté como mío. Viéndole crecer me apegué a él. Para mi dolor, un día descubrí que ella tenía un amante y decidí dejarla. No teniendo otro medio de sustento volvió a ganarse la vida como prostituta, oficio que bien conocía desde antes de yo encontrarla. Debido a que un brahmán no debe morir sin procrear, pero como para ese entonces ya había envejecido, decidí quedarme con el niño a quien quería como a un hijo. Bhairav piensa que soy su padre, cree que es un brahmán de buena casta. Bhairav es un descastado, es hijo de una prostituta, un niño de bajo nacimiento que solo ha servido para traer vergüenza y dolor a mi vida.

Ramesh no pudo contenerse, una vez más rompió a llorar. Suníschala hizo lo posible por consolarle, pero el dolor del anciano brahmán era tan profundo como profusas sus lágrimas. Cuando sus sollozos se apaciguaron, el joven preguntó si la madre de Bhairav era la prostituta a quien enviaba limosnas durante su estancia en Bhilwara. Ramesh se cubría el rostro con las manos afirmando con un dócil movimiento de cabeza. En el silencio de la noche Bhairav escuchaba la confesión de quien hasta ahora había considerado su padre. Todo su ser se estremeció de temor y dolor. Ni Ramesh era su padre ni él era un brahmán, y como si esto no fuese suficiente, su madre era una prostituta de baja casta. Oculto tras los muros, secaba las lágrimas sintiendo que el destino había sido cruel con él. En tanto, aunque sin saberlo, Ramesh continuaba hiriendo las fibras más sensibles de su corazón.

—De alguna manera los brahmanes de mi aldea supieron de mi relación con la joven prostituta y me descastaron, así que no podía regresar a mi hogar. Aravinda también era mi gran amigo y le relaté mi condición. Me aconsejó que me mudase a Chittor para que comenzara una nueva vida pero que jamás comentara lo ocurrido. Así al menos podría ofrecerle una buena educación a quien para ese entonces consideraba mi hijo. Pero Bhairav ha sido una espina en mi ojo, un castigo por mi pecado. He tratado de educarlo, pero ha sido en vano. Su corazón es malévolo. Me ha hecho sufrir mucho y no encuentro la manera de detenerlo, pero si no lo hago el daño será aun peor. Mañana revelaré la verdad a los brahmanes, estoy seguro de que ellos también me descastarán, pero ya no me importa, me iré de Chittor para siempre y viviré como un asceta.

Bhairav sintió que una daga entraba en su pecho. Si Ramesh confesaba él también sería descastado. A pesar de que para entonces amasaba una gran fortuna, tendría que vivir en la ignominia como alguien de bajo nacimiento. Perdería su buen prestigio, lo que su corazón más anhelaba. No había otra salida, Ramesh tenía que morir. Henchido de cuanto odio albergaba en su corazón, corrió raudo, silencioso, como poseído por un ser maligno. Invistió a Ramesh con tal fuerza, que lo lanzó fuera de la muralla sin darle tiempo siquiera a percatarse de su presencia. El desafortunado brahmán cayó al abismo, su grito de espanto se apagaba mientras se perdía en la oscuridad de la noche. Bhairav se aferró a los atuendos de Suníschala y expuso su cuerpo al exterior de la muralla a la gritando de terror. Daba la impresión de que luchaba por su vida para evitar que el asceta no le arrojase al vacío. La guarnición se alertó. Unos arrestaron a Suníschala, otros socorrieron a Bhairav. Horrorizado, el joven brahmán juraba que el asceta se había vuelto loco. Sin aparente razón lanzó a su padre por la muralla e intentó hacer lo mismo con él. Los centinelas llevaron a rastras a Suníschala, convencidos de lo que parecía haber sucedido.

A la mañana siguiente los brahmanes cremaron a Ramesh. Todo Chittor estaba conmovido. Mientras su cuerpo ardía, Udai confortaba a Bhairav que lloraba sin consuelo. Salvo pocas excepciones, a la mayoría de los habitantes les costaba creer que Bhairav fuese capaz de matar a su propio padre, mucho menos de una forma tan cruel; incluso quienes amaban a Suníschala, esta vez vieron titubear su fe. Desde aquella noche, la guardia mantenía a Suníschala encerrado en los calabozos de las torres más altas. Apenas había visto la luz del sol por unas horas y otra vez Bhairav se las arreglaba para ponerle en cautiverio. A juzgar por lo que se comentaba, como esta vez hasta sus bienquerientes le repudiaban, Bhairav intuyó que era el momento ideal para matarlo.

Días después la asamblea de brahmanes y nobles encontró culpable a Suníschala. Ramesh estaba muerto. La guardia era testigo de haber visto a Bhairav colgando del otro lado de la muralla luchando por su vida mientras se sostenía del brazo del joven, que intentaba arrojarle al abismo de igual modo que arrojó a su padre. Las evidencias en su contra abundaban más allá de toda duda razonable; incluso Udai apoyó la decisión. Los escándalos asociados con la moralidad del asceta eran excesivos, algo que socavaba la integridad de Chittor. Esta vez fue Bhairav quien escogió la forma en que Suníschala debería morir; al amanecer sería mordido por una cobra rey.

El rumor llegó a los oídos de Atul, que siendo un humilde cocinero nada podía hacer frente a los brahmanes de la corte. Su nacimiento en una casta inferior no le daba el derecho a cuestionar tales decisiones. Antes del amanecer, bajo el pretexto de alimentar al reo, fue a verle al calabozo donde estaba encerrado. Llevaba una cesta con alimentos. La mostró a los centinelas, pero estos se negaban a dejarle entrar. Atul pidió ver al oficial de mando implorando compasión hacia el sentenciado. Él era el cocinero de los maharajás, todos le conocían. Se esforzaba por convencerle que culpable o no, era un acto de piedad alimentar a un condenado, mucho más si se trataba de un brahmán. Él solo intentaba practicar la misericordia para con alguien que en unas horas estaría muerto. Los centinelas siempre vieron a Atul con simpatía, quien a menudo les enviaba las golosinas preparadas en exceso que los nobles despreciaban, y cuando en las frías noches de Mewar el estómago rugía, su benevolencia siempre era apetecida. Antes de dejarle entrar el oficial revisó la cesta. Contenía varios tipos de empanadillas y frituras.

Allí, encerrado en una celda oscura estaba Suníschala calmo y grave. Atul sus tocó sus pies, luego se llevó las manos al corazón. Suníschala le abrazó. Ceñido entre los brazos de su guru e incapaz de contener sus lágrimas, el humilde cocinero habló entre sollozos.

—Los brahmanes llegaron a una decisión. Bhairav te condenó a ser mordido por una cobra rey, todos están de acuerdo, incluso Udai. En una o dos horas vendrán por ti.

Atul, que había aprendido a conocer a Suníschala, percibió inquietud en sus ojos. —¿Puedes neutralizar el veneno de una cobra rey?

Por primera vez vio al poderoso asceta responder vacilante. —De una cobra sí, pero una cobra rey… ¿Qué dice Udai? ¿Estás seguro de que no le importa?

—Dice que es asunto de brahmanes y que no le interesan esas peleas. Tenías razón, lo único que a Udai le importa es su corona. Él cree que mataste a Ramesh por alguna razón desconocida. Casi todo el mundo opina lo mismo. Bhairav convenció a todos que la magia negra más el tiempo que estuviste recluido en la cocina te han hecho enloquecer.

Atul extrajo de su cesta varias empanadillas. De su interior extrajo una pasta ocre que emanaba un fuerte olor agrio.

—Cómete esto, te ayudará a contrarrestar el veneno. Es hecho con hierbas y raíces imposibles de encontrar en Mewar, pero siempre conservo algunas. Mi abuela era aborigen. Se ganaba la vida de curandera. Le pasó el secreto a mi madre; de ella lo aprendí. Es amargo y desagradable, te dará mucha sed. Debes tomar mucha agua, de otro modo te quemará las entrañas y morirás.

Mientras Suníschala comía la mezcla ocre retorciendo el rostro con desagrado, Atul le hablaba del plan que había trazado para su fuga.

—He oído que después que te den por muerto te arrojarán al despeñadero de los condenados. De todas formas, te seguiré a donde quiera que te lleven y me quedaré merodeando el área. Si logras sobrevivir trata de escuchar mi señal. Estaré esperándote, entonces podremos irnos de Chittor para siempre como una vez me prometiste.

Atul imitó el sonido de un ave nocturna común en aquel lugar. Suníschala sonrió con afecto al saber que aún recordaba su promesa de años atrás cuando se conocieron en una condición similar. Consumía las últimas porciones del desagradable antídoto cuando Atul le recordó que cierta vez le escuchó decir que la noche en que abandonaron Chittor, Yay Singh confesó su voluntad al anciano Premananda de que el joven asceta fuese el tutor de su hijo. Tan pronto supo la noticia de la sentencia que Bhairav había dictado, envió a Bhilwara a un brahmán de su confianza en busca del pequeño Deva Singh fingiendo ser un emisario de Udai. Llegaría esa misma noche. Permanecieron juntos hasta que despuntaron los primeros rayos de sol, momento en que la guardia le pidió retirarse. Para ese entonces los labios de Suníschala estaban resecos. Su cuerpo se sacudía bajo el efecto del brebaje que le quemaba las entrañas. Atul pidió agua para el condenado. Estaba a punto de morir de sed y les rogó por un frasco grande. Dejar morir a un brahmán por degradado que fuese era un pecado mortal. El centinela trajo una tinaja de agua fresca que Suníschala bebió casi con desesperación.

Cuando levantó el alba dos brahmanes acompañados por un centinela vinieron por el condenado. Camino del palacio real la gente se amotinaba para verle pasar, pero esta vez nadie gritaba insultos. Incluso quienes le creían culpable guardaban silencio. El recuerdo del torbellino de polvo, el control que ejerció sobre el elefante iracundo, su aparición luego de casi cuatro años de confinamiento y su victoria sobre Kailash y Bhairav, les obligaba a guardar silencio. Suníschala sería un asceta, un tántrico adúltero, un brahmán degradado o quizás un loco como muchos decían, pero era poderoso. Más valía no tentarle. Mejor era dejar que Bhairav y Kailash se ocupasen de esos menesteres.

En el salón del palacio le esperaban los brahmanes. Los nobles más prominentes de Chittor también estaban presente. Udai estaba sentado en su trono escoltado por Suraj, que miraba a Suníschala con desprecio. Las mujeres habían sido excluidas, ni siquiera las reinas estaban presentes. Debido a que la noche anterior al debate se había aseado, rasurado y vestido de ropa nueva, a pesar de haber pasado la noche en el calabozo, no se le veía tan desatendido y sucio como cuando se presentó ante Udai la tarde de su coronación. Sin embargo, era irónico que unas pocas noches antes estuvo en el mismo salón del palacio real acusado de adúltero y tántrico enloquecido, y ahora, de algo peor.

Fue Udai quien rompió el silencio preguntando al condenado si tenía algo que decir. Suníschala no se defendió, sino que aceptó lo que por tanto tiempo temió admitir: Bhairav jamás se redimiría, ni por su ayuda, ni por su propio esfuerzo, ni por la combinación de ambos. Su corazón no daba muestras de arrepentimiento sino todo lo contrario. La senda oscura en la que había entrado era como una cuerda que tiraba de su conciencia degradando su alma. En esa condición, solo podía ser redimido muriendo a manos de alguien similar a él, de otra manera continuaría poseído por cientos de vidas. Pero por ahora esa opción estaba lejos. Su hermano mayor siempre fue mejor que él, solo que en aquella ocasión cubría su poder con la vestidura de su inocencia. En este nacimiento como Bhairav volvía a mostrar cuan poderosa era su voluntad. Mas ahora, lo importante era lograr sobrevivir a la mordedura de la temible cobra rey. Excepto Aravinda, no se sabía de algún otro asceta que conociese este arte, y él jamás lo había intentado. Parado en medio del palacio real, cerró los ojos e inclinó la cabeza entregándose a su destino. Intuyendo que invocaba algún poder divino, Bhairav urgió a Udai a dictar sentencia. La voz del joven maharaja resonó en todo el salón.

—Que todos los presentes sepan que sin importar que seas brahmán, noble o descastado, en Chittor el crimen se castiga con la muerte.

Bhairav hizo un gesto apresurando a Kailash. El poderoso brahmán se situó detrás de Suníschala y le apretó la nuca con su diestra forzándolo a arrodillarse. Dos centinelas tiraron de sus brazos en dirección opuesta. Quien en una vida previa fue su hermano mayor, extrajo de un cesto una enorme cobra rey sujetándola con fuerza por la garganta. El reptil se enroscó en el brazo, siseó y abrió sus fauces dejando entrever los aterradores colmillos. Intentando romper la concentración de Suníschala, Bhairav le llevó el animal tan cerca del rostro que su antaño hermano pudo sentir el aliento amargo. La cobra paladeó la arteria principal con su lengua bífida, sintió el olor humano clavó sus colmillos. Suníschala no pudo evitar dar muestras de dolor.

Bhairav sonrió. Mientras la criatura le inoculaba su mortal elixir, susurró con cinismo al oído del asceta: —Hermanito.

Para cuando retiró el reptil la cabeza de Suníschala colgaba y sangraba por la herida. Minutos después comenzó a convulsionar. La boca le espumeaba, expelía sangre por las fosas nasales, y cayó al suelo retorciéndose. En poco cesó de respirar. Su cuerpo se laxó quedando sus ojos entreabiertos. Todos en el salón permanecieron callados. Fue Kailash quien revisó sus síntomas vitales confirmando su deceso antes de ordenar a los centinelas que lo arrojaran al otro lado de las colinas. Sería un acto de piedad alimentar a los buitres con su cuerpo impío.

Dos sirvientes arrastraron el cuerpo del desfallecido al exterior del palacio, lo arrojaron sobre una carreta tirada por mulas escoltada por guardias montados. Bhairav intentó seguirle, pero por alguna razón Udai lo mantuvo en el palacio. La muchedumbre se congregaba en las afueras de la ciudad, deseosa de ver el cuerpo muerto del afamado asceta. Las mujeres lloraban, otros miraban con curiosidad. A todos se les hacía difícil creer que Suníschala, el sabio de Chittor, estuviese muerto. La guardia luchaba por mantener alejado al gentío que caminaba tras la carreta a manera de procesión. A media hora de camino lo arrojaron al pie de una colina entre rocas y zarzas. Allí se depositaban los cuerpos de los muertos que nadie reclamaba, para que los chacales y los buitres dispusiesen de ellos. Por orden de Udai una guardia merodearía el lugar hasta la mañana siguiente. Era mejor prevenir cualquier inconveniencia. Para cuando el sol se ocultó y la oscuridad se adueñó del lugar, los aldeanos que aún rondaban el área se retiraron, pues en aquel paradero tan desolado, la noche, más que oscura, es amedrentadora.

Pasada la medianoche Suníschala comenzó a dar síntomas de vida. Abrió los ojos, y con dificultad giró sobre su pecho vomitando sangre. Tenía el cuello ennegrecido, su visión era borrosa, aun así, pudo divisar una guardia bastante retirada, sentada alrededor de una fogarata que apenas iluminaba el lugar. Aún bajo el efecto del veneno se arrastraba con dificultad sobre el árido terreno. Estaba adolorido. Las piernas inflamadas y adormecidas le imposibilitaban andar. No tardó en escuchar el continuo piar de un ave nocturna común en aquel lugar. Serpenteaba sobre la tierra en dirección a donde provenía el sonido, hasta que la luz de la luna le permitió ver una silueta humana. Era Atul. Durante sus años en la cocina, varias veces le escuchó imitar el sonido de los animales que merodeaban el desierto, algo que también aprendió de su abuela aborigen. Atul, que era bastante corpulento, lo ayudó a ponerse en pie, le dio de beber y lo llevó casi a cuestas hacia donde estaban los caballos. Allí le esperaba uno de los brahmanes de Kailash junto a Deva Singh que ya contaba con cuatro años de edad. Suníschala se inquietó al ver al brahmán. Atul le aseguró que era un bienqueriente. Por su pedido había ido por el niño, pretendiendo ser un emisario de Udai.

El brahmán puso al pequeño Deva Singh en manos de Suníschala asegurando ser un sacerdote de Kali, no un asesino de brahmanes como Kailash y Bhairav, a quienes consideraba seres malévolos. Ofreció sus bendiciones al joven agregando que esa misma noche se iría de Mewar para siempre. Apoyándose en Atul, Suníschala tomó un puñado de tierra. Lo apretó con tal fuerza que su mano tembló de su frente cayó sudor. Al abrir sus dedos, en su lugar había una moneda de oro. Aunque el bondadoso brahmán no se sorprendió, la aceptó con agradecimiento, tocó los pies del joven y se marchó para no ser visto jamás. Una vez más Atul se sobrecogió de asombro ante el poder de Suníschala. En tanto, el pequeño Deva Singh miraba al desfallecido con curiosidad. Preguntaba quién era y a dónde le llevaban. Atul le respondió que su nombre era Suníschala e iba a ser su tutor por voluntad de su padre. Al pequeño el ambiente le parecía extraño y comenzó a alterarse hablando en voz alta.

—¿Quiénes son ustedes? ¿A dónde me llevan? Yo quiero estar con Udai, yo quiero estar con…

Atul le aprisionó la boca con su gruesa mano, para no ser descubiertos por la guardia que aún podía verse sentada alrededor del fuego. Deva Singh pataleaba incapaz de vencer a Atul, que ayudó a Suníschala a subir sobre uno de los caballos y se alejaron para siempre de aquel maldito lugar.

Al amanecer los guardianes se sorprendieron al no encontrar el cadáver. Tal vez en la noche los chacales lo habrían devorado, pero en vano buscaron los despojos. Convencidos de que se trataba de otro de los milagros del joven, corrieron a Chittor a regar la voz. La noticia llegó a oídos de Udai sin que le diera importancia, pero poco después el lugar estaba atiborrado de aldeanos. Bhairav estaba entre ellos erguido sobre su arisco corcel azabache, deseoso de presenciarlo con sus propios ojos. Al parecer Suníschala había probado ser más fuerte de lo que creyó. Intentó destruirlo de varias maneras sin poder lograrlo. A pesar de que los inocentes aldeanos juraban que era un milagro, él sabía que su hermano había sobrevivido a la mordida mortal de la cobra rey, algo que no se esperaba. Ahora nadie conocía su paradero. Solo quedaba esperar por su regreso. Intentó destruirlo de varias maneras, se esforzó por humillarle de la forma más deshonrosa posible para un asceta, y fracasó. Cómo y cuándo era difícil de predecir, pero sin duda algún día volvería con un único propósito: destruirle. Ese día una profunda ansiedad se apoderó de Bhairav y, tal como Banbir, nunca más durmió en paz.

Segunda parte

El largo peregrinaje

Capítulo 14

El buen emperador

El misterio de la desaparición de Suníschala robó la tranquilidad de Bhairav. También corrían rumores de que Atul había huido junto con él, puesto que nadie lo había vuelto a ver. Desde el día en que escuchó la verdadera historia de su vida, que su madre aún vivía, y que los sabios de Aravinda conocían su origen, Bhairav sintió que su seguridad estaba amenazada. ¿Qué tal si alguien hablaba, si soltaban la lengua? Pensando de ese modo se las arregló para que Udai le enviara a Bhilwara en busca de Deva Singh, días después de la desaparición de Suníschala.

Allí le informaron que unos días antes, un brahmán enviado por Udai había venido por el niño para llevarlo de vuelta a Chittor. Al momento Bhairav intuyó que Suníschala estaba detrás la desaparición del hijo de Yay Singh. Al parecer esta vez su hermano se había salido con la suya. Pero el viaje a Bhilwara en busca de Deva Singh no fue más que un pretexto, la verdadera razón era otra y Bhairav se dispuso a cumplirla.

Al anochecer, vestido como un aldeano ordinario, se adentró en los arrabales más pobres en las afueras de Bhilwara, donde habitan los descastados y a donde ningún brahmán osaría ir. Como siempre estaba al tanto de cada detalle, recordaba haber visto a su padre dar caridad a una mujer a quien trataba de modo familiar. Poco le tomó dar con su paupérrima choza, en una de las tantas callejuelas pedregosas de los sectores más pobres y sórdidos que rodeaban la muralla. La humilde buhardilla, de techo de palmeras con paredes de adobe apestaba a licor. El ambiente hacía evidente el tipo de servicio que allí se prestaba. Bhairav se adentró con sigilo, escondiendo el rostro bajo la pobre luz de una lamparilla de aceite, que apenas dejaba ver entre penumbras. En un rincón, cercano a una letrina cubierta por un entretejido de pajillas, había un pequeño fogón de leña y carbón. Apenas quedaba espacio para un bastidor de tiras de cuero, que se alzaba sobre dos maderos que a su vez sostenían un colchón de heno forrado con sábanas tan zurcidas como hediondas. La mujer que Ramesh dijo era su madre yacía sobre las cobijas, quizás en espera de algún cliente. En la profesión del amor la paciencia es virtud. Cuando en la noche la atmósfera refresca, las callejuelas de Bhilwara rebullen y la clientela fluye.

Bhairav contempló con curiosidad aquel tugurio pestífero antes de hacerse ver por la desconocida, que aparentaba ser tan solo doce o trece años mayor que él. La desafortunada sonrió ante lo que creía ser la timidez del joven. Como no salía de su escondrijo le invitó a pasar. Bhairav apagó la lamparilla de aceite. La mujer volvió a sonreír. Muchos hombres de Bhilwara preferían ocultar su identidad. Profesional de su arte, se cubrió el rostro con un chal. Bien conocía el valor de la confidencialidad. El joven se sentó al borde de su cama acariciándole la mejilla con el dorso de su mano izquierda, mientras que su diestra extraía una daga de entre su ropaje. Al sentir el filoso acero en la garganta el susto la hizo gemir. Bhairav le descubrió el rostro para contemplar con placer aquellos ojos que se debatían entre el terror y la confusión.

—Madre —dijo, y deslizó su daga veloz abriéndole la garganta de una sola pasada para luego desaparecer entre la muchedumbre nocturna, en tanto que la desdichada se ahogaba en su propia sangre.

Días después la comunidad de ascetas de Aravinda, contemplaba la puesta del sol extrañados de ver acercarse una silueta ecuestre. No había brisa, ni el polvo punzaba los ojos, aun así, el siniestro jinete de rostro cubierto empuñaba un sable. Al momento los ermitaños intuyeron su intención. Los ascetas no temen la muerte. Viven convencidos de que la existencia continúa más allá de la destrucción del cuerpo físico. Conocen que la vida en este mundo es tan solo una de las tantas paradas del alma en su vagar por el universo camino a la perfección. Infinidad de veces la chispa de vida ha nacido e infinidad de veces ha experimentado la muerte. ¿Cuándo morir nos ha sido ajeno? A fin de cuentas, si la muerte libera al alma de su prisión de carne, bienvenida sea. El jinete pasó raudo, sin detenerse. Los sabios quedaron tendidos sobre la tierra dejando sus textos salpicados con su sangre.

La noticia de la matanza de los ascetas conmovió a todo Mewar; incluso Udai que era indiferente a tales sucesos estaba sorprendido. ¿Cómo podría alguien ser tan cruel para masacrar a seres tan inofensivos? ¿Cuál habría sido el motivo? ¿Qué ganaría? Jamás se supo quién fue ni la razón. La matanza de los ascetas continuó siendo un misterio.

Durante días Suníschala, Atul anduvieron por las áridas colinas y llanuras de Mewar llevando consigo a Deva Singh. Cruzaron aldeas, siempre de incógnitos, momentos en los que Atul con sus ínfimos ahorros, tomaba provecho para adquirir provisiones que guardaba en un fardo atado a sus hombros. El pequeño Deva Singh no cesaba de hacer preguntas. Suníschala se esforzaba por hacerle comprender que en Chittor su vida peligraba. Pero Deva Singh había crecido junto a Udai, lo veía como su hermano mayor y no paraba de renegar.

Luego de mucho andar se detuvieron cerca de un pequeño lago al pie de una colina donde bebieron agua fresca cristalina. Era el lugar ideal para sumergirse y refrescarse. Un descanso para los muchos días de continuo cabalgar. Suníschala pidió a Atul que lavara su ropa, que el ardiente sol de Mewar no tardó en secar. De aquel cocinero inocente e inculto ya nada quedaba excepto el nombre. En los años pasados en compañía de Suníschala Atul adquirió los buenos modales de un aristócrata espiritual. También aprendió a la perfección los deberes de un brahmán. Hoy había llegado el momento de convertirse en un nacido por segunda vez, como se le conocía a los miembros de la casta sacerdotal. Al escuchar la noticia Atul derramó lágrimas de emoción.

Una vez aseado, se sentó frente Suníschala. Luego de susurrarle al oído los mantras de los brahmanes, el joven sabio le puso alrededor su pecho el cordón sacerdotal que llevaba consigo desde la noche del debate en Chittor para tal propósito. Suníschala le recordó que ahora era lo que siempre quiso ser, un brahmán, recordándole que una persona es lo que su naturaleza y su carácter dictan, no su nacimiento. Convertirse en un brahmán era como volver a nacer, por lo que desde ese momento su nombre sería Atulananda: *bienaventuranza divina*. Era a lo que Atul aspiró toda su vida, ser un brahmán para poder instruir a otros en los menesteres del alma. Llorando de emoción el antaño cocinero se postró ante los pies de su guru, quien le hizo prometer que sería un brahmán justo, y que nunca se apartaría de la verdad.

Continuaron cabalgando por días siempre en dirección norte, hasta que sus caballos extenuados se negaron a continuar. Atulananda no tenía idea de a dónde se dirigían, solo seguía los pasos apresurados de Suníschala sin cuestionar ni pronunciar palabras. Cruzaron las zonas más áridas de Rayasthán y un atardecer, divisaron a lo lejos una larga caravana que avanzaba en dirección oeste. Suníschala sonrió. Cerró sus ojos al mirar el cielo suspirando emocionado. Cuando la comitiva les cruzó el paso, Suníschala se hincó de rodillas e inclinó la cabeza. A Atulananda le llamó la atención la actitud de su guru. Preguntó quiénes eran y por qué se postraba.

—Para honrar al emperador Jumayún. Ha perdido su trono y va camino al exilio —respondió Suníschala sin levantar la cabeza e hizo una seña para que Atulananda también se postrara.

Por más que le conocía, el excocinero de Chittor no lograba acostumbrarse a las proezas de Suníschala. ¿Jumayún? ¿Cómo podía saberlo? ¿Cómo sabía que le encontraría en aquel remoto lugar? Minutos después la caravana tirada por camellos escoltados por cientos de jinetes se detuvo frente a ellos. El joven emperador asomó el rostro entre los toldos de su carruaje.

—¿Han perdido el camino? ¿De dónde vienen?

—De Chittor —respondió Suníschala.

—¡Chittor! —exclamó el emperador sorprendido—. ¿Puedo ofrecerles algo? ¿Un camello, agua… o tal vez algo de comer? Veo que cargan un niño.

Suníschala expresó agradecimiento. Jumayún ordenó llevarles una alforja de agua, pan plano, hummus, dátiles. Poco después los sirvientes le informaron que se trataba de dos brahmanes piadosos; uno de ellos parecía ser un asceta. La noticia maravilló al emperador. Siendo un amante de la religión, los hizo subir a su carruaje, expresando que gozar de la compañía de personas santas en tales momentos de tribulación era la bendición de Alá.

Con el pasar de los días la simpleza de Atulananda y la mansedumbre de Suníschala ganaron el aprecio de Jumayún. Deleitado por la sabiduría del joven le acosaba con todo tipo de preguntas de carácter filosófico y metafísico, cuyas respuestas contrastaba con los preceptos de su religión musulmana. La caravana solo se detenía en las noches para cenar y descansar. El depuesto emperador era un gran intelectual. Suníschala no tardó en comprender por qué la gente decía que había nacido más para imán que para administrar un imperio. Absorto en la sabiduría del asceta de Chittor, a quien llamaban faquir en la lengua turco-arábiga de su anfitrión, Jumayún no sentía las horas pasar.

El emperador llevaba consigo a su hijo, el pequeño príncipe Yalaludín de apenas un año de edad, que pasaba las horas al cuidado de las nodrizas junto a Deva Singh. Siempre andando rumbo noroeste, con el pasar de los días se internaron en las zonas montañosas del Hindukush en el lejano Afganistán, cruzando estrechos valles que se contorneaban entre afilados picos hasta desembocar en amplias llanuras. Para cuando entraron a Kabul, la capital del país afgano, el joven emperador sintió que la compañía de Suníschala, había hecho breve y amena lo que debió haber sido una larga y penosa travesía. Fue allí donde Jumayún decidió descansar por algunos meses antes de comenzar su exilio en Persia.

Por primera vez Atulananda y Suníschala visitaban tierras tan lejanas. Mientras el emperador era recibido con gran festividad, ambos lo observaban todo con curiosidad. Hasta ese momento solo habían oído hablar de turcos y patanes de bocas de los rajputs, sus enemigos jurados. A ahora experimentaban la hospitalidad de los habitantes de aquel lejano lugar.

Poco después de su llegada, Jumayún le ofreció a Atulananda un lugar entre su séquito de mahometanos píos de gran sabiduría, mientras que Suníschala se convirtió en una especie de compañía perenne. Durante su estancia en Kabul el afecto de Jumayún hacia ambos creció hasta formar una peculiar amistad que era del aprecio de todos: un emperador musulmán, un brahmán de Mewar y un faquir del desierto, ambos venidos de Chittor, el reino rajput que combatió contra su padre Babur años atrás. Sin duda alguna la voluntad de Alá se movía sobre la tierra de maneras misteriosas, decía el joven emperador cuandoquiera que le cuestionaban. Por su parte, Deva Singh parecía adaptarse con facilidad a su nuevo ambiente, disfrutando de los mismos privilegios que el pequeño príncipe mogol; ambos crecían en el ambiente palaciego como si fuesen hermanos.

La vida corría de manera plácida, y junto a ella, el tiempo, que no solo agrupa caminos, sino también los separa. Recuperado de su ordalía en Chittor, Suníschala comenzó a reparar en su situación. Si bien era cierto que Bhairav no pudo destruirle, él tampoco había logrado redimirlo de su condición. Su hermano parecía estar siempre un paso delante de él listo para desquitarse con más fuerza. Intuía que su fracaso provenía del hecho de que cargaba en su conciencia la pena de la culpabilidad, y Bhairav sabía cómo explotar esa debilidad de algún modo alimentándose de su agonía. Era algo de lo cual debería librarse si algún día hubiese de enfrentarlo. También notó que Bhairav no respondía al bien. Cada vez que se humillaba ante él actuaba con mayor crueldad. Para enfrentarlo sería necesario librarse de todo sentimiento de apego y aversión hacia quien fuese su hermano. En última instancia Bhairav no era su hermano, sino un alma eterna, un ser individual, independiente; una chispa de vida, una parte y porción de Dios como lo son todos los seres conscientes. Es solo bajo la invisible fuerza del destino, que los seres se unen en relaciones temporales que llamamos parientes y amigos para luego separarse. Tales relaciones son como el viento, que a veces une las nubes y luego las aparta.

Si de veras quería ayudar a Bhairav debería alcanzar un sentimiento de empatía espiritual por todos los seres vivos. A su mente vino el recuerdo de Premananda, el gran sabio y querido amigo de su guru. Pensando en él decidió irse a un largo peregrinaje para limpiar su conciencia de todo vestigio de atadura al mundo. A fin de cuentas, el destino de Bhairav no dependía de él, sino de la voluntad divina. No podía predecir si algún día sus caminos volverían a cruzarse, pero a partir de hoy pondría a Bhairav en manos de Dios. Sólo Él es infalible, sólo Él dictaría su destino.

La noticia fue un duro golpe para Atulananda, el antaño cocinero que había hecho de Suníschala la luz de su corazón. No le sería fácil separarse de su guru cuando su estancia en Kabul era el devenir de un antiguo anhelo. ¿Por qué justo ahora que por fin vivía como un brahmán lejos de Chittor tal y como Suníschala le había prometido? Pero esa fue la primera lección que aprendió del joven en la cocina de Chittor: todo en este mundo llega y pasa, nada es permanente, incluso los más grandes afectos llegan a su fin por la fuerza inquebrantable del tiempo.

Jumayún entristeció al conocer su decisión. Hasta ahora la compañía de Suníschala probó ser fue el ungüento ideal para su infortunio. La noche previa a su partida compartían junto al emperador en su habitación. Mientras cuidaba el sueño del pequeño príncipe lamentaba su triste destino.

—Mi nombre es Jumayún, significa fortuna, pero el infortunio me sigue donde quiera que voy. ¡Cuánta ironía! He perdido mi reino, debo partir hacia Persia dejando a mi hijo en Kabul, y ahora también te pierdo a ti que has sido mi bálsamo en tiempos de tribulación. ¿Hay algo más que un emperador deba tolerar? ¿Qué más debo perder en esta vida?

Mientras hablaba acariciaba los piececitos del príncipe y de sus ojos brotaban lágrimas. Llevó la mano de Atulananda a su corazón para hacerle jurar que, si nunca más volvía a ver a su hijo, al menos le hiciera saber que fue su padre quien lo llamó Yalaludín. El lamento del piadoso emperador conmovió el corazón de Suníschala y el joven sabio quiso compensarle por su afecto antes de su partida. ¡Nada mejor que dejarle saber que la providencia guardaba un inigualable destino para su hijo! Tomó la diestra del emperador entre sus manos encallecidas por años de arduo trabajo para expresar su gratitud.

—Jumayún es tu nombre, porque afortunado eres. Tu exilio en Persia no será prolongado. Pronto volverás a sentarte en tu trono y tendrás a tu hijo contigo. Vela por ti, por tu bien, porque Yalaludín vivirá una larga y próspera vida. Será el más grande de los de tu raza, ¡la joya de tu dinastía! Porque grande será su juicio y grande su poder, tanto en vida como después de su muerte todos le recordarán como Akbar: *El Grande.*

Jumayún no pudo recibir mejor noticia. Con los ojos henchidos de alegría se postró ante Suníschala para besar los pies de quien hasta ese momento solo hablaba del largo viaje que habría de emprender. Atulananda albergaba esperanzas de que le llevaría consigo, pero no fue así, también tenía instrucciones para él.

—Cuida tú del hijo de Yay Singh. Tu conocimiento y piedad hacen de ti el buen brahmán que eres. Edúcalo para que sea como su padre. Partiré antes del amanecer, sé que Jumayún siempre tendrá en su reino un lugar para ti. Mi Atulananda, no puedo predecir si algún día regresaré, solo sé que pasará mucho tiempo antes de que nos volvamos a ver.

Hasta ahora la compañía de Atulananda compensó el dolor de la partida de Premananda, pues no hay pena más profunda que la separación de las personas santas. Sin embargo, había otro motivo para su partida; más que un brahmán Suníschala era un ermitaño. Las comodidades que ofrecía la vida en la alta sociedad de Kabul no satisfacían su corazón. Atulananda también tocó sus pies, lo abrazó tal como un padre abraza a un hijo y rompió a llorar. Suníschala pidió pasar la noche a solas. Jumayún ordenó a su servidumbre preparar todo tipo de provisiones para su viaje, algo que el joven rechazó. Quería emprender su largo peregrinaje en total dependencia de la voluntad de Dios para con él. Había venido a este mundo sin posesión alguna. Así había vivido. Antes del amanecer emprendería el más importante viaje de su vida, el de cambiarse a sí mismo, y quería partir con la convicción que siempre escuchó del sabio Aravinda: si Dios le dio la vida, Dios le dará el pan.

Capítulo 15

En tierras lejanas

Todos dormían cando Suníschala partió de Kabul. Desechó las sandalias y la ropa fina de brahmán, regalo de Jumayún. Nuevamente vestía su atuendo ordinario con el chal simple de algodón blanco que le era usual. Salvo una pequeña vasija de barro con agua, no llevaba nada más para su sustento. Confiaba en que, si un ser diminuto como él podía cumplir su deber para con Dios, no habría por qué dudar que Dios cumpliría el suyo para con él. Su sustento y protección dependerían de la voluntad divina. Abandonó Kabul andando con presteza. Su corazón henchido de júbilo, más cuando en la noche fría dejó atrás aquel lejano país, todo su ser vibraba el canto de Mirabai la noche que abandonó Chittor.

«Si Vikramayit no está complacido, que no lo esté.
Entonces me iré de su reino a algún otro lugar.
¿Pero si Krishna no está complacido, a dónde iré?»

Si Bhairav no estaba complacido al ver su compunción, que no lo estuviese, ¿pero si Dios no estaba complacido, de qué le valía vivir?

Por semanas anduvo rumbo hacia donde nace el sol siguiendo el curso de los ríos siempre que le era posible; estos le proveían de agua fresca y a sus orillas crecían árboles frutales y raíces silvestres que cocía para comer. Pasó por ciudades florecientes, por pueblos, aldeas con granjas de animales. Vio campos labrados, valles extensos y jardines naturales. Cruzó grandes llanuras donde abundaban los lagos cristalinos adornados con flores de loto de diversos colores. Atravesó colinas, y montañas, durmió en cavernas solitarias y en minas donde abundaban las piedras y metales preciosos. Andaba lento, siempre solo, pues en aquellos parajes tan lejanos y solitarios todo le era objeto de contemplación.

Las cuestas empinadas del Hindukush, hasta adentrarse en el valle de Cachemira fueron ardua de cruzar, pero Suníschala amaba los retos. Habitó por largo tiempo en aquella hermosa región antes tomar rumbo sur, hacia la fértil tierra del Punyab, donde conoció a las razas norteñas de mujeres hermosas y hombres fornidos de barbas copiosas y pronunciados bigotes. Gente buena que adornaba su cabeza con turbantes de colores. A Suníschala le agradó la belleza del lugar y la nobleza de sus habitantes. El tiempo que allí pasó, amó cuanta sabiduría le aportó aquel extraordinario país que tanto bien hizo a su corazón. Como ni la hospitalidad de sus habitantes le retuvo, no tardó en tomar rumbo al este. El antaño asceta del desierto era ahora un peregrino, un alma errante que andaba por meses en total soledad, deteniéndose cuando quiera que la ocasión edificaba su ser.

Una mañana, en el lejano horizonte oriental, vio los picos helados del Himalaya, el refugio de los ascetas. Su corazón latió de júbilo cuando sus ojos contemplaron las majestuosas crestas. Fue entonces que su ruta giró un poco al sur. Como para ese entonces varios años habían transcurrido desde que abandonó Kabul, la ordalía en Chittor eran un tema olvidado. Bhairav ya no era una espina en su conciencia. Creía haberle olvidado. Aunque dijo a Atulananda que tal vez volverían a encontrarse, ni siquiera eso le inquietaba, solo llevaba un ideal en su corazón: de este largo peregrinar habría de nacer un nuevo Suníschala, un ser diferente al que murió en Chittor.

El Himalaya es la joya de los eremitas. Estaba seguro de que allí conocería una infinidad de ascetas de diferentes sectas, de quienes aprendería sus muchas prácticas y doctrinas. Escaló las abruptas cuestas decoradas por pintorescas aldeas montañosas. La escena esplendorosa de crestas colosales como guardianes eternos del cielo se extendía ante sus ojos. Anduvo por caminos solitarios y escabrosos, truncados por peñascos profundos con sus nieves perennes que desafiaban la muerte, hasta llegar a donde brotan las frías aguas del sagrado Ganges, donde se sumergía para meditar en compañía de ascetas locales, y otras, en total soledad. Allí pasó años de su exilio espiritual.

Durante la primavera, cuando la nieve se disolvía despejando los caminos, gustaba de vagar por exuberantes aldeas, cargadas de un aura de santidad que por milenios dejaron los mahatmas en su peregrinar. Allí convivió junto a los nagabhavas, ascetas de gran longevidad en perenne desnudez. Con ellos aprendió el arte de retener el aliento, sumergido en el agua helada durante el crudo invierno, y a rodearse de leña ardiente en el más cálido verano. En su compañía vio pasar varias primaveras, mas no había venido a afiliarse a una secta, sino a librarse de las dualidades del mundo. Para cuando continuó su andar el cabello le palpaba la cintura, y las hilachas su la barba rala le acariciaban el torso.

Visitó ermitas de poderosos sabios que moraban en picos abruptos, desde donde se divisaban cascadas y ríos de aguas cristalinas, lugar idóneo para su vida de contemplación, a la cual se daba desde antes del amanecer hasta la puesta del sol. Como solo ingería las hojas de los árboles nutricionales estaba enflaquecido. En ocasiones abandonaba su asilamiento para habitar en compañía de santos de gran sabiduría por muchos inviernos. También visitó las ruinas de ermitas milenarias devoradas por árboles de gigantescas raíces. Aunque aquella región tan distinta a la árida Mewar robó su corazón, no detuvo su continuo andar. Nuevamente se echó al camino deambulando por meses a solas por valles abruptos y fríos.

Cierto día, una caravana de mercaderes se cruzó en su camino. Sus rostros amplios hacían sus facciones distintas a las que había visto jamás. Como eran personas piadosas que conocían el bien de la caridad, detuvieron su marcha para ofrecerle de comer, gesto noble que Suníschala aceptó de buen agrado, pero deseoso de saber dónde estaba, preguntó el por nombre de aquella región tan remota. Por mucho que los mercaderes se esforzaban su extraña lengua les impedía hacerse entender, aunque de buen modo le invitaron a seguirles. Suníschala anduvo junto a ellos hasta una aldea cercana, cerca de la cual se alzaba una ermita al borde de un despeñadero. Al verlos venir, un jovencito con apariencia de aprendiz de monje hizo sonar un gigantesco gong de bronce, cuyo eco retumbó entre las montañas maravillando a Suníschala. El joven monje le invitó a escalar el angosto camino que llevaba hasta la ermita. Le llevó a donde habitaba un anciano que vestía túnicas ocres, por cuya quietud y modales parecía ser un gran sabio. Aunque Suníschala poseía inmensa sabiduría y santidad, deseaba aprender de todo aquel que tuviese un buen mensaje. Una vez frente al anciano se postró para tocar sus pies con humildad. No tardó en percatarse de que su largo peregrinar lo había llevado al lejano Tíbet.

Fue allí donde conoció la triste noticia de la prematura muerte de Jumayún pocos años atrás. Mientras intentaba extraer un libro de su amplia biblioteca, el joven emperador cayó desde lo alto de la escalera y se golpeó la cabeza. Murió días después sin que lograse recobrar la conciencia. Luego de su muerte, el pequeño Yalaludín fue ungido como el nuevo emperador mogol.

En aquel montañoso y remoto país se alza el majestuoso monte Kailash, la morada del dios Shiva. Suníschala pasó años meditando en sus cuestas en compañía de los ascetas de la región. Durante el invierno la espesa nieve hacía intransitables los caminos, que se cubrían de flores con la llegada de la primavera reverberando con la infinidad de caravanas de viajeros. Una mañana, mientras contemplaba la florida primavera, se despertó en su corazón el deseo de continuar su viaje, entonces marchó al sur dejando sin apego alguno aquel hermoso país.

Venció montañas empinadas con ríos de aguas gélidas que surcaban extensos altiplanos, hasta llegar a una tierra donde abundaban personas de apariencia similar a la suya. Algunos profesaban la senda del antiguo sabio Siddhartha. Otros ofrecían sacrificios de cabras a la diosa Durga. La cruenta escena trajo a su memoria los días de su vida en Chittor. Aunque su corazón se conmovió por el sombrío recuerdo, sonrió dentro de sí; había llegado a Nepal. Como la fértil tierra de Bengal, donde fluyen las cálidas aguas del Ganges, no estaba lejos, aquella región no logró retenerle por mucho tiempo.

Atravesó jardines donde abundaban las aves de colores y panales ricos con la miel de abejas zumbadoras. Cruzó ríos caudalosos rodeados de bambúes, visitó bosques oscuros que resultaron difíciles de superar no solo debido a sus rocas filosas y hierbas puntiagudas, sino también porque eran la morada de las fieras nocturnas, los búhos, las serpientes y los temidos chacales. Un día, después de tanto viajar, se sintió cansado y hambriento. Al contemplar el fluir del Ganges su corazón se llenó de alegría. El contacto con sus aguas alivió su fatiga y la suave briza de las planicies florecidas apaciguó el calor del verano. El esplendor de Bengala matizado con la incomparable belleza del sol poniente sobre el Ganges cautivaron al asceta errante. En los amaneceres se bañaba en sus suaves corrientes antes de meditar. Al anochecer, deambulaba a orillas del sacro río. Le alimentaban las personas piadosas que abundaban en aquella región, gente conocedora del bien que adquiere el alma por cuidar de los santos y ascetas. Mas si algún día no recibía alimento como caridad ayunaba. La austeridad era su segunda naturaleza, su compañera constante. El ayuno siempre alimentó su espíritu.

Un atardecer, mientras meditaba, contempló su reflejo en las aguas del Ganges. El manto blanco del tiempo se había posado sobre su cabello. Su cuerpo estaba depauperado por las penitencias. Los años le duplicaron la edad, robando lozanía a su rostro. Esa noche, en su precario chamizo, su corazón se llenó de ansiedad. Por alguna razón presentía que su largo peregrinaje tocaba a su fin, pero el Suníschala que había muerto en Chittor aún vivía. Eran pocos los mortales que se interesaban en la búsqueda del ser, menos aún quienes fuesen capaces de soportar una vida de penitencias similar a la suya. Anduvo grandes distancias, visitó sitios de peregrinaje y escuchó el mensaje de una infinidad de personas santas; aun así, la intuición directa del ser le evadía. Sentado a orillas del Ganges una profunda inquietud que era incapaz de sosegar hizo presa de su corazón.

Cierto día, en Bengal, mientras merodeaba taciturno las orillas del Ganges, escuchó a unos sabios que disertaban sobre las enseñanzas de un gran santo al que llamaban Cheitanya. Aseguraban que Cheitanya no era un mortal, sino una expresión de la divinidad que advino al mundo a fin de reclamar las almas caídas de vuelta a la morada eterna. Los sabios bengalíes afirmaban que acorde a los textos sacros, el gran Cheitanya no era otro que el Señor Krishna, que descendió a este mundo para develar la esencia más profunda del alma y el más elevado amor a Dios. Disertaban sobre la función eterna del ser y la relación única que cada alma comparte con la divinidad en la trascendencia aseverando que, más que la penitencia, la oración en el nombre divino era el más elevado bien. El sendero más poderoso hacia la beatitud. Para sorpresa de Suníschala, los sabios respaldaban sus credos dando citas del Bhagavad guita y otros textos que él bien conocía. Aquellas palabras conmovieron su corazón. En su niñez memorizó las enseñanzas del Bhagavad guita y practicó la devoción mediante el ascetismo, pero jamás escuchó que tan encumbrado logro fuese posible, tan solo por el continuo orar de los nombres divinos, sin la necesidad de rigurosas penitencias.

Por días compartió con aquellos trascendentalistas, que sin duda debían ser almas ilustres diferentes a cuantas había conocido. En su compañía escuchó sobre la ontología, la morfología, y la relación innata de ser con la Persona Suprema que, acorde a las enseñanzas del gran Cheitanya, se puede revivir por orar los nombres Krishna. Junto a los sabios bengalíes Suníschala escuchó hablar de un tipo de amor divino que trascendía las barreras del amor convencional por Dios, al cual llamaban Vrindávana-prema.

Con el pasar de los días conoció a otros santos en cuyos cuerpos asomaban síntomas de ese amor rara vez visto en este mundo que, según los fieles, Cheitanya regaló a todos sin restricción de casta ni credo. Solo había que inundar el corazón con los nombres divinos Rama, Krishna, Govinda y Jaré. Años atrás, en Chittor, escuchó acerca de este tipo de amor de boca de Aravinda, aunque desconocía que fuese posible tener experiencia del mismo mientras el alma habitase en un cuerpo mortal. Fue entonces que a su corazón vino el recuerdo de Mirabai, la santa princesa de Chittor. Aunque siempre la mantuvo en el más alto aprecio, hasta entonces había asumido que su devoción desmedida y romántica por Krishna se debía a su condición de mujer. ¡Cuán errado estaba! Las penitencias habían endurecido tanto su corazón que fue incapaz de comprender ese amor de Vrindávana que robó el corazón de Mira. Fue por este amor que la joven princesa abandonó Chittor y huyó a esa tierra santa en busca de Krishna, el único amante digno del alma. A pesar de que su vida había sido el ideal de un asceta y sus penitencias eran difíciles de imitar incluso para muchos ermitaños, por primera vez en su vida Suníschala se sentía desconcertado. Durante sus muchos años de peregrinaje escuchó todo tipo de doctrinas de boca de personas santas, aun así, jamás probó una sola gota del océano de amor por Dios en que se sumergían los sabios bengalíes que en su niñez conocieron al gran Cheitanya, quien sin dudas debió haber sido un ser extraordinario.

Aquellas personas santas le llevaron a conocer la apacible localidad de Navaduipa y otros lugares que fueron estancia de Cheitanya en este mundo. Asaltado por una miríada de emociones, e sus ojos brotaron lágrimas. De Navaduipa le llevaron a una hermosa isla bañada por las aguas del Ganges, a la cual los sabios llamaban Antarduip. Allí le mostraron el modesto lugar donde Cheitanya advino a este mundo al pie de un gran árbol de nim. El sitio rebosaba de fieles que oraban diferentes nombres de Krishna. Suníschala bien los conocía, aunque admiró la exquisita manera en que los hilvanaban formando una rítmica oración que jamás había escuchado, y a la cual los sabios llamaban yuga dharma, el sendero ideal de la era actual para alcanzar la forma más elevada de amor por Dios:

Jaré Krishna Jaré Krishna, Krishna Krishna Jaré Jaré,
Jaré Rama Jaré Rama, Rama Rama Jaré Jaré.

Un fiel le ofreció unas cuentas de madera de tulasi y le invitó a sentarse a su lado. Era la primera vez que Suníschala se ocupaba en una forma de meditación tan diferente. Como su corazón estaba libre de prejuicios sectarios, se dejó inundar por las frescas aguas de los sacros nombres. No tardaron las olas de amor divino en golpear su corazón curtido por la rigidez de la vida ascética. Una vez más en sus ojos aparecieron lágrimas de amor.

Cierto día al despuntar la tarde y para su buena fortuna, fieles de tierras cercanas visitaron el lugar, trayendo consigo instrumentos musicales que hacían resonar con gran destreza. Uno de ellos, de voz angelical, entonaba los nombres divinos de Krishna en una melodía que rivalizaba con el canto de los seres celestiales, mientras todos los presentes hacían eco del canto creando así una especie de diálogo divino. Otros bailaban extasiados en una danza de amor celestial, que continuó por horas sin cesar bajo el efecto intoxicante de los nombres de Krishna. En medio de todos estaba Suníschala. Olvidado de sí, cantaba y bailaba jubiloso imitando la simple danza. Para entonces los largos mechones de su cabello tocaban la tierra. Extendía los brazos alzando el rostro mientras giraba sobre sí mismo, experimentando el poder renovador del canto divino de Jaré Krishna Jaré Krishna, Krishna Krishna Jaré Jaré, Jaré Rama Jaré Rama, Rama Rama Jaré Jaré.

La melodía penetraba cada poro de su ser de tal modo que los sabios se admiraron ante el fervor del recién llegado, advirtiendo que los primeros vestigios del amor de Vrindávana habían hecho nido en su corazón. Mientras Suníschala danzaba ajeno al mundo externo, comprendió que su largo viaje por la búsqueda de su verdadero ser tocaba su fin. En aquella lejana tierra de Bengal, bajo el mismo árbol del nim donde noventa años antes el gran Cheitanya advino a este mundo, el Suníschala que murió en Chittor realmente murió y uno nuevo nació en su lugar.

Ya el sol se había puesto cuando los cantores cesaron. Debido a su extrema delgadez Suníschala se sintió fatigado, y a causa de su debilidad cayó al suelo. Los fieles le humedecieron el rostro con agua del Ganges y le dieron de beber. Mientras unos cuidaban de él, otros servían una apetitosa cena que Suníschala rechazó recordándoles que él era un asceta, y los ascetas no comen después de la puesta de sol. Además, era demasiado suntuoso para alguien que se ha distanciado de los placeres del mundo. Al ver su renuencia a probar el sacro alimento, un sabio de mayor edad de modales refinados, puso a un lado la escudilla de servir y se acercó al recién llegado. Con una mirada que revelaba su compasión infinita, sonrió de modo paternal diciendo haber practicado ascetismo en su juventud. Descansó por un instante su mano añeja sobre la cabeza de Suníschala, e hizo una larga disertación que el asceta escuchó con veneración.

—Amigo, la senda que Cheitanya nos regaló no es la renunciación árida, sino la de ocupar cada uno de nuestros sentidos al servicio del Señor. La vida de ascetismo que has llevado hasta ahora es santa y piadosa, pero no es suficiente para darle plena satisfacción al ser. Tú eres el vivo ejemplo de lo que digo. En el sendero de la devoción todo cuanto hacemos es una expresión de amor; sea oír, cantar, bailar e incluso comer. Un devoto de Vishnu como lo eres tú debería estar consciente de esto. El gran Cheitanya llamó a este proceso el camino de la renunciación práctica, pues como ves, todas nuestras actividades sensoriales son un acto de devoción a Dios. Un fiel de Cheitanya no está interesado en escuchar los temas del mundo, y, sin embargo, ocupa su sentido auditivo en oír las glorias del Señor Krishna, la personalidad de Dios. Del mismo modo, también ocupa su sentido táctil para tocar con humildad los pies de las personas santas, sus ojos para ver las formas del Señor en su templo, y su lengua para cantar sus glorias y degustar el alimento que los fieles ofrecen al Señor Krishna con devoción.

Tú eres un devoto de Vishnu y pareces ser erudito, bien sabes que el Bhagavad guita nos dice que todo cuanto hagamos ha de ser una ofrenda al Señor Krishna, quien por su gracia y amor infinito la acepta por humilde que esta pueda ser. Por tomar este suntuoso alimento que el buen Señor ha aceptado, el corazón se limpia de todo tipo de pecados previos. Después de todo ¿a qué podemos renunciar en un mundo donde nada nos pertenece? La senda del gran Cheitanya es la del amor divino, donde cada una de nuestras acciones está impregnada de devoción. Mediante este proceso de servir con cada uno de nuestros sentidos al amo de todas las almas se alcanza la etapa más elevada de amor por Dios.

Hijo mío, este suntuoso alimento no es algo ordinario, sino gracia divina, alimento tocado por Dios. Participar de esta gracia no es disfrute mundano, sino regocijo espiritual puro. Esta es otra de las tantas formas en que se honra y se sirve al Señor. Así que deja tu ascetismo a un lado y deleita tu alma con los remanentes de tu Señor, tal como lo acabas de hacer con sus divinos nombres. Una vez que lo hagas, considera que tu búsqueda, por la cual has pasado tantos años de penitencias, ha llegado a su fin.

El anciano sabio guardó silencio. Con los modales refinados de un aristocrático espiritual, sirvió la suntuosa comida en el plato del asceta hecho con hojas frescas de plátano. Suníschala se sintió empequeñecido por las palabras del anciano, quien destruyó los últimos residuos de orgullo que quedaban en su corazón. ¿Pero cómo podía dejar su ascetismo a un lado? La penitencia le había alimentado durante toda su vida, era lo único que solazaba su alma. Mas si el Suníschala de Chittor había muerto, uno nuevo debería nacer, aun si esto implicaba romper con las normas de vida de un asceta. Aún vacilante, tomó una pequeña porción de alimento y lo llevó a la boca. Al instante pudo sentir la naturaleza divina que lo impregnaba y vigorizaba su cuerpo. Era la primera vez que comía después de la puesta del sol.

Su decisión hizo que todos rebosaran de júbilo y alzaran los brazos dando vítores de ¡Jarí, Jarí! Aunque pasaba casi de incógnito en la asamblea de los santos bengalíes, Suníschala no era un ser ordinario; llevaba la santidad en su corazón y anhelaba descubrirse a sí mismo en la senda de amor que Cheitanya había revelado. El anciano sabio en cuya frente brillaba el emblema de los seguidores de Cheitanya se alegró de ver al recién llegado participar del alimento sagrado. Como era un místico, advirtió que el asceta aún dudaba en abandonar la vida de penitencia, y nuevamente lo sermoneó.

—Hermano, no temas romper las ataduras que tú mismo te has impuesto. Tal como cuando una persona come experimenta placer, nutrición y alivio del hambre con cada bocado, de igual modo, la devoción, el desapego del mundo y la experiencia directa de Dios, ocurren de manera simultánea para quienes se entregan sin reservas a los pies del Señor Krishna. Bien sabes que la suprema ocupación para toda la humanidad es aquella mediante la cual se ofrece servicio amoroso al Señor, pero para que tal servicio de plena satisfacción al ser, debe estar libre de motivaciones egoístas. Solo así se adquiere conocimiento inmediato de Dios y desapego del mundo.

Cualquier actividad que ejecutemos como parte de nuestro deber en la vida, no es más que una labor inútil si no despierta en nosotros un deseo por escuchar el mensaje de Dios. No es la penitencia, sino el Señor mismo como el benefactor del alma sincera, que actuando desde dentro del corazón, nos libra del deseo de disfrute material si desarrollamos un sincero anhelo por oír su mensaje, el cual es virtuoso en sí mismo cuando se escucha y se canta como es debido. Es por escuchar las descripciones de sus actividades y por prestarle servicio a los devotos sinceros, que todo lo que perturba el corazón se destruye por completo, y el amoroso servicio al Señor Krishna, a quien los sabios alaban con poesía selecta, se establece en el alma como un hecho irrevocable. Tan pronto como esto ocurre, los efectos de la pasión y la ignorancia, que son la lujuria, el deseo y el anhelo, desaparecen. En ese entonces el místico sincero alcanza gran lucidez y se vuelve completamente feliz.

Cuando el corazón y la mente se avivan por el servicio al Señor, nos libramos de toda asociación con lo material. Es de ese modo, adquirimos experiencia y conocimiento tangible de Dios. En ese instante, el nudo que ata al corazón es destruido y todos los recelos son hechos pedazos. Cuando esta cadena que nos liga al mundo se rompe, descubrimos nuestro verdadero ser. Amigo, lo que Cheitanya nos reveló no es algo nuevo, sino una ciencia espiritual eterna conocida por las almas virtuosas desde tiempos inmemoriales; almas que con gran deleite le han ofrecido su servicio amoroso al Señor Krishna, la personalidad de Dios. Así que come sin reservas y con cada bocado consagra tu alma a Dios.

Mientras el anciano sabio hablaba todos los presentes mantenían silencio. Suníschala era un gran conocedor del Bhagavata, por lo que el mensaje no era algo nuevo para él, pero fue la fuerza de la pureza que encontró en las palabras del anciano sabio lo que tocó su corazón. Mientras comía comenzó a pensar en la transformación que le había devenido en tan poco tiempo en compañía de los sabios bengalíes. La belleza del evangelio de amor de Cheitanya le había hecho dejar atrás la meditación pasiva y los hábitos alimenticios de un asceta, pero al parecer, ahora también debería dejar tras de sí la rigurosa vida de penitencias por una de devoción práctica. ¿Qué más debería dejar si un nuevo Suníschala habría de nacer en el mismo cuerpo en que murió el que abandonó Chittor?

Al terminar la cena la mayoría de los fieles se retiraron. Otros, peregrinos de tierras lejanas, se acomodaron alrededor del árbol de nim para descansar. Suníschala sentía cierta pesadez estomacal. Como neófito en el sendero de la devoción, el anciano le había hecho comer sin moderación, insistiendo en que debería honrar con creces el alimento ofrecido al Señor, puesto que purifica el corazón. Era la primera vez en su vida que comía de manera tan suntuosa. De todas formas, había sido un día inusual en el que las nuevas experiencias se sucedían una tras otra. Estaba sorprendido de que luego de llevar una estricta vida de penitencias, en pocos días había hecho todo lo que un asceta no debería hacer: cantar, bailar, ingerir alimento suntuoso, en exceso y pasado el atardecer. Aunque las dudas aún asaltaban su corazón, no podía negar que había experimentado una dicha divina hasta entonces desconocida, solo disminuida por su vacilación. Al parecer, el sendero enunciado por Cheitanya había probado ser bienaventurado de principio a fin, pues despertó en su corazón una dicha sin paralelo. Pensando así fue también que por primera vez en su vida se quedó profundamente dormido a tan tempranas horas del anochecer.

Mientras dormía le asaltó un sueño maravilloso. Un ser dorado con talante angelical, de ojos como el loto que cubría la parte inferior del cuerpo con tela azafrán, le zarandeaba la cabeza con sus pies incitándolo a dejar su ascetismo extremo a cambio de la senda de la devoción. Estaba rodeado de cientos, miles, o tal vez millones de otros seres luminosos que cantaban acompañados de instrumentos musicales. El canto retumbaba por toda la creación, pero en lugar de ser perturbador, la melodía divina era agradable de escuchar. Torrentes de lágrimas brotaban de los ojos de aquel ser divino invitándole a sumarse a su danza celestial.

Esa noche Suníschala durmió tan profundo que los fieles bengalíes le despertaron pasado el amanecer. Su asombro no cesaba, ¿cómo era posible que hubiese dormido hasta mucho después de la salida del sol? Luego de asearse en las aguas del Ganges, el mismo joven que le despertó le ofreció leche fresca además de algunas frutas para desayunar. Puesto que provenían de un templo cercano estaban adornadas con pequeñas hojas de tulasi. Esta vez Suníschala no se negó, pero mientras comía rememoró su sueño dudoso de que tal vez se debía a la influencia de aquel sacro lugar.

Cuando el sol del mediodía menguó, merodeaba el área contemplando la belleza del lugar mientras cavilaba en el giro que dio su vida. Dejó Kabul con la intención de descubrir su verdadero ser y propósito en este mundo, pero jamás esperó que le llegase de esa manera. Era otra muestra de cómo el Señor actúa de modos misteriosos.

A las orillas del Ganges encontró al anciano que le había servido la suculenta cena la noche anterior y disertado sobre las enseñanzas del Bhagavata. A juzgar por sus palabras y el impacto que en él causaron, sin dudas habría de ser una persona santa de gran sabiduría. Se le acercó con gran humildad.

Luego de algunas formalidades que demanda la buena etiqueta espiritual, le reveló su extraño sueño. Mientras hablaba los ojos del anciano se llenaron de lágrimas ante lo que consideraba ser la gran fortuna del recién llegado. Emocionado por la confesión, el sabio comprendió que Suníschala no era un alma ordinaria, de otra manera, ¿cómo era posible que Cheitanya junto a sus asociados lo visitasen bajo el pretexto de un sueño? Incluso muchos sabios y almas selectas que llevaron una vida perfecta y de heroica virtud jamás tuvieron tanta gracia. El anciano inquirió sobre su origen. Suníschala reveló la historia de su vida y el propósito de su viaje. El sabio le escuchaba con atención maravillado ante sus muchas experiencias y su largo peregrinar por más de la mitad de su vida en busca de sí mismo. Fue entonces que con los ojos bañados en lágrimas el sabio bengalí habló lo que Suníschala anhelaba escuchar.

Sin duda alguna su largo viaje había llegado a su fin. Abandonando las penitencias debería entregar su vida a los divinos nombres, que son el refugio más elevado para todo espiritualista. Con profunda elocuencia, el anciano reveló que no existía conocimiento más puro que el que encierra el santo nombre, ni voto más poderoso que su canto, ni meditación más efectiva, ni fruto más grande que el alcanzado por medio de la oración en los nombres divinos. Una y otra vez afirmaba que no había mayor renunciación ni mayor paz a alcanzar, ni actividad más piadosa que dedicarse a orar los nombres de Dios. No había sendero espiritual más rápido que su canto, de ahí que el asceta experimentase tan profundas emociones en tan poco tiempo. El anciano daba fe de que los nombres divinos eran la liberación más elevada, la libertad máxima, el destino supremo, el punto de no más búsqueda. Hablaba del nombre divino como la devoción más ansiada, la inclinación más pura del alma, el amor más sublime, y el recuerdo directo de Dios. Como la expresión sonora de Dios, los nombres divinos eran la causa de todas las causas, lo más adorable. La forma del guru para llevar al alma de vuelta al hogar eterno. Prueba de esto era que Cheitanya mismo, a quien sus fieles llaman Majaprabhú, *el más grande maestro*, había venido por él bajo el pretexto de un sueño. ¿Qué mayor gracia podía esperar?

Suníschala no sabía qué hacer, si llorar o reír, si callar o cantar, si sentarse o bailar. Lo cierto es que desde que conoció a los sabios de Bengal y la senda de amor de Cheitanya, todo lo que había añorado parecía volverse tan real como la vida misma. Aunque con el paso del tiempo adoptó las costumbres de los fieles bengalíes, aún guardaba la apariencia de un ermitaño, algo que no parecía molestar a los sabios, pues según decían, la senda del canto de los santos nombres, tal como fue enunciado por Cheitanya, era universal, por lo que no dependía de las formalidades externas.

Capítulo 16

En Vrindávana y Puri

Suníschala pasó algunos años en compañía de los sabios en la fértil tierra de Bengal a las orillas del Ganges. De ellos aprendió la senda del amor acorde al gran Cheitanya. La comunidad de santos bengalíes estaba embellecida por estanques con flores de loto y extensos arrozales. Abundaban los arboles de plátano que realzaban la belleza natural del campamento. El entorno verde y tropical de Bengala, salpicado de cocoteros, acrecentando la belleza natural de aquel lugar, se diferenciaba del árido Rayasthán, donde abundaban los principados rajputs. Aunque Bengal estaba bajo el control del imperio mogol había cierta estabilidad política. Las pocas perturbaciones causadas por la opresión islámica debido a las diferencias religiosas, no afectaban la vida en el la comunidad de sabios, bastante retirada de las metrópolis más congestionadas.

Cierto día, mientras escuchaba las actividades de Cheitanya en Yaganath Puri y Vrindávana, deseó conocer aquellos santos lugares. Con el permiso de los sabios bengalíes que tanto bien hicieron a su corazón, un atardecer partió camino de Puri, no sin antes mostrar gratitud por los años que vivió junto a ellos. Procuraba su sustento mendigando en las aldeas cercanas donde abundaban las personas piadosas, pero como a menudo el camino era solitario, ayunaba con gran placer. Aunque junto a los fieles bengalíes aprendió a degustar con mesura alimento apetitoso ofrecido al Señor con amor y devoción, a fin de cuentas, había vivido toda su vida como un asceta. Si algo bien conocía era ayunar. El ayuno aclaraba su mente y agudizaba su intuición.

Suníschala anduvo en dirección sureste. Tras varias semanas de camino vio el mar por primera vez. Su corazón se llenó de júbilo ante tal inmensidad, y gustó de jugar entre las olas rompientes tal como un adolescente. Era otra experiencia nueva para él. Días después llegó a Yaganath Puri, una pequeña ciudad en el reino de Orissa que crece a las orillas del Golfo de Bengal. Antes de su partida, el anciano sabio que tanto contribuyó a su crecimiento espiritual, le instruyó que a su llegada a Puri buscase la compañía de Raghava babayi, un renombrado santo de avanzada edad que en su juventud fue compañero constante de Cheitanya, algo que Suníschala agradeció. La belleza y tranquilidad de Puri benefició su alma. Allí visitó el afamado templo de Yaganath que los fieles de Krishna sostienen en tan alta estima. También disfrutó de su exquisito alimento, cuyo sabor no tiene igual en toda la creación. La santidad del lugar, acrecentada por la hospitalidad de sus habitantes, eran la belleza escondida de esa tierra santa.

Cada amanecer a orillas del mar, mucho antes de salir el sol, oraba los divinos nombres Jaré Krishna Jaré Rama en las cuentas de madera de tulasi, regalo de los fieles bengalíes. En los atardeceres visitaba los lugares donde Cheitanya solía rodearse de sus fieles. También allí conoció a muchas personas piadosas e incluso aprendió la geografía del lugar. En cierta ocasión, mientras visitaba el gran templo de Yaganath, se detuvo a contemplar a un fiel anciano. A pesar de su longevidad, caminaba con ligereza, y al juzgar que por sus finos modales parecía ser un gran devoto de Krishna.

A Suníschala le causó curiosidad que a pesar de su longevidad andaba con ligereza. El anciano conversaba con un peregrino que preguntaba dónde podía encontrar la tumba de Cheitanya, puesto que oyó decir que fue en Puri donde dejó este mundo. El anciano sonrió sorprendido de que, a pesar de que el peregrino llevaba los símbolos de un fiel de Cheitanya, hiciera semejante pregunta. Con la piedad que le caracterizaba, el anciano explicó que la tumba es el final de los seres mortales. Cheitanya no era un ser de este mundo, sino una manifestación de la divinidad. Como tal, regresó a su morada eterna en el mismo cuerpo divino en que descendió, sin dejar tras de sí despojos mortales. Los cuerpos divinos rebosan de eternidad, conocimiento y bienaventuranza, por lo que los avataras de Krishna advienen y dejan el mundo en su forma eterna.

Suníschala conocía esta realidad; sin embargo, al escuchar las palabras del anciano comenzó a llorar maldiciendo sus años perdidos en la vida ascética. De haberlo sabido habría dejado Mewar en su niñez y corrido a Bengal; tal vez, con un poco de buena fortuna hubiera conocido a Cheitanya. Desdeñando su infortunio, una profunda angustia le oprimió el corazón de tal modo, que cayó al suelo inconsciente.

Para cuando despertó descubrió que se encontraba en el campamento de los fieles de Cheitanya en las afueras de Puri. El lugar semejaba al que había vivido durante su estancia en Bengal. Como dictaba la costumbre, con la caída de sol los fieles se reunían para cantar los divinos nombres de Krishna con instrumentos musicales. Suníschala cautivó a todos con su embriaguez divina mientras danzaba, tal como había aprendido con los sabios de Bengal. Cuando el canto cobró fuerzas, el anciano que había visto en el templo se sumó a la danza. Lo hizo con tal ímpetu que el propio Suníschala quedó sorprendido. Cuando el canto y la danza culminaron procedieron a degustar de la suntuosa cena espiritual tal como dictaba la costumbre. Mientras comían, un fiel leía crónicas de las actividades de Cheitanya en Puri, recopiladas por testigos oculares. Debido a que el anciano fue uno de ellos, ocasionalmente interrumpía para ahondar en el tema, vertiendo la luz de su experiencia. Todo el ambiente rebosaba de bienaventuranza divina.

Esa noche Suníschala preguntó a los fieles más jóvenes quién era el anciano sabio. Le informaron que se trataba del gran santo Raghava babayi, tenía más de cien años fue compañero perenne de Cheitanya en Puri. La noticia no le tomó por sorpresa. Era una muestra de cómo la mano invisible de Dios le trajo, sin él buscarlo, al sitio y a la persona que a su partida de Bengal le habían recomendado. Tal como en Bengal, allí permaneció por algún tiempo, durante el cual desarrolló gran afecto por el anciano Raghava, a quien servía como su preceptor espiritual, y bajo cuya guía aprendió a cabalidad todos los preceptos filosóficos enunciados por Cheitanya.

Una mañana mientras el anciano disertaba sobre la filosofía del Bhagavata, Suníschala deseó convertirse en su discípulo, entonces recordó a Aravinda, su guru y padre espiritual desde su niñez. Conociendo que al siguiente día varios candidatos se convertirían en discípulos de Raghava babayi, terminada la disertación presentó su inquietud ante el anciano, quien le informó que no era necesario que tomara iniciación formal de él, puesto que su guru, Aravinda, era un fiel de Krishna. Tal vez sus conceptos devocionales estuviesen un poco teñidos por el ascetismo, no obstante, era un preceptor espiritual auténtico. Sustituirlo era un agravio a su memoria. A cambio, el anciano Raghava le indicó que en ausencia de su guru original, Suníschala podía aceptarle como su guru instructor, algo común entre los fieles de Krishna y aceptado por las escrituras.

A la mañana siguiente el ambiente en el ashram era el de un festival espiritual. Varios candidatos se preparaban para entrar en la senda de la devoción enunciada por Cheitanya, bajo la guía de Raghava babayi. Suníschala estaría entre ellos con el propósito de concluir las formalidades externas, como muestra de su afiliación a dicha escuela devocional. Tal como el anciano le había advertido, a diferencia de los demás novicios, no era necesario que cambiase el nombre que recibió de Aravinda, su guru eterno. Sin embargo, esa mañana Suníschala se rasuró la barba y su largo cabello, dejando tan solo una colilla de pelo en la parte posterior de la cabeza, como dicta la costumbre entre los fieles de Krishna. Aseado y con ropa nueva, su aura era refulgente. La solemnidad de su talante daba la impresión de que hubiese descendido de un plano celestial. Aun horas después de terminada la festividad el ashram se mantuvo colmado de fieles y visitantes hasta bien entrada la noche.

La noticia de la conversión del asceta corrió como fuego por todo Puri. Los fieles de Bengal desbordaron de júbilo cuando les llegó la primicia. Poco tiempo después Raghava babayi dejó este mundo y todo Puri se cubrió de luto. Fiel a la enseñanza del sabio, Suníschala comprendió que no hay pena mayor que la separación de una persona santa, y su corazón lloró la partida de Raghava tal como años atrás lloró la de Aravinda. En su ausencia, Puri le resultaba triste, por lo que decidió partir a conocer Vrindávana y visitar los lugares donde miles de años atrás el Señor Krishna descendió a este mundo.

En Vrindávana visitó cada rincón y escondrijo de esa tierra santa, se bañó en el sagrado río Yamuna y en sus muchos lagos. Deambuló libremente por los bosques donde el Señor Krishna llevó a cabo sus pasatiempos en compañía de las almas perfectas. Allí conoció a muchos sabios y personas santas. También fue testigo de cómo los habitantes del lugar sentían devoción espontánea por Krishna, un amor libre de todo temor y sentimiento reverencial. Durante su estancia en Vrindávana, emuló la conducta de los sabios del lugar mendigando su alimento de puerta en puerta. No tardó en descubrir que más que por su sustento, estos sabios mendigaban para recibir una gota del amor espontáneo por Krishna de los habitantes de Vrindávana, amor libre de todo vestigio reverencial. Fue allí donde pasó los cuatro meses de la estación lluviosa, época en que los caminos se llenan de lodo y el río Yamuna aumenta su caudal. Con la llegada de la primavera los campos florecieron una vez más. El canto de las aves de colores y bandadas de pavos reales hicieron del lugar un sitio agradable al corazón.

Un día, sin propiciarlo, un pensamiento se apoderó de su corazón: Bhairav. ¿Qué habría sido de él después de todos estos años? ¿Cómo seguía la vida en Chittor? ¿Atulananda y Deva Singh aún se acordaban de él? Había pasado mucho tiempo y tal vez le daban por muerto. Como el pensamiento se aferró a su mente durante días; Pasaban los días; como el sentimiento no se apartaba de su mente, recordó lo que tantas veces escuchó de bocas de los sabios de Mewar: el afecto por los familiares y la tierra natal es difícil de romper incluso para los sabios. Fue cuando en verdad comprendió que era el fin de su largo peregrinar. Veintisiete años habían transcurrido desde que dejó Kabul.

Capítulo 17

En la corte de Akbar

Suníschala dejó Vrindávana camino de Agra, la capital del imperio mogol. Su intuición le decía que allí encontraría a Atulananda y Deva Singh, a menos que el destino hubiese dispuesto lo contrario. Durante su estancia en Vrindávana escuchó decir que el emperador Yalaludín había heredado de su padre la gentileza y el aprecio por los temas religiosos. De ser cierto, con seguridad se habría sentido atraído por el noble carácter de Atulananda. También sentía curiosidad de ver al pequeño Yalaludín convertido en emperador. Desde su partida de Puri el cabello le había vuelto a crecer, una vez más le acariciaba los hombros, reviviendo su apariencia de asceta que al parecer se negaba a abandonarle.

Agra no dista mucho de Vrindávana. Mientras merodeaba los suburbios de la ciudad imperial, se detuvo frente a un diminuto local donde un fiel musulmán de talante pío, que prestaba servicios de barbero, oraba en sus cuentas el nombre de Alá, el Todo Misericordioso. Al percatarse de que a pesar de ser un fiel de Vishnu el peregrino parecía apreciar su oración, el barbero expresó con agrado: —Hay un solo Dios con infinitos nombres.

Suníschala apreció la comprensión espiritual universal del piadoso musulmán. Asintió de modo gentil expresando las mismas palabras en el lenguaje de los sabios hindúes. —*Eka ishuara ananta nama.*

Luego de intercambiar formalidades, el buen hombre le ofreció sus servicios al escuchar que iba a encontrarse con el emperador. Suníschala aceptó y el fiel del islam se dio a la tarea de rasurarle la barba y el cabello, sin que por un instante dejase de murmurar los nombres de Alá con devoción. Sintiéndose endeudado por su desinteresad servicio, Suníschala tomó un puñado de su cabello y lo apretó con su diestra hasta convertirlo en una moneda de oro que puso en manos del piadoso musulmán. El asceta solo pidió no comentarlo, asegurándole que fue por su fe y no por su obra que se lo había ganado. El humilde barbero aceptó la moneda con agrado, pero sin mostrar asombro y bendijo al sabio. Al parecer conocía del poder de los faquires.

Camino del fuerte imperial Suníschala atravesó un bullicioso bazar donde se vio acosado por mercaderes, que solo con su indiferencia lograba quitarse de encima. Transitaba frente a un local que exponía todo tipo de íconos religiosos, cuando una extraña estatuilla mitad humano mitad serpiente atrajo su atención. Extrañado, preguntó qué dios era.

—No es un dios, es el brahmán serpiente —respondió el mercader—. Hace muchos años un joven brahmán de Chittor murió mordido por una cobra rey. Esa misma noche se transformó en serpiente y desapareció bajo la tierra. Desde entonces protege a sus fieles de las serpientes ponzoñosas y todo tipo de enfermedades. Puedes llevar una, tengo buen precio.

Suníschala retribuyó su esfuerzo con una amable sonrisa antes de continuar su camino. En el portón principal del fuerte la guardia le cerró el paso, más al ver que se trataba de un brahmán el oficial de mando le dejó entrar. Aunque la plazoleta principal estaba atestada, Suníschala alcanzó a ver al emperador sentado sobre un trono modesto. A su memoria vinieron imágenes de la atractiva sonrisa de Jumayún, gozoso de ver a su hijo juguetear con el joven asceta, balbuceando y tirando de sus atuendos intentando trepar sobre su regazo. Akbar estaba rodeado de partidarios de muchas fes: jainistas, sufíes, parsis, varias sectas hindúes, más algunas otras que él desconocía; rabinos y jesuitas llegados desde Portugal. Sus pieles pálidas, cabellos amarillos o rojizos que contrastaban con sus ojos esmeraldas y celestes, atrajeron su atención. Todos en la audiencia parecían ser personas de buena educación. Suníschala sacó partido a su condición de brahmán para abrirse paso con precaución, hasta situarse cerca del emperador. Allí parado escuchaba con claridad el acalorado debate entre un extranjero vestido de negro, de cabello color fuego y un imán. A juzgar por su semblante parecía que el emperador disfrutaba la reñida controversia.

El imán argumentaba que la idea de una santa Trinidad era una aberración, un paganismo.

—Dios es uno, no tres. Lo que propones es algo así como un ser con tres cabezas —decía con energía.

Con el rostro enrojecido por la ira que a duras penas lograba contener, el extranjero alegaba que los seguidores del profeta no comprendían el inconcebible poder de Dios para existir en tres formas diferentes, como el padre, el hijo y el espíritu santo. No había cosa tal como un ser de tres cabezas, ni tres dioses por separado como el imán alegaba, sino una santa Trinidad.

El fiel del islam se mesaba la barba afirmando que, de ser así, ¿cómo era posible que una de esas tres formas del supuesto Dios Todopoderoso hubiera terminado colgando de una cruz apaleado por los paganos?

—¿Qué clase de Dios es ese? —decía con jocosidad haciendo reír a sus seguidores para disgusto del extranjero.

Suníschala observaba a Akbar con detenimiento; era cierto lo que decían, su rostro guardaba semejanza al de su padre. La última vez que le vio apenas pasaba de un año, pero ahora era todo un hombre en pleno apogeo de sus facultades físicas y mentales. Anduvo entre los presentes hasta que su mirada cayó sobre el inconfundible semblante de Atulananda. El noble brahmán ya había advertido su presencia y le miraba como a quien regresa de la muerte. El antaño cocinero de Chittor andaba apoyándose sobre una caña de bambú. Sus ojos se inundaron de lágrimas, su corazón latía con tal fuerza haciéndole jadear de emoción. Suníschala sonrió asintiendo con un ligero movimiento de cabeza. Su mirada nostálgica parecía confirmar su identidad. Atulananda corrió hacia quien consideraba su guru. Su fervor atrajo la atención del emperador. El anciano brahmán se echó en brazos de quien le rescató de la ignominia. Incapaz de detener sus lágrimas estaba tan emocionado, que Suníschala se esforzaba por mantenerlo en pie.

La reacción de Atulananda atrajo la curiosidad Akbar. El emperador dejó el trono. Se acercó con tal solemnidad que despertó curiosidad en la audiencia. Entre lágrimas, Atulananda reveló la identidad del recién llegado. ¡Suníschala había regresado! Desde su niñez Akbar escuchó a Atulananda e incluso a su padre, hablar del misterioso asceta, pero ahora le tenía delante de sí. Sobrecogido de recato, tomó las manos del recién llegado y habló con modestia.

—Es tan solo por la infinita gracia de Alá que he podido conocerle. Por mucho tiempo escuché sobre su buena persona, y toda mi vida añoré estar ante su presencia. Por favor venga, honre mi palacio. Su presencia hace de este sitio un lugar sagrado.

Suníschala se sintió complacido ante la amabilidad de un hombre tan poderoso, añadiendo que sus súbditos le consideraban una persona ilustrada y le tenían en alta estima puesto que disfrutaba los temas religiosos. Akbar asintió con modestia agradeciendo sus palabras.

—Dios es lo que más me concierne —afirmó el emperador—. Sin embargo, mi padre me dijo que un gran sabio vaticinó que tanto en vida como después de mi muerte todos me llamarían Akbar… *El Grande*. Algún tiempo después supe que había sido su agraciada persona.

Akbar le mostró su diestra. Suníschala intuyó que detrás de sus palabras había cierta preocupación.

—Por favor dime si viviré una larga vida. Porque mi padre…

Suníschala afirmó que conocía lo ocurrido, asegurándole que, a diferencia de su padre, su vida sería larga y próspera vida. Sus palabras iluminaron el rostro del emperador, que con cortesía exquisita le llevó al interior del fuerte. El asceta expresó que, a su paso por aldeas y pueblos, camino al palacio imperial, escuchó que unos le consideraban hindú, mientras que otros afirmaban que era musulmán. Akbar lo sabía. Sonrió añadiendo que los hindúes le consideraban musulmán y los musulmanes le consideraban como hindú. A pesar de que los imanes de la corte no apreciaban tal dicotomía, en política hacía milagros. A fin de cuentas, aunque musulmán por nacimiento, era el primer emperador mogol nacido en India. Su simpática expresión hizo sonreír a todos, pero Akbar mostró cierta preocupación. Aseguraba que a menos que encontrase una base común entre musulmanes e hindúes, jamás habría paz en su reino. De no ser así, los hindúes siempre le verían como un conquistador extranjero y los musulmanes como un apóstata infiel, motivo por el cual había fundado una nueva religión.

—*Din-i ilaji…* fe divina —dijo con un gesto aristocrático que coqueteaba con la vanidad.

A Suníschala le causó curiosidad que un emperador asumiera la posición de una autoridad religiosa al punto de fundar una nueva fe, y deseó escuchar sus preceptos. Al escuchar su interés Akbar detuvo su andar y habló con autoridad.

—En principio la purificación se logra mediante nuestra añoranza por alcanzar a Dios. La sensualidad, la lujuria, el orgullo y la calumnia están prohibidos. Se alienta la piedad, la prudencia, la abstinencia y la bondad. También se honra el celibato. La matanza de animales está prohibida, pero no hay escrituras, ni rituales, ni sacerdotes. ¿Qué opinas?

Suníschala guardó silencio antes de contestar. —Con algunas cosas estoy de acuerdo, con otras no.

Akbar se sintió algo desanimado por la escasa aceptación que recibió del afamado sabio, pero mostró su buen ánimo.

—¡Vaya, es por eso que hasta hoy solamente he podido convertir a mi primer ministro, Birbal!

Anduvieron sonrientes hasta a un amplio ventanal desde donde un mozo de unos treinta años, alto, apuesto y fornido, intercambiaba miradas con una joven que los sirvientes transportaban sobre un palanquín en el patio exterior. Atulananda se acercó a él llevando a Suníschala del brazo

—Este es Deva Singh. Cuando te fuiste era un niño, pero ahora es todo un hombre. La misma imagen de su padre.

Atulananda le informó que el recién llegado era Suníschala, el tutor que su padre quiso para él. Había regresado para vivir junto a ellos para siempre. Al escuchar aquel nombre el joven hizo una mueca aún más despreciativa.

—¡¿Suníschala?! ¡¿El misterioso asceta a quien mi padre confió mi educación?! ¿Este? —Con la mirada preñada de odio dejó el lugar. Si bien era la réplica externa de su padre, al parecer no había heredado sus buenos modales.

Avergonzado por la conducta de Deva Singh, Akbar se disculpó con Suníschala. Su hermano rajput se la pasaba malhumorado últimamente. Su repentino cambio de actitud le preocupaba. Sentía que algo turbaba su mente sin que él lograse saber qué, mas como le consideraba su hermano no le molestaban sus rudos modales. Suníschala no le dio importancia, más bien alivió el pesar de Akbar con palabras de gratitud, instándole a que le permitiese hablar con Deva Singh. Akbar agradeció su interés; tal vez el sabio de Chittor era la persona ideal para saber qué le causaba tanto disgusto a su hermano rajput. Incluso había llegado a pensar que le odiaba por alguna razón desconocida para él. Mientras el emperador se disculpaba, la joven que cruzó mirada con Deva Singh entró al palacio. Akbar la saludó con un gesto galán para luego dirigirse a Suníschala de tan buen humor que no paraba de sonreír.

—Es una princesa rajput que llegó hace apenas unos días. Un regalo de un maharaja de Rayasthán que desea aliarse conmigo buscando protegerse de otro maharaja rajput que codicia su reino. ¡Si los rajputs continúan matándose entre ellos no sé cuántas esposas tendré que aceptar!

Asediado por las risas de los ministros imperiales Suníschala y Atulananda sonrieron con frialdad intercambiando miradas discretas. Vivieron muchos años en Mewar. Bien conocían la continua rivalidad entre los principados rajputs. Varios ministros del emperador se unieron al regocijo. Fue entonces que Akbar dejó entrever sus intenciones. Como monarca que era siempre debería ocuparse en conquistar y dividir a sus enemigos a fin de reinar en paz, de otra manera los reinos rajputs se unirían en su contra. ¿Además, cómo podría ser conocido como Akbar si no conquistaba a los aguerridos rajputs?

Suníschala tuvo un mal presentimiento, su intuición le dijo que nuevamente el peligro acechaba Mewar y en especial su más preciada joya, Chittor. A pesar de ser un manso fiel de Krishna, Mewar era su hogar. Solo de pensar que Chittor viviría el mismo tormento de años atrás abrumó su corazón. Pero en presencia del sabio a Akbar no le interesaba hablar de política. De buen humor lo invitó a participar del debate que habían dispuesto para la mañana siguiente. Estaba interesado en escuchar sus doctrinas, algo a lo que el asceta consintió de buen gusto.

Al amanecer Suníschala fue en busca de Atulananda. Le encontró en su habitación junto a Deva Singh, que estaba deprimido y malhumorado. Suníschala se le acercó con intención de animarle. Sentado al borde la cama el joven rehuyó para evitarlo. Atulananda conocía bien la razón de su apatía hacia aquel lugar, hacia Akbar y ahora también por el recién llegado. Como era algo tan delicado prefería no revelarlo al emperador. Al ver el vano intento de Suníschala, Atulananda confesó que el joven nunca olvidó que fue el sabio quien lo separó de la compañía de Udai abandonándolo a manos de los mogoles. Al escuchar la opinión que el joven se había formado de él en su ausencia, Suníschala prefirió hablar con precaución.

—Yo te llevé de un lugar atestado de mal y de personas que no vacilarían en matarte por su propio bien.

Aunque Deva Singh mantenía la cabeza baja continuaba reprochando su decisión. Para él, Suníschala traicionó la voluntad de su padre y en lugar de darle la educación esperada como un rajput que era, lo había hecho crecer entre extraños que ahora solo hablaban de conquistar su país. El joven argüía que su padre luchó contra Babur, el abuelo de Akbar, cuando invadió Rayasthán. Ahora Akbar esperaba contar con su apoyo para conquistar Mewar, tal como lo había hecho en otras campañas. Suníschala intentaba hacerle comprender que desde antaño los rajputs luchaban entre ellos para conquistarse unos a otros. Así que… ¿cuál era la diferencia?

Sus palabras hicieron que Deva Singh estallase de ira. Vociferaba que los mogoles eran invasores de otras tierras, depreciaban a los rajputs, ¡e incluso tenían una religión diferente!

—Nos miran con desprecio. Nos llaman *kéfir*. Conozco su lengua, significa infiel.

Suníschala se sentó a su lado. Habló de cómo brahmanes y nobles también depreciaban a quienes no eran de su clase llamándolos gente de bajo nacimiento. En cambio, Akbar no veía a los partidarios de otra religión como infieles, ni pensaba que alguien fuese bajo por su nacimiento, sino por sus acciones. Amaba todas las religiones e incluso le invitó a presentar su doctrina ante sus imanes. Anduvo unos pasos y abrió una de las ventanas que daba a la plazoleta central donde se llevaban a cabo los debates.

—Ven, mira. Todos allá afuera nos esperan. Ven conmigo —le dijo a el joven rajput tomándole del brazo.

Debido a que se había corrido la voz de la llegada de un prominente sabio que fue mentor espiritual de Jumayún, el lugar estaba más atestado que nunca. Viendo que Deva Singh no mostraba interés, Suníschala añadió que, a pesar de ser un emperador mogol, Akbar daba oportunidad a todos para vivir acorde a sus aspiraciones y no lo que un imán o brahmán dictase. Nuevamente el efecto de sus palabras no fue el esperado. Para Deva Singh era precisamente Suníschala quien dictó que él no habría de viviría junto a Udai en Chittor tal como lo hubiese deseado. No cesaba de repetir que él era un rajput; no tenía por qué mendigar de ningún imán, ni brahmán, ni de emperador mogol alguno para hacer y ser lo que quisiera. Argumentaba que Akbar esperaba contar con su ayuda para conquistar todos los reinos rajputs, pero Udai era como su hermano y no lucharía contra él, sino junto a él.

Atulananda estaba apesadumbrado. Viendo que Suníschala no lograba convencerle decidió intervenir, a fin de cuentas, durante todos estos estos años, fue como un padre para él.

—Hijo, Suníschala tan solo quiere hacerte ver una verdad que tratas de ignorar. Yo también viví en Chittor. A Udai lo único que le importa es su corona, nada más. Piénsalo bien. Además, ¿quién comanda el ejército de Akbar? ¿No es un rajput como tú? ¿Quién le envió a esa joven para que la desposara para ganar su alianza? ¿No fue un maharaja rajput? Los rajputs desean obtener su favor para conquistarse uno a otros. Entiéndelo.

Tal vez por el respeto que sentía hacia Atulananda hizo que sus palabras parecieran calmar su irritación, momento que Suníschala aprovechó para invitarle a que acompañara a su hermano Akbar al debate que estaba a punto de comenzar. Sin dudas verle a su lado le haría feliz. Sin embargo, Deva Singh era diferente a su padre. En su corazón no había lugar para los temas del alma. Su único anhelo era regresar a Chittor junto a Udai para ganarse la admiración de todos por lo que era, el hijo de Yay Singh, el León de Mewar. Airado, dijo estar harto de escuchar temas que solo servían para atraer gente inútil. Apartó a Suníschala de un empellón e hizo tronar la puerta tras de sí al abandonar la habitación. Atulananda intentó ir tras él. Suníschala lo detuvo. Al anciano brahmán se le veía deprimido por la conducta del joven. Durante todos estos años se ocupó de su educación lo mejor que pudo, pero en vano. Suníschala lo exoneró de toda culpa, por ahora su obligación para con Deva Singh había terminado. A fin de cuentas, ya era un adulto con el derecho a labrar su propio destino. Pero la conducta del joven hizo que Atulananda intuyera que algo tramaba, y oró que, de ser así, que Dios lo proteja.

La mañana era soleada, pero fresca. Más de un centenar de curiosos y eruditos de diferentes sectas se aglomeraban en la plazoleta. Suníschala sabía que al emperador le gustaban los debates religiosos y filosóficos. Quería devolver su generosidad debatiendo con un monje que vestía de azafrán. El clérigo llevaba la cabeza rasurada. Tres trazos horizontales hechos con arcilla surcaban su frente y en su mano izquierda sostenía una vara de bambú como distintivo de su vida monástica. Sus postulados dejaban entrever que su linaje consideraba la devoción a un ser supremo personal, era una forma de sentimentalismo para la gente común. Para el monje, era el conocimiento del ser y no la piedad devocional lo único que puede otorgar al alma la liberación del cautiverio carnal. Suníschala disentía de tal idea exponiendo que el conocimiento del ser era incompleto si no estaba infundido de amor y devoción a Dios. El monje discrepaba sustentando sus postulados con citas de las escrituras, insistiendo en que la devoción a Dios no era más que una forma de ignorancia piadosa, destinada a las masas, no para el sabio de purificado intelecto.

—Dios no es una entidad diferente del ser o aquello que llamamos alma —decía—. Tampoco es un ser individual que reina sobre la creación, a quien debemos devoción, sino una Conciencia Universal única e indivisa. Cuando se adquiere conocimiento del ser y se alcanza la iluminación, se comprende que todos somos UNO. Que no existe una multitud de almas individuales con conciencia propia como parecer ser, sino una sola realidad, conciencia pura. Todos los seres son en sí mismos esa única Conciencia Suprema, lo que por error tú llamas Dios. Lo que parecen ser seres individuales es una mera apariencia, una simple ilusión.

Aunque el postulado tenía su atractivo, Suníschala le encontraba implicaciones inherentes. —Si cada uno de nosotros es esa Conciencia Suprema, entonces, ¿cuál es la necesidad de adquirir conocimiento para lograr la iluminación? ¿Acaso no es la Conciencia Suprema por naturaleza omnisciente y libre de limitaciones?

El monje de azafrán respondió sin vacilación. —Sí, lo es; pero como ahora estamos cubiertos por la ilusión, hemos olvidado nuestra naturaleza suprema. Es bajo la fuerza de esa ilusión que creemos ser almas individuales.

Suníschala advirtió que el intelecto de su contendiente fallaba en percibir las implicaciones de su postulado, por lo que habló con la gracia distintiva de su carácter.

—Venerable amigo, usted es una persona de gran sabiduría, ¿cómo puede proponer tal cosa? ¿Cómo puede pensar que el espíritu supremo o alma universal pueda ser cubierto por la ilusión? Si la ilusión cubre al supremo entonces el supremo no sería supremo. Además, si hay una sola realidad como usted propone, ¿cuál es el origen de la ilusión y de dónde ha adquirido el poder para cubrir la Conciencia Suprema? ¿Se da cuenta de lo que dice? De ser cierto su postulado tendríamos que aceptar que el ser supremo también es propenso a caer bajo la ilusión de la ignorancia, algo que es incompatible con su naturaleza omnisciente y todopoderosa.

Venerable señor, es cierto que somos espíritu, mas no somos el supremo, sino almas eternas subordinadas al Espíritu Supremo o Alma Suprema. Es un hecho que existe una igualdad cualitativa entre Dios y el alma, pero también existen diferencias cuantitativas. La chispa de fuego también es fuego, pero no posee la misma cantidad de luz y calor que la gran llama ardiente de la cual emana.

Akbar amaba el camino de la devoción, por lo que admiraba cómo con una lógica tan simple el sabio asceta exponía la fragilidad en los postulados del monje, el cual, a pesar de reflexionar por un instante, se negó a aceptar la proposición citando la escritura.

—No hay tal diferencia cuantitativa como propones. La escritura bien lo declara: *tat tuan asit*, «tú eres eso»; *so'ajam*, «yo soy Él». Si somos espíritu y el supremo también es espíritu, la lógica dicta que somos ese Ser Supremo. Pero como anteriormente dije, ahora estás bajo el efecto de la ilusión. Es debido a esto que no logras comprenderlo.

Al oír al venerable monje, Suníschala sonrió con fraternidad antes de hablar. Después de todo, un debate ecuménico no tenía por qué carecer de buen humor.

—Entonces, señor mío, siguiendo la implicación de su lógica, sería razonable decir que ya que yo soy hombre y el emperador es hombre, entonces… ¡yo también soy emperador!

Akbar soltó una carcajada contagiando con su humor al resto de la audiencia. El distinguido monje continuó argumentando; mientras hablaba, Suníschala comprendió que su oponente prefería asirse más a la doctrina de su secta que a una simple verdad. Durante su largo peregrinar conoció una infinidad de santos y maestros de diferentes doctrinas. Su experiencia le dictaba que la tendencia humana es autovalidar sus conceptos y creencias, por lo que rara vez ponemos en tela de juicio nuestro entendimiento de la realidad. A razón de esto, donde quiera que miremos tan solo vemos hechos que ratifican nuestras ideas y pensamientos. Cuando vivimos por algo y para algo, hacemos de ello el centro de nuestra vida, al punto que incluso el más mínimo cambio se nos hace arduo. Entonces nos volvemos tal y como la abeja, que, aunque vague de flor en flor jamás deja el mismo jardín. Era algo que Suníschala bien podía comprender. Incluso a él le tomó tiempo deshacerse de la doctrina del ascetismo extremo en que había vivido gran parte de su vida. Finalmente, el distinguido rival detuvo su locución y Suníschala le interpeló con simpatía.

—Querido amigo, las escrituras están en lo correcto, es su interpretación la que me temo parece estar errada. Si realmente es como usted dice… «yo soy Él», ¿qué hacemos aquí sentados? Esta declaración solamente indica que somos espíritu, imagen de la misma sustancia divina de Dios y nada más, tal y como bien usted lo ha dicho, *tat tuam asit*, «tú eres eso». El alma individual y el Alma Suprema son iguales en sustancia y esencia, pero diferentes en cuanto a gloria y poder. El anillo que luce nuestro emperador es de oro, sin embargo, no es más que una cantidad diminuta comparado con la inmensidad de oro que encontramos en la mina de la cual fue extraído. Venerable amigo, hay un ser supremo, infinito e infalible que ha manifestado la infinidad de seres individuales, finitos y falibles que somos cada uno de nosotros. El ser finito y diminuto debe obediencia eterna al ser infinito, supremo e inescrutable, el cual es eternamente superior a nosotros en cuanto a conocimiento y poder. Sin embargo, ambos pueden entrar en comunión por la fuerza del amor. Solo en ese sentido somos realmente uno como nos dice la escritura. Somos uno con

Dios bajo la fuerza unificadora del amor. Somos uno con Dios porque nuestra existencia depende de Él y no porque seamos igual que Él y carezcamos de identidad espiritual propia. ¿Es esto algo tan difícil de comprender?

Akbar se deleitaba con la oratoria del aclamado sabio de Chittor. Apenas había concluido se escuchó una conmoción que distrajo la atención de todos. La guardia vociferaba y corría de un lado a otro haciendo crecer la confusión. El emperador envió a uno de sus hombres que no tardó en regresar con una horrible noticia. Su hermano rajput mató a dos soldados que custodiaban la entrada del fuerte y huyó con la joven recién llegada. Todos se horrorizaron. Akbar corrió hacia el portón seguido de su guardia personal. Varios curiosos fueron tras él.

Mientras se desarrollaban los sucesos a la entrada de la muralla, Bernardo, un joven jesuita adolescente, se acercó a Suníschala asediándolo con preguntas. Llegó a India desde Portugal meses atrás junto a varios de los de su orden bajo los auspicios de Akbar. Desde entonces se codeaba de ascetas, sabios y ermitaños del lugar. En poco desarrolló una fuerte atracción por los conceptos filosóficos de aquel país que le ganó el descontento del resto de los misioneros. De ingenioso intelecto, no tardó en aprender la lengua local. Inquiría de Suníschala con humildad. Por su lenguaje corporal era evidente que se sentía a gusto en su compañía. Semejante mansedumbre ante un sabio hindú molestó al líder de la misión jesuita, un anciano sacerdote pelirrojo y vestido de negro que, sin ocultar su disgusto, gritó exigiendo su presencia.

—Bernardo, ve a preparar tus cosas. Hoy mismo te embarcas de vuelta a Portugal. Vinimos aquí para salvar las almas podridas de estos paganos, no para ser convertidos por ellos y arder en el mismo infierno. Te vas hoy mismo. Muévete.

El joven inclinó la cabeza en obediencia, se alejó del lugar intentando esconder su inconformidad.

En el portón principal Akbar atendía con sus propias manos a un soldado atropellado por los caballos en la huida de Deva Singh. Otros dos yacían muertos sobre el suelo. Las heridas que les causó el golpe del sable aún sangraban. El palanquín que trasportaba a la joven princesa rajput yacía a un lado. Cuando Suníschala llegó junto a Atulananda, el joven emperador lloraba de rabia. Estaba iracundo. Pedía a gritos que le trajesen al maldito bastardo que mató a sus soldados. La furia le hacía temblar los labios mientras juraba que lo quería ver muerto, bien muerto, para escupir sobre su cabeza y colgarla a la entrada del fuerte imperial. Al instante una cuadrilla de lanceros dejó el palacio cabalgando a toda prisa en la dirección por donde Deva Singh huyó con la joven rajput.

—Le di todo, todo —decía Akbar entre lamentos al ver llegar a Suníschala—. Siempre lo traté como a un hermano. Crecimos juntos, comimos en la misma mesa, ¡dormimos en la misma cama! ¡Mi padre siempre lo vio como un hijo! Confié en él. Sabía que tramaba algo. Birbal me lo advirtió. Me aconsejó que lo espiara, pero no lo hice. Confiaba en que un hermano jamás me traicionaría. ¡La chica era para él! Me la cedió el maharaja de Malwa por nuestra alianza. ¡No la toqué! Era una sorpresa que quería darle, por eso lo mantuve en secreto e inventé la historia de mi casamiento. Quería coronarlo maharaja de Malwa y que gobernara todos los reinos rajputs en mi nombre.

Atulananda intervino. Educó al emperador tras la muerte de su padre tal como lo hizo con el joven rajput y comprendía su agonía

—Conozco a Deva Singh, sé que jamás aceptaría.

Sus palabras no fueron consuelo para Akbar que no cesaba de gritar ciego de ira. —¡Por Alá! Rani de Chittor le envió una carta a mi padre rogándole su ayuda llamándolo hermano. Incluso su padre, Yay Singh, aceptó recibir su ayuda. Gracias a mi padre hoy Chittor está en manos rajputs. ¡Pero él siempre ha sido tan testarudo!

El emperador se retiró a sus aposentos, donde Suníschala lo encontró horas después. Estaba deprimido. Atulananda y su primer ministro, Birbal, estaban a su lado. Estaba deprimido. El dolor de la traición de Deva Singh le había robado la alegría que la llegada de Suníschala trajo a su reino la tarde anterior. Atulananda le ofreció palabras de ánimo, sin mucho efecto. Suníschala aseguraba que si le cedía un buen caballo él podía encontrar a Deva Singh y traerlo de vuelta si a cambio prometía respetarle la vida.

Akbar dudaba que fuese posible. A estas horas debería estar lejos de Agra; además, su hermano rajput era un jinete sin igual: —Mucho mejor que yo —confesó.

Suníschala le recordó que lo encontró después de casi treinta años, y lo animó a no dejar pasar más tiempo. Si sus hombres lo encontraban antes que él lo traerían muerto. El emperador cedió.

El sol tocaba su cenit. Acompañado de Atulananda y una escolta, Akbar esperaba junto al portón principal. No tardó en llegar Suníschala montando un magnifico caballo árabe. Akbar le entregó un valioso anillo que extrajo de entre sus dedos.

—Dile que si regresa lo haré maharaja de todo Mewar una vez que conquiste Chittor —dijo ahogado en melancolía y le besó la mano deseándole suerte. Suníschala partió a todo galope en busca del joven rajput. Las palabras del emperador mogol horrorizaron a Atulananda: *«¡Chittor!»*

Capítulo 18

Soy hijo de Yay Singh

Suníschala cabalgó durante toda la noche confiando en su intuición. Cuando los primeros vestigios del amanecer colorearon el horizonte occidental, halló a Deva Singh en un lugar remoto apartado de los caminos reales. La joven yacía muerta sobre la tierra con una profunda herida en la frente. Deva Singh le acariciaba el cabello. Su pesadumbre era evidente. Le sorprendió ver llegar a Suníschala tirando de las riendas de su caballo. ¿Cómo pudo hallarle en aquel lugar tan desolado? Deva Singh se mostraba suspicaz. Por un momento creyó que tal vez servía de guía a los hombres de Akbar y explicó lo ocurrido antes de que el sabio le preguntara. El caballo se lastimó con una roca y corcoveó, lanzando a la chica sobre la tierra. Cayó de bruces golpeándose la cabeza contra un pedrusco.

Suníschala intentó convencerle de que regresara, pero el joven insistía en que le ayudase a huir a Chittor en busca de Udai, a quien consideraba su hermano. Intuyendo que no era el momento adecuado, prefirió no mostrarle el anillo de Akbar. Deva Singh estaba triste por la muerte de la chica, pero también airado. Si el sabio lo separó de Chittor, era su deber ayudarlo a regresar. Suníschala reflexionó sobre la idea; tal vez su presencia en Chittor de alguna manera evitaría un nuevo baño de sangre. Estaba convencido de que no sería capaz de evitarlo, pero al menos lo intentaría. Además, él también tenía una vieja deuda que saldar en Chittor.

A pesar de que tendría que tolerar la compañía del asceta por semanas, la promesa de llevarlo a Chittor alegró a Deva Singh. Aceptó su compañía tan solo porque el viejo sabio conocía los caminos de Mewar aun en las noches sin lunas. Se disponía a cubrir a la joven con piedras para evitar que los coyotes festejasen con ella, cuando Suníschala le convenció de que si quería volver a ver Chittor tendrían que irse en ese mismo instante. Los hombres de Akbar merodeaban los caminos y no demorarían en echárseles encima. La noticia de que el sabio lo llevaría a Chittor levantó ánimo del guerrero rajput. Por fin alguien parecía estar de su lado, aunque fuese el despreciable buscavidas que arruinó su vida.

Cabalgaron por muchos días conscientes de que la noticia de la traición del hermano Rajput del emperador se extendió como fuego por una región donde abundaban los espías de Akbar. Un atardecer Suníschala tiró de las riendas y se detuvo a observar el paisaje. Para ese entonces Deva Singh, que comenzaba a comprender las emociones del sabio, advirtió que un sentimiento le sobrecogía el corazón. Poco faltaba para entrar en Mewar, algunos días más y estarían en Chittor. Deva Singh lanzó un aullido de júbilo a todo pulmón zarandeando de tal modo al endeble brahmán, que casi le arroja del caballo. Esa noche la luna llena les alumbraba el camino. Anduvieron hasta llegar a un paraje retirado e inhóspito donde no se escuchaba ni el aullido de los chacales. Suníschala estaba de buen ánimo. Antes de desmontar se detuvo a contemplar la belleza de aquel cielo oscuro ornamentado por millares de estrellas. A Deva Singh parecía intrigarle la actitud del brahmán, que dijo ver en el espectáculo celeste cómo de la Gran Alma universal brota la infinidad de almas diminutas. El joven era grosero, gesticuló con menosprecio encogiendo los hombros. Poco le importaba la visión del brahmán, Convencido de que Deva

Singh no había heredado el espíritu místico de su padre Suníschala desmontó exhalando con resignación. Seguido del joven, se adentró en una maleza hasta una pendiente escabrosa que ocultaba una apertura de la cual emanaba olor a leña ardiente. Ante la mirada sorprendida de Deva Singh, desapareció por la angosta gruta sin pronunciar palabras, cual alma que desciende a los mundos subterráneos.

La estrecha apertura desembocaba en una caverna subterránea. Sobre un fuego semiextinto que apenas alumbraba el escondrijo, se asaban los restos de un cabro cuyo hedor permeaba el antro. Una anciana encorvada de apariencia desagradable pinchaba el asado y lamía el palillo puntiagudo. Al percatarse de la presencia del brahmán asceta lo miró con melancolía, aunque sin inmutarse. Suníschala bebió agua fresca en una vasija de barro, cerca de la cual yacía la cabeza del cabro silvestre con ojos tiesos como de cristal, sin que esto pareciese molestarle. Su repentina llegada alarmó a dos aborígenes que emergieron del fondo de la caverna. La anciana detuvo con un gesto autoritario.

El recién llegado fue a sentarse sobre una roca junto a la vieja jorobada. La anciana demoró en llevarle sus manos enjutas al rostro. Sus ojos sombríos lo miraron con melancolía cuando le besó la frente con suavidad. Suníschala le reciprocó con una sonrisa.

Deva Singh estaba tenso. Sus ojos desconfiados revelaban su asombro.

—¡Vaya, para ser un brahmán eres caja de sorpresas!

La anciana cortó un pedazo de la carne asada que le ofreció a Suníschala con ademán burlón. El envejecido asceta continuaba contemplándola en silencio, imperturbable, pretendiendo ignorarla. La jorobada sonrió apreciando su impavidez, pero no fue de su agrado y le acercó aún más el churrasco al rostro.

—¡Comida tocada por los dioses! —dijo con marcado sarcasmo.

El olor de la carne chamuscada le hizo voltear el rostro. La anciana irrumpió en carcajadas articulando palabras cargadas de sarcasmo que no tenían sentido para Deva Singh.

—Asceta, brahmán, Sol de Mewar, niño huérfano… ¿qué más te has convertido? —dijo soltando una risa burlona mientras mordisqueaba la carne ensartada en el palillo. Sintiendo que Deva Singh no le quitaba los ojos de encima la anciana eructó sin recato. —¿Quién es este? —preguntó.

—El hijo de Yay Singh —respondió Suníschala.

Los ojos de la anciana se agrandaron por la inesperada noticia. Anduvo alrededor del joven observándolo de pies a cabeza. Su curiosidad se revelaba desconfianza. Le palpó los hombros, olfateó un mechón de su cabello e inhaló con nostalgia sin apartar la mirada de sus ojos. Deva Singh estaba rígido. Al sentir el aliento amargo de aquella boca desdentada torció el rostro con repugnancia. La anciana le miró de cerca, movió sus ojos de manera provocativa cual cortesana zalamera antes de soltar una sonrisa burlona.

—¿Estás seguro de lo que dices? Intuyo que guarda arrogancia y terquedad —dijo con gravedad sin quitarle los ojos de encima al joven.

Suníschala asintió con la cabeza. La extraña mujer preguntó al joven si era cierto lo que decía el brahmán. Deva Singh respondió de igual modo. Sintiéndose desafiada por la mirada del guerrero, la anciana dijo haber conocido muchos hombres en su vida, pero solo uno capaz de esquivar una flecha con su espada.

—¿Puedes hacerlo? El corazón de Deva Singh latió con fuerzas y apretó su sable—. Si eres un impostor hoy el veneno pudrirá tu sangre. ¿Lo sabes? —El tono amenazador de la anciana alertó más aun la intuición del joven. —¡Mátalo!

Apenas dio la orden silbó una flecha envenenada. El rajput la derribó con un certero golpe de su sable. La anciana echó a reír. Deva Singh aupó su sable, sus ojos ardían buscando la aprobación de Suníschala para despedazarla. El sabio denegó con un suave movimiento de su cabeza.

—Sí, eres el hijo de Yay Singh— afirmó la anciana. —Puedes quedarte, pero solo por esta noche, no sea que por tu culpa los perros de Akbar caigan sobre mí —añadió con voz chillona y mirada despreciativa. El hecho de que la jorobada supiera que los hombres del emperador andaban tras de él sorprendió a Deva Singh.

Horas después, adaptado al ambiente lóbrego de la gruta, Suníschala conversaba amigablemente con la anciana. Deva Singh yacía a poca distancia cubierto por un manto observándola con su mirada recelosa. Su mano, discreta, reposaba sobre la espada. La risa chillona de la anciana reverberaba en toda la caverna. Arqueaba los ojos con seducción mientras relataba viejas historias de un tahúr llamado Ramakrishna, que antaño se ganaba la vida timando a los nobles de Mewar.

La noche se hizo densa. Ya todos dormían. Suníschala salió a respirar el aire frío del desierto y contemplar el cielo a solas, indiferente a la frialdad de la noche. Sentado sobre su manto con las piernas entrecruzadas, al borde de la pendiente escabrosa, murmuraba la oración que aprendió de los sabios de Bengal:

Jaré Krishna, Jaré Krishna, Krishna Krishna, Jaré Jaré
Jaré Rama, Jaré Rama, Rama Rama, Jaré Jaré,

mientras deslizaba entre sus dedos las cuentecillas de madera. En momentos como esos, sus pensamientos parecían merodear por esferas que solo místicos selectos logran alcanzar.

El hecho que los hombres de Akbar andaban tras su pista, la noche fría y el ambiente sombrío de la caverna, le robaron la calma a Deva Singh. Incapaz de conciliar el sueño, notó la ausencia de Suníschala y fue tras él, sospechoso de que tramaba el asceta. Aunque mil preguntas revoloteaban en su mente se sentó junto al sabio sin pronunciar palabras. Pasados unos minutos, advirtiendo que sus ojos estaban entreabiertos, se aventuró a interrumpirle. Había crecido junto a Akbar en la corte de su padre Jumayún rodeado de imanes, brahmanes y toda suerte de faquires de diferentes sectas. Estaba acostumbrado a escuchar rezos y doctrinas de todo tipo, pero como jamás había escuchado tal rítmica e interminable recitación de los nombres divinos, no pudo contener su habitual sarcasmo: —¡Vaya, una nueva religión!

El corto tiempo que habían pasado juntos fue suficiente para que Suníschala llegase a conocerle con claridad. Sus rudos modales le hicieron recordar a aquel joven llamado Suraj que había conocido en Chittor. Por alguna razón desconocida ambos sentían una inexplicable aversión por lo divino. Suníschala no se tomó mucho esmero. Tan solo dijo que orar los nombres divinos no era algo nuevo, sino la religión eterna del alma. Debido a su carácter universal, trasciende todo tipo de secta, credo o doctrina. Pero lo menos que le interesaba a Deva Singh era hablar de religión, quería saber quién era esa bruja desagradable que parecía un espectro pútrido, cómo se llamaba y de dónde la conocía.

Suníschala pareció no inmutarse por la expresión peyorativa de Deva Singh, solo le advirtió que si alguien brinda refugio en tiempos de tribulación no importa quién pueda ser. Sin embargo, al joven rajput le sorprendió ver una lágrima correr por la mejilla de quien debió haber sido su tutor. Siempre escuchó que el sabio era un ser inmune a las fragilidades humanas. Suníschala guardó silencio. Contemplaba el en silencio la oscuridad de horizonte, dejando que la fría brisa nocturna del desierto acariciara sus mejillas resecas después de semanas de cabalgar bajo un calor tórrido. Solo dijo que su nombre era Chintámani, que en Chittor todos la conocían, incluso Yay Singh. Volvió a callar. Esta vez su silencio fue breve.

—Esa vieja desagradable que parece un espectro pútrido, como bien has dicho… es mi madre —dijo con voz lúgubre.

Deva Singh estaba atónito. Intentaba hablar, pero las palabras no le fluían. Se negaba a creer que fuese cierto. Aunque Suníschala lo confirmaba, no salía de su asombro. Confesó para todos, Suníschala descendía de una casta de brahmanes de ilustre linaje, algo que su apariencia y modales parecían confirmar. Suníschala lo miró de reojo. Con una sonrisa irónica le dio la bienvenida al mundo de los fieles creyentes, siempre inocentes e incautos. Comprendía el asombro del joven, pues todo Mewar pensaba igual. La noticia despertó en Deva Singh un torbellino de preguntas ¿Lo sabían Mukul, Premananda, Atulananda y los demás brahmanes ilustres de Chittor? De ser así todos ellos serían culpables de perjurio.

Suníschala exoneró a Mukul y Atulananda. Los buenos brahmanes de Chittor nunca lo supieron. Su nacimiento era un secreto bien guardado. De no haber sido así ni él ni Deva Singh estarían ahora ahí sentados. Al joven le costaba creer que Suníschala hubiese mentido, ¿acaso no es mentir un pecado mortal para un brahmán? ¡Claro que lo es!, afirmó Suníschala, pero según él no había pecado, pues a fin de cuentas no era un brahmán, al menos por nacimiento. Deva Singh se puso en pie. Se apartó de su lado mirándole con desconfianza.

Nada tenía sentido. Si esa bruja era su madre, entonces, ¿quién era él y de dónde había salido? El desconcierto hizo presa del rajput. Suníschala palmoteó la tierra invitándole a sentarse nuevamente a su lado. El joven obedeció, más por curiosidad que por respeto. El asceta tomó un profundo aliento, y se dispuso a contarle algo de la maravillosa historia de su vida, tal como años atrás había hecho con Atulananda durante su encierro en Chittor.

—Aunque ahora su apariencia espanta, en su juventud Chintámani fue una mujer hermosa. Era la concubina favorita de Rana Sanga, el padre de Udai, el más grande de todos los maharajás de Mewar. —dijo visiblemente atribulado—. Con el paso de los años, cuando el maharaja renovó su harén, Chintámani tuvo que ganarse la vida como cortesana de placer de los aristócratas de Mewar.

Deva Singh escuchaba con asombro la extraña historia del peculiar asceta. El hecho de que siendo hijo de una concubina Suníschala terminara como un brahmán, avivó su curiosidad.

—Con el tiempo, cuando mi madre perdió sus encantos, se dedicó a labores de servidumbre. Un día, siendo yo pequeño, acompañábamos a una familia aristocrática de Mewar junto a su séquito de brahmanes que acamparon cerca de un lugar habitado por ascetas del desierto. Al anochecer, los brahmanes visitaron el campamento donde vivía un sabio llamado Aravinda que antaño tuvo gran influencia en todo Mewar. Debido a que su pensamiento liberal socavaba los intereses de control y poder de los brahmanes, lo excomulgaron.

Yo era un niño sirviente despreciado por mi bajo nacimiento, pero como la luz de la luna era pobre, los brahmanes me llevaron consigo, haciéndome caminar delante para protegerse de las serpientes. Una vez junto al sabio, intentaron convencerlo de que cada persona pertenece a una clase social en virtud de su nacimiento, por lo que nadie puede ser un brahmán a menos que provenga de tal linaje. Aravinda, el brahmán asceta, citaba los textos sacros argumentando que la emancipación espiritual no es propiedad exclusiva de la casta sacerdotal, sino que está abierta a todos por igual, incluso para los de más bajo nacimiento. El sabio aseguraba que muchos de los textos de los brahmanes abrigaban corrupciones intencionales para perpetuar su poder sobre los demás, razón por la cual la clase sacerdotal se convirtió en un mecanismo corrupto de explotación. Fue entonces que esta persona santa contó una historia de un antiquísimo texto sacro que llenó mi corazón de esperanzas, acerca de un niño llamado Satyakama.

Deva Singh sintió curiosidad por escuchar la historia. Aunque creció junto a Akbar, rodeado de brahmanes en la corte de su padre Jumayún, jamás la escuchó.

—¡Por supuesto! No es la favorita de los brahmanes —dijo Suníschala antes de continuar—. Hace mucho tiempo, durante la época del sabio Gautama, un niño de nombre Satyakama quiso ser un brahmán, pero desconocía quién era su padre. Preguntó a su madre sobre su linaje familiar, pero la esta tampoco sabía. En su juventud estuvo al servicio de muchos hombres. Fue así como nació. La desdichada mujer sólo aseguraba que su nombre era Yabála y que el de su hijo era Satyakama.

Abatido, el niño Satyakama sintió que jamás podría estudiar los textos sacros y volverse un brahmán. Aun así, se acercó al sabio Gautama para que lo educase como tal. Como era de esperar, Gautama preguntó cuál era su linaje, a lo que el niño respondió no conocer, puesto que en su juventud su madre se ocupó al servicio de muchos hombres. Tan sólo sabía que Yabála era su madre y que su nombre era Satyakama.

Por esta razón todos le llamaban Satyakama Yabála. Admirado por la sinceridad de su confesión, el sabio Gautama le dijo que él era un verdadero brahmán, porque tenía el don de la veracidad. Fue entonces que inició a Satyakama Yabála en la orden de los brahmanes.

Aquella historia llenó mi corazón de esperanzas al saber que yo también podía ser un brahmán. Esa noche decidí quedarme en aquel lugar para siempre. Sin que lo advirtieran, me oculté tras las rocas y zarzas del desierto. Los brahmanes me buscaron durante la noche, pero la determinación de convertirme en un brahmán asceta se aferró a mi corazón. Cerca del amanecer concluyeron que estaba perdido o que quizás me devoró algún depredador nocturno de los que abundan en Mewar. Oculto no muy lejos de aquel lugar, escuché los lamentos de mi madre. Quise correr hacia ella, quien era mi único objeto de afecto en el mundo. Sólo me detuvo la decisión de nunca separarme de esa persona santa que sembró en mi corazón la esperanza de emancipación de este mundo mortal.

Por un instante la silenciosa nostalgia asomó al rostro de Suníschala. Al percatarse de que aún el joven era presa del desconcierto, continuó.

—A la mañana siguiente fui a donde aquel brahmán asceta que llenó mi alma de esperanza. Le dije que yo también quería ser un brahmán. Reconociendo en mí al niño perdido ordenó que me llevaran de vuelta a mi madre. Fue cuando me postré ante él y aferrándome sus pies repetí las palabras del niño Satyakama que escuché la noche anterior: En su juventud mi madre se ocupó en el placer de muchos hombres, yo no sé cuál es mi linaje. Al escucharme, el sabio Aravinda derramó lágrimas de compasión, posando su mano sobre mi cabeza aseguró que yo era un brahmán porque poseía el don de la veracidad.

Días después mi madre vino al campamento. Sentí alegría de verla, pero también me sobrecogió el temor al pensar que venía por mí. Mas no fue así. De alguna manera ella sabía que yo no estaba muerto, y que había nacido con el corazón de un asceta. Esa fue la bendición que le dio un brahmán mucho antes de mi nacimiento. Tan solo había venido a verme, pues su único deseo era que mi alma alcanzara paz. Al oír su confesión pregunté la razón de su llanto la noche de mi desaparición, a lo que respondió que lloraba para que dejasen de buscarme, pero también porque sabía que esa noche me había perdido para siempre. Ese día descubrí la nobleza del corazón de Chintámani, esa pobre concubina que renunció a su hijo, su única posesión en este mundo, para que yo fuese en busca de la emancipación de mi alma.

—¿Quién fue ese brahmán y a qué se debió tal bendición? —preguntó Deva Singh.

Suníschala encogió los hombros. —No sé. Supongo que algún brahmán que gozó de sus servicios y luego deseó expiar su desliz ofreciendo bendiciones. Recuerdo que esa noche mi madre besó mi frente y se marchó llorando sin consuelo. Ese día aprendí mi primera lección como ermitaño: que nunca juzgaría a nadie por su nacimiento o por su casta, sino por la integridad de su carácter, pues incluso en el corazón de los seres más despreciados existen valores que pocas veces se encuentran entre los más encumbrados de la sociedad.

A partir de ese momento jamás me aparté de Aravinda ni por un instante; él fue más que un padre para mí, fue mi guru, mi tutor, mi guía y mi luz. Por años, día y noche le serví con la profunda satisfacción que se siente al cuidar de las almas santas. A cambio de mi humilde servicio, Aravinda iluminó mi corazón con la sabiduría de los místicos y un día me convirtió en brahmán. El día que puso sobre mi pecho el cordón que me inviste del prestigio social de la casta de brahmanes, dijo que desde ese momento me llamaría Suníschala, *Impávido*, porque notó que las calamidades del mundo no conmovían mi corazón. Tal vez porque perdí el afecto de mi madre a tan temprana edad, y debido a la dura vida junto a los ascetas del desierto, era incapaz de sentir empatía por los demás. Debido a que las fragilidades humanas siempre me fueron ajenas, desde entonces todos me llaman así. Por mucho tiempo he luchado para vencerme a mí mismo; es también por eso que he venido aquí, para saldar mi deuda con Chintámani.

Deva Singh estaba tan sorprendido, que por un momento pareció abandonar su indiferencia grosera. —¿Qué fue de Aravinda? ¿Nunca más lo viste?

—Pasé algunos años en su compañía. Un atardecer, mientras contemplaba la puesta del sol, me miró de una manera que, a mi corta edad, no podía discernir. Esa tarde me dijo que me había dado todo lo necesario para vivir como un eremita y brahmán respetable, y que su viaje por este mundo había llegado a su fin. A la mañana siguiente partió. Su último deseo fue que yo cremase su cuerpo; había instruido a los demás ascetas no revelar a nadie su partida hasta que yo lo hiciese.

Suníschala calló, momento que Deva Singh aprovechó para preguntar si Premananda conocía su origen, ya que muchas veces Atulananda habló de él como una de las pocas almas buenas de Chittor. Suníschala respondió que Aravinda nunca le guardó secretos a Premananda, pero a los demás brahmanes de Chittor les dijo que él era un niño brahmán huérfano de una aldea lejana. Deva Singh se sorprendió al oír que personas tan excelsas como Aravinda y Premananda mintieron al decir que Suníschala era un brahmán, pero Suníschala volvió a responder con su brillante lógica.

—¿Acaso no acabas de decir que todo lo que hay en mí refleja un brahmán? Entonces no mintieron. Ellos vivían convencidos de que la ocupación social y el deber de cada cual no lo dicta el nacimiento, sino su naturaleza, su carácter.

Deva Singh sonrió. Buscaba por dónde tildar de impostores a ambos brahmanes. —¿Y... en cuanto a lo de huérfano? ¿No es eso una farsa?

Suníschala también sonrió comprendiendo su intención. —¿Acaso no lo era? Me separé mi madre a temprana edad. Por mucho tiempo no supe de ella, ni ella de mí.

El argumento convenció a Deva Singh que quiso saber cómo y cuándo la volvió a encontrar.

—Pasaron varios años antes que la volviese a ver. Cierto día mientras servía de guía a unos brahmanes de tierras lejanas a petición de Aravinda, pasamos cerca de esta gruta que mi madre había convertido en su hogar, algo que yo desconocía. Aquella extraña mujer preguntó a los brahmanes quién era el niño asceta que los acompañaba. Desconociendo mi origen respondieron lo que todo Mewar cree, que yo era un niño brahmán huérfano criado por los ascetas. En esa ocasión la vi, pero para ese entonces la gracia de su perfil y el encanto de su voz habían cambiado y apenas pude reconocerla. Era lo único que yo recordaba de mi madre, algo que me inquietó.

Antes de la salida del sol, mientras todos dormían, tal como era mi costumbre, dejé a los brahmanes para resistir a solas la frialdad del desierto contemplando el amanecer, tal como solía hacerlo junto a Aravinda y sus eremitas. Chintámani debió haber pasado la noche en vela, porque al verme a solas se acercó a observarme admirada ante mi empeño de vivir como un asceta, a pesar de que para ese entonces apenas alcanzaba los doce años de edad. Notando la cicatriz de mi nalga me contó lo que me había ocurrido para convencerme de que ella era mi madre.

Suníschala mostró la cicatriz a Deva Singh y relató cómo cuando apenas comenzaba a caminar se sentó sobre un tizón ardiente cubierto por las cenizas. Deva Singh no dio mucha importancia a la cicatriz, él tenía suficientes en su cuerpo, más bien volvió a expresarse con su ordinariez habitual.

—¿Y qué hiciste al saber que esa vieja asquerosa era tu madre?

—No hice nada —respondió Suníschala sin sentirse molesto por los modales soeces del joven—. Pero Chintámani me abrazó con tanta fuerza que por un momento me fue imposible respirar. De sus ojos carcomidos brotaron lágrimas, pero mi afecto era por la Chintámani que vivía en mis recuerdos, no por aquel ser desfigurado de conciencia oscura. Así que no pude evitar sentir una mezcla de aversión y dolor por su condición.

El por qué una bella cortesana había adquirido una apariencia tan horripilante despertó la curiosidad del joven.

—Fue a causa de la oscuridad que se apoderó de su alma —respondió Suníschala—. Poco después de perderme, Chintámani se dio a la práctica de rituales tenebrosos para venerar a espíritus malignos. Su aura se oscureció e hizo de su rostro el reflejo de su conciencia. Algún tiempo después cuando volví a verla, estaba tan deformada que realmente parecía un espectro, tal como dices.

El brahmán asceta calló por un instante e inclinó la cabeza al hablar. —La condición de Chintámani es mi pesar; redimirle es mi obligación.

—Dijiste que mi padre también la conocía ¿Qué tenía que ver él con esa...? —dijo Deva Singh sin lograr contener la expresión de desprecio que afloró en su rostro.

—Te dije que Chintámani no siempre fue esa vieja jorobada e inmunda que ahora ves. En sus años mozos sus encantos despertaban los deseos sensuales de los aristócratas de Mewar, algo que ahogaba en celos a las mujeres de Chittor. Yay Singh conocía a Chintámani desde su adolescencia. De ella aprendió todo lo que un joven apuesto puede aprender de una cortesana que le dobla la edad.

Deva Singh sonrió comprendiendo lo que Suníschala quería expresar. Entonces preguntó cómo era su padre.

—La única vez que le vi fue días antes de la caída de Chittor. Su figura era imponente. A juzgar por su carácter parecía ser algo taciturno. Daba la impresión de que siempre estaba absorto en sus propios pensamientos, y si no te molesta, sentía una gran inclinación por la vida mística. Se decía que Mirabai causó tal impresión en él, que después de su partida contempló la idea de volverse un ermitaño, pero el Shah atacó Chittor y... ya conoces la historia.

A Deva Singh no le fue de mucho agrado esta última descripción de su padre. De mala gana balbuceó que al menos tenía algo que agradecerle a ese Shah. Gracias a él su padre murió como un guerrero y no como un mendigo de camino. La imagen que tenía de Yay Singh como el León de Mewar era su orgullo, su reliquia y talismán. De haber su padre encontrado otra muerte, la vergüenza le habría impedido vivir.

Hubo una pausa poco prolongada, fue entonces que Deva Singh hizo la pregunta que Suníschala esperaba.

—¿Y tu padre? ¿Quién es tu padre?

—¿Mi padre? —Suníschala profundo aliento. Le tomó del brazo y le miró a los ojos: —Mi padre es Yay Singh.

Deva Singh se soltó de un tirón. Se puso en pie contemplándole como quien observa un objeto peligroso. Se golpeaba la frente con el puño pateaando la tierra como un chiquillo grosero. Incrédulo e iracundo vociferaba con desdén descargando su cólera contra un arbusto que despedazó a golpes de sable.

—¿Tú? ¿Hijo de Yay Singh? ¿Mi hermano mayor? ¿Qué intentas con eso, demandar mi obediencia?

Con la impavidez propia que indicaba su nombre, Suníschala denegó que ese fuese su interés, solo quería hacerle saber que sin importar cuánto le despreciase por su condición de ermitaño, buscavidas, o de hijo de un ser despreciable, eso no borraría el hecho de que era su hermano mayor. La ira de Deva Singh no cedía. Sus ojos oscuros se erizaron de rabia mientras presionaba su afilado acero contra la garganta del asceta.

—¿Crees que puedes insultar a mi padre y vivir una larga vida?

—Ya viví una larga vida —dijo el sabio, sin que las palaras del joven lo perturbaran.

La serenidad de Suníschala aumentó la aversión que Deva Singh sentía hacia él. —Tú no eres más que el hijo de esa vieja apestosa y sabrá tu dios de qué otro vagabundo.

El corpulento rajput arrojó al flacuchento y envejecido asceta contra la tierra, presionó su pie sobre su pecho e imitó la voz chillona de Chintámani de modo burlón.

—Asceta, brahmán, Sol de Mewar, niño huérfano… ¿qué más eres? —dijo con desprecio estallando en carcajadas delirando de ira—. Tú no eres más que un descastado, un ser de bajo nacimiento, despreciable y sucio. ¿Cómo puedes pretender ser mi hermano mayor con ese aspecto de brahmán hambriento? ¡Tú debiste ser mi tutor! Mi padre te encomendó mi educación. Como un cobarde me arrancaste de Chittor para entregarme a esos cerdos mogoles. Me hiciste crecer entre ellos, comiendo limosnas en su mesa como si fuese un perro. ¡Te odio Suníschala, te odio! —Gritó el joven, desahogando su odio por el asceta.

Suníschala se mantenía callado, siempre sin perturbarse, observando como la ira dominaba al pobre Deva Singh.

—¿Qué intentas con esto, perpetuar tu poder sobre mí? ¿Tenerme siempre como un perro guardián a tu puerta? —gritó con arrogancia, hincándole repetidamente el pecho con la punta de su sable. Suníschala negaba la acusación sin mostrar enojo.

—Debería dejarte aquí amarrado y desnudo para que mueras de frío por impostor —añadió mirándolo con ferocidad.

Suníschala sonrió con ligereza recordándole que los ascetas no morían de frío. Viendo tiritar a Deva Singh le lanzó el manto que le servía de asiento. El guerrero rajput lo atrapó con su sable y lo arrojó al suelo con enojo sin dejar de insultarle.

—¿Acaso nunca te viste en un espejo? ¡Solo tu mente de idiota te hace pensar que llevas la sangre de Yay Singh!

Si había algo que Suníschala amaba eran los retos. Una sonrisa traviesa apareció en su rostro, seguida de un ademán retador. —Veamos cuál de los dos tiene más de la sangre de Yay Singh.

Suníschala anduvo hacia una enredadera que crecía al pie de un arbusto e introdujo el brazo entre las raíces entretejidas, guarida ideal para las serpientes. El reptil se retorció alrededor su antebrazo cuando le apretó la garganta. Deva Singh retrocedió. Estaba rígido.

—Son dos, las vi entrar. La otra espera por el valiente hijo de Yay Singh —dijo con ademán retador.

Deva Singh no se atrevió, una simple mordida del horripilante animal podía ser mortal. Viéndolo vacilar, Suníschala le arrojó el reptil, que logró apartar con un golpe de su sable antes que le cayera encima. Al ser golpeada la cobra seseó enfurecida y se abalanzó sobre Deva Singh abriendo su enorme capucha. El joven la deshizo en pedazos con su filoso sable de tipo talwar, emblema de los guerreros rajputs. Suníschala sostuvo su mirada retadora. Deva Singh inclinó rostro al ver su vanidad destruida.

—¿Por qué Chintámani? ¿Acaso no había suficientes cortesanas en Chittor? —Fue la primera vez en su vida que habló con un vestigio de humildad.

Suníschala le aseguró que incluso en su madurez Chintámani fue una mujer hermosa. Debido a que conocía más de los azares de la vida que los brahmanes de Chittor, Yay Singh gustaba de escuchar sus consejos. Tan solo pensar que aquella vieja tenebrosa y hedionda hubiese rivalizado en belleza con su madre perturbó a Deva Singh.

—He oído decir que mi madre también era hermosa, ¿no es cierto? —preguntó tan manso como confundido.

—Tu madre era la envidia de las mujeres de Chittor —respondió Suníschala sosegado—. Por muchos años Yay Singh y tu madre desearon tener un hijo, viajaron a muchos lugares de peregrinaje, oraron e hicieron votos y penitencias, pero ni las bendiciones de los brahmanes ni los rituales pomposos hacían crecer su vientre. Yaya Singh estaba tan desconsolado que buscó la ayuda de Chintámani. Sabía de su conocimiento de ritos extraños y creía más en ella que en los codiciosos brahmanes de Chittor. Sin embargo, con el tiempo volvió a caer bajo sus encantos e inesperadamente creció el vientre que no debió crecer. Fue para evitar destruir el corazón de tu madre que Chintámani abandonó la seguridad que le brindaba Chittor. Yay Singh nunca supo por qué se fue. Tampoco se esforzó en buscarla; después de todo, ¿a quién le importa la suerte de una concubina decadente? No fue hasta mucho tiempo después que tu madre logró concebirte, pero como sus mejores años ya habían pasado, murió en su esfuerzo por traerte al mundo.

—¿Cómo supiste mi padre era tu padre? —preguntó el joven con mansedumbre.

—De alguna manera Yay Singh supo el motivo de la partida de Chintámani años después de mi nacimiento, fue entonces que deseó emendar su falta. Anhelaba conocer a su hijo, pero desconocía el paradero de mi madre. Confesó su error ante el sabio Aravinda, pero para ese entonces yo era un aprendiz de asceta, el sabio quiso conocer mi voluntad antes de revelar mi identidad. Debido a que había jurado jamás apartarme de Aravinda le pedí mantener el secreto, algo que el sabio decidió respetar. No fue hasta muchos años después, cuando supe de su inclinación por los temas del alma y su afecto por Mirabai, que fui a buscarle a Chittor. Luego de estar a punto de morir, logré encontrarle. Lo vi solo una vez mientras me recuperaba de una terrible experiencia. Debido a mi condición no hablamos. Esa noche me miró con ojos que marcaron mi alma. Era la mirada de un guerrero consciente de que va a cruzar el umbral de la muerte. Tal vez intuyó quién yo era, o quizás, vislumbrando la caída de Chittor, Premananda se lo hizo saber. Nunca los supe. Esa misma noche tuve que dejar el fuerte junto a los brahmanes en circunstancias que me impidieron acercarme a él.

Suníschala enmudeció. Ambos hermanos permanecieron sin pronunciar palabras. La noche era más fría de lo habitual.

El aire helado del desierto hacía temblar a Deva Singh, aunque a Suníschala parecía agradarle. Su respiración era suave, rítmica. Su rostro develaba paz, despertando la admiración de Deva Singh, que le observaba con perplejidad. Advirtiendo un vestigio de mansedumbre en el corazón del joven guerrero rajput, Suníschala lo cubrió con su manto. Fue un gesto afectivo. Esta vez Deva Singh no se negó, a fin de cuentas, el odioso buscavidas era su hermano mayor, alguien a quien por obligación un rajput de buena casta debía honrar. Aún sumergido en un océano de dudas, con la cabeza hundida en el pecho, el joven no comprendía por qué Suníschala le revelaba todo aquello.

—Porque eres mi hermano y la verdad es el mejor de los tesoros. Antes de intentar arreglar el mundo de otros primero debes componer el tuyo.

—Pero ahora siento que mi mundo ya no es el mismo, desearía poder cambiarlo —respondió el joven.

—El mundo siempre es el mismo Deva Singh. Lo único necesitamos cambiar es a nosotros mismos, nuestra conciencia, la manera en que vivimos. Quien desea cambiar su vida primero debe cambiar su actitud. Aprende eso Deva Singh, apréndelo.

Ambos guardaron silencio. Cuando el rajput se dispuso a ir de vuelta a la gruta Suníschala le advirtió: —Deva Singh, ni una palabra a nadie.

El joven asintió con la cabeza y se adentró en la cueva llevando el desconcierto reflejado en el rostro. Chintámani le miró con ojos que lo saben todo. Su voz chillona resonó en la gruta. —¡Hijo de Yay Singh… parece que has visto un espectro!

El hecho de que un despreciable y harapiento asceta de Mewar no solamente fuese su tutor por voluntad de su padre, sino su hermano mayor, era suficiente para que viviese en la vergüenza. Sería mejor que nadie jamás conociese la historia que el sabio le reveló, y con el corazón abatido se echó a dormir. Cerca de su precario lecho yacía Chintámani.

—Duerme hijo de Yay Singh, duerme, necesitas descansar. Hoy has tenido un día azaroso y aún te espera un largo viaje de vuelta a Chittor— dijo la anciana acariciándole los pies. El roce de su mano enjuta provocó le escalofríos. Gradualmente, su calidez maternal conquistó los rincones más ásperos de su ser.

Apenas despuntó el sol Deva Singh salió de la gruta. Encontró a Suníschala sentado en el mismo lugar donde lo dejó la noche anterior. Asaba raíces y semillas que crecían en aquel árido lugar. Invitó a Deva Singh a sumarse al insípido banquete y colocó varias de ellas en sus manos. Aún estaban calientes y el joven las intercambiaba de una mano a la otra las mordisqueándolas con desagrado. La comida de los ascetas distaba con creces a la que estaba acostumbrado en la corte de Akbar. Aunque no del mejor humor, intentó disculparse por las palabras que usó para con su madre la noche anterior. Suníschala sonrió, sacudió sus manos y fue por los caballos sin darle mucha importancia al hecho.

Mientras comía, Deva Singh advirtió el largo cercenado de una larga enredadera en el mismo lugar donde la noche anterior destrozó a la cobra. Observaba los fragmentos con perplejidad preguntándose si la furiosa cobra no habría sido algún tipo de magia del enigmático brahmán para ofuscarle la razón. Suníschala regresó con los caballos. Percatándose de lo que pasaba por la mente del joven le distrajo asegurándole que no tenía por qué disculparse. Chintámani realmente parecía un espectro. Charlando de buen humor, anduvieron a paso ligero. En poco ya estaban lejos de aquel lugar. Sin embargo, el camino era largo y aún tenían todo el día por delante. Para acompañar las horas de ocio, Deva Singh preguntó el por qué conociendo la condición de su madre, había visto lágrimas en sus ojos cuando la llamó bruja desagradable.

—Chintámani sacrificó su amor por mí. Por mi bien se quedó sola en el mundo sin protección alguna. Todo por mi bien… todo por mi bien —balbuceó Suníschala apesadumbrado.

Deva Singh no comprendía cuán insondable podía ser el corazón de los místicos. Aunque sus emociones externas semejan la de los seres ordinarios, no así su sentir. Mientras Suníschala cabalgaba sumido en sus pensamientos, murmuró palabras del Bhagavad guita: —*yanti deva vrata devan pritir yanti pitir yatah, bhutani yanti bhuteya yanti mad-yayino api man.*

La expresión de Deva Singh hizo evidente que, a pesar de haber crecido en la corte de Akbar, desconocía la lengua de los brahmanes cultos. Suníschala citó las Escrituras en lenguaje coloquial.

—Aquel que adora a los dioses irá a los dioses, quien adora a los antepasados irá a los antepasados, quien adora fantasmas y espíritus nacerá entre tales seres, pero quien me adora a Mí, el Supremo, vivirá conmigo.

Antes de continuar Suníschala lanzó una mirada al joven. —¿Ves Deva Singh? ¿Cómo no habría de venir a este lugar? Hoy mi madre se ha salvado de volverse un espíritu fantasmagórico. Fue para eso que vine aquí, para retribuirle su sacrificio, no en busca de refugio.

—¿Retribuirle? ¿Cómo? —preguntó el joven atónito.

—Con mi presencia Deva Singh, tan solo con mi presencia.

Por un momento Deva Singh abrigó la idea de que el orgullo de creerse un brahmán había hecho presa de Suníschala y sonrió con ironía. El tema no le interesaba, pero la marcha era larga y el silencio aburrido.

—¿Es cierto que tan solo por ver a un brahmán se depura la conciencia? ¡Eso he oído decir a muchos de los de tu casta!

Suníschala sonrió, sabía que la casta de los brahmanes se había vuelto arrogante.

—No, no es por eso —respondió—, sino porque pasó la noche repitiendo los nombres de Dios. Fue por lo que le pedí, que hablara de Ramakrishna. Para complacerme, Chintámani habló de las travesuras de su gran amigo de juventud.

—¿Quién era ese? —preguntó el joven.

—Un tahúr timador de nobles que siempre se las arreglaba para salirse con las suyas. En mi niñez mi madre pasaba horas contándome sus ardides. Mi único interés fue hacerle repetir los divinos nombres Rama y Krishna, puesto que depuran la conciencia incluso si se mencionan con algún otro motivo. El nombre divino es como una medicina, Deva Singh, que causa su efecto, aunque la bebamos sin estar conscientes de su poder curativo.

Deva Singh sonrió ante lo que le parecía ser un vano empeño. —¿Por qué no le pediste que orara esos nombres como lo haces tú? ¡Al menos te hubieses ahorrado el trabajo de pasarte la noche en vela!

—¿Me hubieras creído si te hubiese dicho que hay una vieja fétida en quien tu padre confiaba más que en los brahmanes de Mewar?

Deva Singh comenzaba a irritarse. —¿Y pasamos toda la noche en ese espantoso lugar escuchando a esa vieja tan solo para hacerla decir Rama-Krishna una veintena de veces?

Suníschala asintió con su cabeza. —Sí, solo para eso.

—¡Pero en su juventud debió haberlo hecho millares de veces! —respondió el joven con irritación.

Esta vez Suníschala tiró de las riendas para detener el paso. —Pero ahora es diferente Deva Singh, ahora es diferente—. El joven no preguntó, sólo esperó a que Suníschala continuara—. Vinimos aquí porque nunca más volveré a ver a Chintámani.

—¿Por qué? ¿No piensas regresar nunca más a este lugar? ¡Qué agradable noticia! —dijo con tono burlón.

—No lo sé, solo el tiempo dirá —repuso el brahmán.

—¿Entonces porque dices que nunca más volverás a ver a tu madre?

—Porque esta fue su última noche en este mundo, Deva Singh. Cuando nos fuimos Chintámani no dormía, ya era cadáver —respondió Suníschala con solemnidad.

El tono de su voz revelaba el pesar que le oprimía el corazón, e hincó su caballo adelantándose para cabalgar a solas. Deva Singh no comprendía su sentir, más bien tomó la acción como un desprecio que merecía igual humillación.

—¡Vaya! Ahí va el gran brahmán hijo de concubina cabalgando siempre al frente con el talante de un conquistador mogol —gritó de modo grosero.

Suníschala lo ignoró. Como ya había salido el sol el joven miró hacia atrás para asegurarse de que nadie les seguía, sólo para advertir a lo lejos una tenue columna de humo que se alzaba al cielo. Era la pira funeral de Chintámani.

Capítulo 19

La redención de Bhairav

Anduvieron por días, siempre bordeando caminos para evitar a los rastreadores y espías de Akbar. Al amanecer, Suníschala detuvo la marcha. Una mezcla de alegría y nostalgia iluminó su rostro al contemplar el árido paisaje. Luego de casi treinta años de exilio había vuelto a su tierra natal tras semanas de camino desde que dejó Agra.

—¡Mewar! —exclamó con satisfacción reconociendo el paraje e inhalando el aire caliente del desierto. Una vez más Deva Singh aulló de alegría.

Andando entre colinas de poca elevación, al atardecer avistaron un caserío. Suníschala se dispuso a pasar la noche en aquel lugar. Era un diminuto asentamiento de una suerte de lisonjeros bohemios que se ganaban la vida ofreciendo cualquier tipo de servicios a viajeros del desierto y habitantes de la región, a menudo de tipo cuestionable. Como estaban acostumbrados a los mercaderes o ermitaños que merodeaban el área, la presencia de los recién llegados no les fue extraña, tal vez se trataba algún brahmán empobrecido que servía a un noble de buena casta en busca de algún favor poco honorable.

Mientras andaban, Suníschala asentía cortésmente con la cabeza cada vez que cruzaba miradas con los pobladores. Deva Singh le imitaba intentando agradarles. Sabía que Chittor estaba a un día de camino y esta gente, aunque de baja sociedad, también eran habitantes de Mewar. Lo menos que deseaba era ser visto como un extranjero en su propia tierra.

Observaba todo con curiosidad cuando sus ojos cayeron sobre una jovencita cuya mirada coqueta advertía haber perdido la inocencia. Suníschala desmontó. Se detuvo a conversar con un anciano en un dialecto local desconocido para Deva Singh. Al juzgar por la manera en que lo hacía daba la impresión de que el recién llegado no era un extraño. El anciano les condujo a un sitio distante destinado al aseo de hombres, les ofreció una maltrecha choza donde descansar y les dio de comer. Antes de retirarse besó la mano de Suníschala e inclinó la frente. El envejecido asceta le tocó la cabeza con su diestra murmurando palabras indiscernibles.

Oscurecía con rapidez, Suníschala notó que la jovencita de mirada seductora merodeaba la choza. Bien conocía a los habitantes del lugar y le advirtió a Deva Singh que, entre otras cosas, sus anfitriones prestaban servicios como sicarios a cambio de menudencias, por lo que no eran gente de confiar. Deva Singh hizo una mueca de mal gusto. Con su innata arrogancia le recordó que estaban en Mewar, su compañía ya no le era necesaria. Podía dar por concluido sus servicios de guía, tutor, o lo que fuese. Era libre de regresar a la corte de Akbar o continuar haciendo con su vida lo que quisiera. Suníschala sabía que no podía detenerle ni tampoco lo intentaría, a fin de cuentas, las piernas llevan al hombre a donde dicta el corazón. Le aconsejó precaución recordándole que estaba a punto de lograr lo que tanto había anhelado, volver a Chittor, el lugar del cual él mismo le arrancó, por su bien. Mewar había probado ser un tragadero de almas. Podía irse si esa era su voluntad, pero desde ese momento habría de sobrevivir por sus propias fuerzas.

Deva Singh apenas prestó atención a las palabras del asceta. Andando entre las precarias tiendecillas y casuchas, merodeó por algún tiempo los trillos polvorientos de aquel caserío. Aunque aparentaba ser un simple curioso iba en busca de la chica. La halló a orillas de un pequeño lago que servía de baño comunal. Vertía agua sobre su cabeza. El ropaje corroído y transparente, se adhería a su cuerpo dejando entrever su lozana figura juvenil. Deva Singh la contempló sin esconder su apetito libidinoso. Al juzgar por la manera en que la joven le devolvió la mirada, parecía compartir su carnalidad.

Apenas cayó la noche se dirigieron a un escondrijo entre las colinas que rodeaban el caserío. El lugar, previamente acomodado, era apropiado para la intimidad conyugal. La joven le alimentaba de semillas afrodisíacas sumergidas en licor. Como era experta en el arte de los placeres lúbricos, las horas en su compañía le parecieron un instante al joven guerrero. Deva Singh sonreía embriagado. Estaba desnudo entregado al placer, dando rienda suelta a su imaginación. En el juego del amor, la joven le vendó los ojos, se sentó sobre su regazo apretando su delicado pecho contra el fornido torso del Deva Singh. Ponía semillas embriagantes entre sus labios jugueteando a rozarlas contra los labios del joven, que, a ciegas, se esforzaba por atraparlas con sus dientes. Pero ahora, su mirada traidora iba más allá de sus hombros cayendo sobre una oscura silueta oculta entre los arbustos. Cruzó miradas de complicidad con el enigmático intruso asintiendo con un movimiento de su cabeza. La oscura silueta se abalanzó sobre Deva Singh y le golpeó la cabeza con un garrote dejándolo inconsciente sobre la tierra. Era Bhairav. El envejecido brahmán sonrió con satisfacción. Ofreció algunas monedas a la jovencita que, huyó del lugar tan pronto como pudo.

Al amanecer Suníschala continuó su camino. Intuía que Bhairav algo tenía que ver con la desaparición de Deva Singh. Estaban en el reino de Mewar a menos de un día de Chittor.

Con toda seguridad el área estaba inundada de informantes que mantenían a Bhairav al tanto de cuanta piedra y hojarasca se movía en aquella región. Nada ocurría en Mewar que su hermano no supiera. La llegada de un noble con vestimenta mogol, acompañado de un asceta de mediana edad, no pasaba inadvertida. Mucho menos cuando la noticia de lo ocurrido en la corte de Akbar con su hermano rajput había corrido como fuego, algo que ya todo Mewar debía saber. Tampoco era un secreto que Akbar había dejado Agra junto a su ejército para someter los reinos rajputs de Rayasthán. Pero si realmente Bhairav andaba tras él, le dejaría venir, esta vez no le enfrentaría como durante los días de Chittor. Tampoco haría uso de su poder. Dejaría su destino en manos de Dios, como cuando dejó Kabul. Recordando el sendero de rendición de Cheitanya que aprendió de los sabios bengalíes, mientras andaba, un verso del Bhagavad guita daba vueltas en su cabeza. *sarva-dharmān parityajya, mām ekam śharanam vraja, aham tvām sarva-pāpebhyomokshayishyāmi mā śhuchah.* «Abandona todo refugio y tan solo entrégate a Mí. Yo te protegeré, no temas.»

A fin de cuentas, desde hacía años Bhairav dejó de ser una espina en su conciencia. Esta vez su hermano no podría alimentarse de su aflicción.

Absorto en sus pensamientos cabalgó en absoluta soledad hasta que vio apagarse en el horizonte el último aliento de luz. Varios aldeanos que se cruzaron en su camino le advirtieron que aquellos parajes no eran seguros. A menudo ocurrían crímenes. Cuando caía el sol una secta de tántricos degradada, raptaba a los viajeros solitarios para ofrecerlos como sacrificio a alguna horrenda deidad. De buen corazón invitaron al desconocido a pasar la noche junto a ellos. Suníschala continuó su camino agradeciéndoles su buena intención. Había crecido en aquella región. Bien sabía que los caminos de Mewar pocas veces fueron seguros.

Cuando la oscuridad se apoderó del desierto, se sentó a orar con las cuentas de madera que recibió de los sabios bengalíes: Jaré Krishna, Jaré Krishna, Krishna Krishna, Jaré Jaré/Jaré Rama, Jaré Rama, Rama Rama, Jaré Jaré. Mientras murmuraba los divinos nombres cerró los ojos. Sin embargo, esta vez no fue la imagen del Señor Krishna quien apareció en su meditación, sino la de Bhairav. Por más que trataba no lograba deshacerse de ella. Había un por qué. No era una imaginación caprichosa de su mente, sino una proyección del propio Bhairav que estaba delante de él. Suníschala abrió los ojos y vio aquella mirada malévola de quien fue su hermano en la vida previa, siempre matizada su una sonrisa cínica. En lugar de alarmarse sonrió con pesar. Aunque hacía casi treinta años que no se veían, los ojos de Bhairav le miraban con la misma animadversión de cuando puso la cobra en su cuello. Había envejecido cien veces más de lo normal, estaba encorvado. El rostro demacrado por el mal era la imagen de su conciencia. Su condición le hizo recordar a Chintámani. El corazón de Suníschala se afligió de compasión.

Llevaba a Deva Singh de su diestra atado del cuello con una correa tal como a un perro. Con la otra mano jugueteaba con la espada del joven. Escasamente vestido, Deva Singh estaba poseído por algún espíritu maligno bajo el control de Bhairav. Estaba idiotizado. Andaba sobre sus manos y rodillas ensangrentadas como si fuese un animal. Al malévolo brahmán le acompañaban los dos aborígenes que compartían la cueva con Chintámani, a quienes había convencido de que el mugriento asceta la había envenenado. Se observaron por un corto tiempo sin pronunciar palabras. Fue Bhairav quien rompió el silencio.

—Apenas pusiste un pie en Mewar te presentí.

Suníschala no prestó atención al comentario; en su lugar, se apiadó de la condición de Deva Singh.

—¿Qué le has hecho? Él no tiene nada que ver con nosotros. Déjalo ir.

Bhairav sonrió. Le resultaba irónico que Suníschala se preocupara por el joven, después de haberlo abandonado en la corte de Jumayún, al cuidado de un cocinero asqueroso que ahora posaba como brahmán.

—Solo te perdí cuando te fuiste a vivir a esos montes fríos. Casi llegué a pensar que habías muerto, hasta que apareciste cantando y bailando con esos idiotas en Bengal, que solo viven para dar lástima. Debiste haberte quedado en esas montañas viviendo como un animal salvaje. ¿Por qué regresaste? Pero comprendo que desees ayudarle, a fin de cuentas, es tu hermano menor —añadió Bhairav palpando la cabeza de Deva Singh como si fuese un perro.

Suníschala se maravilló ante el alcance de la red de espías que Bhairav había tejido a su alrededor, o tal vez durante su ausencia se había vuelto tan poderoso que ahora podía leer sus pensamientos. Para burlarse de Deva Singh, Bhairav tomó una ramilla que rozó sobre la nariz del joven antes de arrojarla a poca distancia. Andando como un cuadrúpedo, Deva Singh la recogió con la boca tal como si fuese un perro y la trajo de vuelta a Bhairav. El malévolo brahmán no cesaba de carcajear.

—Deberías agradecerme que aún está con vida… al menos por ahora. —Sin apartar su mirada tenebrosa de Suníschala, puso la espada en manos de Deva Singh—. Mátalo —le ordenó.

Esta vez el joven anduvo sobre sus piernas empuñó el sable. Suníschala cerró los ojos entregándose a su destino.

Asombrado por la inesperada reacción, Bhairav ordenó a Deva Singh detenerse cuando estaba a punto del golpear el cráneo del asceta.

—¿Ves? Ahora tu hermanito me pertenece— dijo Bhairav con el sarcasmo dibujado en el rostro.

Suníschala no respondió. Su silencio solo irritó a Bhairav. Por su orden los dos aborígenes le tomaron por los brazos. Forzándolo sobre sus rodillas, rasgaron su camisa dejando su espalda al descubierto. Bhairav cortó la ramilla de una zarza espinosa. Con su lento andar se acercó al viejo asceta. Su ademán era tan amenazador como burlón.

—¿Sabes qué día es hoy hermanito? Por si no lo recuerdas, hoy celebramos el festival de mi madre Kali, así que voy a necesitar tu sangre. Pero no temas, no voy a ofrecerte. Han pasado muchos años y te he extrañado mucho, pero mataste a la bruja de la cueva y estos dos te quieren vivo, ¡buscan venganza! Hicimos un trato, yo los ayudaría a encontrarte y ellos me ayudarían a sostenerte. ¡Quiero ver cómo te descarnan vivo!

Bhairav puso en manos de Deva Singh una zarza espinosa. A su orden, el joven comenzó a azotar la espalda de Suníschala. El malvado brahmán se reía como un ser poseído viéndole torturar a quien debió de ser su tutor. Con cada golpe, Bhairav animaba a Deva Singh a azotarle con más fuerza cada vez que la piel del sabio se quebraba y la sangre brotaba. Suníschala toleró el tormento llamando a Bhairav por su nombre en la vida anterior.

—Adesh, hoy es tu día de redención. Hoy vas a librarte del espectro de odio que te destroza el alma.

Apenas pronunció estas palabras, varias flechas silbaron sobre sus cabezas e hicieron caer a los dos aborígenes. Una docena de asaltantes con el cuerpo cubierto de cenizas de crematorio y el rostro abigarrado de intensos colores rodearon el área. Momentos después llegaron otros portando una horripilante imagen de la diosa Kali toscamente esculpida en madera que casi alcanzaba la talla humana Tenía los ojos enrojecidos por la ira. Alrededor de su cuello colgaba un collar de cráneos humanos putrefactos. Entre sus muchos brazos sostenía una cabeza cercenada. Su boca feroz estaba untada de sangre. Mientras los aborígenes se retorcían bajo el efecto del veneno, los tántricos pusieron sus ojos sobre las tres potenciales víctimas.

Uno de ellos, que cubría su rostro con una máscara se acercó a Deva Singh. Le movió el brazo con fuerza. Sacudió su mano delante de sus ojos mirándole con curiosidad, pero el joven hipnotizado permaneció inmóvil sin alertase.

—Este es un idiota —dijo el enmascarado. Examinó a Suníschala. Su espalda lacerada aún sangraba—. Este no es apto para sacrificio —exclamó con frustración.

El viejo brahmán jorobado no estaba dispuesto a convertirse en una víctima voluntaria, pero apenas logró dar unos pasos antes de que le atraparan. Lo arrojaron a los pies de su líder enmascarado, que inspeccionó minuciosamente a la potencial víctima. Estaba ilesa—. Este.

Bhairava estaba horrorizado. En vano luchaba por resistir su destino. Obligado a arrodillarse a los pies de la diosa, Bhairav levantó la cabeza sólo para ver los temidos ojos de la diosa mirándolo. Hace años, ofreció a la diosa la sangre del sabio cautivo de Chittor; ahora, ella exigió el suyo. En un lugar tan remoto, habitado sólo por tántricos y chacales, sus gritos de auxilio no fueron escuchados. Tumbado en el suelo a los pies de la espantosa imagen de Kali, el desafortunado brahmán se defendió con desesperación, trabajando inútilmente para liberarse de las garras del tántrico. Bhairav llamó a Sunischala por su nombre de nacimiento anterior, suplicando su ayuda y recordándole sus vínculos de sangre en una vida pasada.

Bhairava gritaba horrorizado. En vano luchaba por resistir su destino. Obligado a arrodillarse a los pies de la diosa, Bhairav levantó la cabeza sólo para ver los temidos ojos de la diosa que le miraban. Años atrás le ofreció la sangre del sabio cautivo de Chittor; ahora, ella exigió el suyo. Su llanto se ahogaba en medio de aquel remoto paraje solo transitado por tántricos y chacales. Tumbado sobre la tierra a los pies de la espantosa imagen, el desafortunado brahmán se defendía con desesperación. Luchaba inútilmente por liberarse de manos del sacerdote tántrico llamando a Suníschala por su nombre en su nacimiento previo. Suplicaba su ayuda recordándole sus vínculos de sangre.

—Paván, hermano, ayúdame… Paván —gritaba aterrado.

El enmascarado anciano dejó ir al asceta y su acompañante, pero para Bhairav ya era tarde. La hora de su redención había llegado de la única manera posible: sacrificado a su diosa por tántricos de conciencia semejante a la suya. Suníschala sabía que era la última vez que se verían en esta vida y le habló con afecto.

—Hermano, tu odio me ha salvado. A donde quiera que vayas iré a buscarte para cuidar de ti. Lo prometo.

Suníschala puso a Deva Singh sobre su caballo y se sentó a su espalda. Antes de tirar de las riendas alcanzó a ver al sacerdote remover su máscara cuando alzó el espadón de sacrificio. Era el mismo sirviente de rostro desfigurado, que, en Bhilwara, años atrás, Bhairav llevó ante todos vestido como una joven embarazada. Aquella noche Suníschala vaticinó que sería él quien daría el golpe que haría rodar su cabeza. Mientras escapaba a toda prisa de aquel tenebroso lugar, el asceta escuchó el llanto desgarrador de Bhairav cuando le arrancaron el corazón para bañar con su sangre a la diosa Kali, a quien llamaba madre, momento en que cayó el espadón y se escuchó el golpe que hizo rodar su cabeza.

La muerte de Bhairav rompió el embrujo de Deva Singh. El joven cayó desfallecido sobre el cuello del caballo vomitando sangre densa muy oscura. Suníschala le hizo beber agua de su alforja y en poco recobró sus fuerzas. Como no recordaba lo ocurrido, el brahmán inventó otra historia. Al parecer la joven de la aldea le había hecho ingerir algún brebaje viciado, para hacerle perder la conciencia y venderlo a los hombres de Akbar, quienes estuvieron a punto de atraparle.

Los hermanos cabalgaron toda la noche hasta que en el horizonte los primeros rayos del amanecer iluminaron las murallas de Chittor sobre el imponente altiplano rocoso. Contemplar la ciudadela despertó emociones mixtas en el corazón del sabio.

—¡Chittor!

Deva Singh casi enloqueció de regocijo, pero la dicha no se prolongó. Apenas el Rajput hincó su caballo, varios lanceros mogoles le cortaron el paso a un centenar de pasos. Eran los hombres que Akvar, que bloqueaban los caminos en espera de la llegada del grueso del ejército imperial. Al ver al hermano rajput del emperador acompañado de un brahmán les fueron encima. El joven atizó para escapar, pero la bestia había cabalgado toda la noche, estaba fatigado y con ambos jinetes sobre su lomo no podría superar a los lanceros. Suníschala sabía lo que los soldados le harían a Deva Singh si lo capturaban. En un último intento por salvar a su hermano se arrojó del caballo y rodó sobre la tierra. Deva Singh no se detuvo, a fin de cuentas, no era al asceta a quien realmente buscaban. El distro rajput logró evitar a los lanceros mogoles con varias maniobras engañosas haciendo alarde de su destreza para continuar a todo galope en dirección a Chittor sin mirar atrás, seguido por media docena de jinetes. Los hombres de Akbar rodearon a Suníschala. El líder del pelotón le golpeó el vientre con el cabo romo de su pica. El impacto hizo que envejecido sabio se encorvara de dolor cuando cayó al suelo. El resto de los soldados desmontaron y comenzaron a patearlo hasta hacerle sangrar el rostro. Le ataron las manos y tiraron de él con una cuerda forzándolo a andar al paso de los caballos. Golpeado y adolorido, el viejo asceta tropezaba y caía, sin que los jinetes detuviesen la marcha tirando de él por sobre el camino pedregoso indiferentes a su sufrimiento.

Desde la muralla, la guarnición vio acercarse a Deva Singh hasta las mismas puertas de Chittor. Temerosos de las flechas Rajputs los lanceros detuvieron su persecución. Como huía de los hombres de Akbar le dejaron entrar a pesar de que vestía como un mogol. La recepción no fue placentera, mucho menos cortés. La guardia se le fue encima derribándolo de su caballo para llevarlo a rastras ante los pies de Suraj. Deva Singh estaba confundido, el glorioso recibimiento como el hijo perdido de Yay Singh que tanto había anhelado, no pasó de ser una decepcionante humillación. El avejentado comandante de la guarnición preguntó quién era, los centinelas solo respondieron que le vieron huir de unos lanceros mogoles que venían tras él. Deva Singh reveló su identidad, pero Suraj no le reconoció, ni tampoco creía la extraña historia. La última vez que le vio en Bhilwara apenas era un niño de tres o cuatro años de edad. Casi treinta años habían trascurrido desde aquel entonces. Los rostros habían cambiado, incluso el de Suraj, a quien todos en Mewar llamaban el León Tuerto. A pesar de los años, Suraj no había perdido la insolencia que le caracterizaba e interrogó a Deva Singh como si se tratase de un espía, asegurándole que de no cooperar le abriría la garganta de una sola pasada.

Suraj lo llevó a rastras ante Rawat Patta y Rao Yaimal, los nobles que Udai dejó en su lugar como sus representantes. Estos dijeron no conocerle. Deva Singh juraba que era el hijo perdido de Yay Singh. Pidió ver a Udai, a quien consideraba su hermano. Sin dudas él lo reconocería. Pero Udai había huido a las montañas junto a su familia dejando detrás una guarnición para defender Chittor. Allí fundaría una nueva ciudad que llevaría su nombre. La noticia fue un duro golpe para Deva Singh. Aun así relató ante los nobles cómo fue raptado por un tal Suníschala, un buscavidas de bajo nacimiento que no era más que un impostor que se hacía pasar por brahmán, por cuya culpa él había crecido en la corte de Jumayún junto a su hijo, el emperador Akbar, quien le consideraba como su hermano, pero él lo odiaba.

Los ojos de Suraj se engrandecían mientras escuchaba la historia; al parecer el famoso asceta continuaba dando de qué hablar incluso muchos años después de su desaparición. Con su mirada temeraria el rajput tuerto le hizo saber que más valía que su historia fuese cierta, pues mañana a más tardar esperaban la llegada de Akbar junto a su poderoso ejército para ponerle sitio a Chittor. Todo porque un rajput a quien llamaba su hermano raptó a su prometida. O al menos eso es lo que se rumoraba. Por un momento el corazón de Deva Singh se paralizó. Estaba atónito. Un sentimiento de culpabilidad se aferró a su alma. Su acción desmesurada había desatado la ira de Akbar dándole la razón ideal para atacar Chittor; y él bien conocía el poder destructivo de su hermano mogol.

Capítulo 20

Mátenlos a todos

El inmenso ejército de Akbar estaba acampado a menos de un día de camino de Chittor. Bajo una tienda junto a sus oficiales el emperador ultimaba detalles de cómo poner sitio a la ciudadela, cuando vio acercarse a los jinetes. Traían a Suníschala atado de manos y cuello, andando al paso ligero de los caballos tal como un reo ordinario. Con gran esfuerzo lograba sostenerse. Su rostro magullado era apenas era reconocible. Sus pies estaban deshechos. Todo su cuerpo sangraba de ser arrastrado sobre las rocas. Su condición era deplorable. El corazón de Akbar casi se detuvo cuando lo vio. El joven emperador sentía gran aprecio por los místicos. Bien sabía que un agravio a un santo del calibre de Suníschala era un pecado mortal. Si había algo a lo que temía era ofender a las grandes almas.

—Atrapamos a este, el otro logró huir a Chittor —dijo el oficial con jactancia arrojando al suelo al reo de una patada, incapaz de imaginar por qué el emperador lo miraba encolerizado.

En vano Akbar intentó sostenerle. El rostro de Suníschala golpeó la tierra y sus labios deshidratados comenzaron a sangrar. El emperador se lamentaba increpando a los lanceros que no lograban comprender la razón de su cólera cuando los derribó del caballo uno a uno. Estuvo a punto de despedazarlo a sablazos de no ser porque Suníschala se aferró a su pierna rogándole que no lo hiciera. Aseguraba que sus hombres eran inocentes. Se habían esforzado por complacerle y solo estaban cumpliendo con su deber. Además, no le conocían, ni él les advirtió de su identidad.

Aunque colmado de buenos modales y virtuoso en sus tratos, la ira de Akbar era difícil de sosegar; una vez encendida podía hacerle delirar por horas e incluso días. Suníschala sabía que los hombres grandes tienen grandes defectos, y le sujetaba la pierna contra su pecho impidiendo su andar. Akbar no cesaba de agraviar a los lanceros que imploraban perdón de rodillas sin comprender su transgresión. El emperador les golpeaba la cabeza con la palma de su mano una y otra vez intentando hacerles conscientes de la imprudencia de maltratar a una persona santa. Un insulto a un alma en estado de santidad era suficiente para hacer arder un imperio, afirmado que Chittor era la mejor muestra de ello. Fue el agravio a Mirabai lo que trajo la calamidad en la forma del Shah de Guyarat treinta años atrás, decía Akbar. Aun así, cada vez que los desdichados intentaban excusarse, solo lograban acrecentar su terrible furia.

Akbar dio de beber a Suníschala de su propia vasija, enjuagó su rostro. Lavó sus pies ensangrentados con el manto de seda fina que colgaba de su cuello suplicando perdón por la ignorancia de sus hombres. Luego pidió que lo llevaran a su tienda. Allí le puso al cuidado de su doctor y varios de sus sirvientes. Mientras le aseaban aplicándole ungüentos, la mente de Suníschala parecía estar lejos de aquel lugar. Pensaba en como apenas unas pocas horas antes Bhairav había sufrido una muerte horrible. En su corazón sentía una mezcla de profundo dolor con una dosis de regocijo. Al ser sacrificado por un tántrico de mentalidad perversa, su antaño hermano Adesh se libró de la perfidia que oscurecía su alma, algo a lo que él mismo había contribuido con su orgullo e indolencia en una vida previa. Con su liberación se aliviaba la pesada carga que le oprimía el corazón, algo que le había obsesionado durante toda la vida; fue entonces que comenzó a llorar como no lo había hecho jamás. Torrentes de lágrimas caían de sus ojos descubriendo el profundo dolor que permeaba cada rincón de su ser. Ninguno de los presentes era capaz de comprender qué suscitaba tanta agonía en el renombrado maltrecho brahmán asceta, que como su nombre dictaba, era inmune a las emociones humanas. Nadie imaginaba que el lamento del sabio era una catarsis liberadora.

Por varias horas Suníschala se mantuvo en una condición extraña. Por momentos parecía estar alerta, otras totalmente inconsciente. En ocasiones balbuceaba «Adesh», «Bhairav», seguido de palabras que nadie lograba entender. Por sus gestos faciales y su modo de hablar, daba la impresión de que dialogaba con alguien del más allá. No fue hasta caer la noche que finalmente pareció perder la conciencia. Por varios días dejó de mostrar síntomas de vida. El doctor que Akbar puso a su cuidado, solo podía constatar que aún vivía, al observar el ligero movimiento de la diminuta plumilla de pavorreal que acercaba a su nariz. En su profundo trance, Suníschala descendió a una región oscura de la creación a la que incluso los místicos más encumbrados temen. Mientras procedía a aquel tenebroso lugar, vio a millones de almas sometidas a tormentos desgarradores. Algunos eran forzados a correr sobre esferas de cobre ardiente, otros eran mordisqueados por animales salvajes que cazaron durante su vida terrenal, y aun otros eran asediados por bandadas de insectos que les devoraban la piel. Eran los mundos infernales. Aun así, entre una infinitud de lamentos que retumbaban en aquel lugar sombrío, pudo escuchar la voz de Bhairav llamándole por su nombre. Miró a su alrededor y alcanzó a ver a quien en una vida previa fue su hermano mayor que giraba sumergido en un torbellino de fuego asumiendo una infinidad de formas de todo tipo y género. Eran las identidades temporales que esa alma encarnó a través de millones de nacimientos en su vagar por la creación terrenal en todas las especies de vida. Luego vinieron las formas humanas con sus centenares rostros hasta asumir el semblante de Bhairav, que ahora tenía una mirada dócil, clara. Estaba libre de odio, envidia, y perversidad, pero aún no era un alma libre del nacimiento y la muerte. Tendría que volver a nacer una vez más. Suníschala estaba impresionado. Era evidencia de que ni él ni Bhairav eran hermanos, sino almas eternas que el vagar de la existencia material había unido por la fracción de un instante en la eternidad en su largo camino de vuelta a Dios, el origen y reposo de todas las almas. Es bajo esa paternidad divina que la palabra hermano asumía su realidad perpetua, no solo en Bhairav, sino en todos los seres conscientes. Extendió el brazo para extraerle del torbellino de fuego; ambos sabían lo que esto implicaba. Aunque Suníschala había pisado el umbral de la emancipación, no lo cruzaría; pospondría su liberación por el bien no solo de Bhairav, sino de muchas otras almas. No saldría de este mundo hasta llevarle consigo, solo que esta vez no por arrepentimiento, sino por compasión infinita a quienes se han sumido en el olvido de Dios.

En aquella dimensión oscura el tiempo se experimenta de manera diferente. Aunque permaneció allí por tan solo un instante, varias semanas habían trascurrido en el plano mortal. Para cuando regresó a la conciencia externa estaba solo en el campamento. Incluso el doctor le dio por muerto. Los vagabundos que merodeaban el área en busca de bienes abandonados, le informaron que la misma tarde de su llegada Akbar había partido con todo su ejército. Desde aquel día Chittor estaba bajo sitio.

Para ese entonces la batalla por Chittor estaba en pleno apogeo. El fuerte estaba rodeado por el inmenso ejército imperial y las condiciones eran deprimentes. Miles de cadáveres yacían al pie de las murallas. Admirados por el coraje de Suraj como comandante de la guarnición, tanto Rao Yaimal como Rawat Patta, los nobles representantes de Udai, se negaban a rendir la ciudad. La ofensiva por el acceso a los muros era constante. Las interminables olas de soldados que trepaban por las escaleras caían bajo un torrente de flechas, rocas, o el golpe de los sables rajputs. Los arqueros rajputs acosaban a los ingenieros, que cavaban trincheras o túneles para dinamitar los cimientos y hacer volar los muros. En el interior de la muralla las condiciones semejaban a las de treinta años atrás. El agua y los alimentos escaseaban. Debido a la gran cantidad de refugiados, la higiene era precaria. Las heridas se infestaban con facilidad. Se moría por la falta de medicamentos, incrementando el riesgo de que se desatara una epidemia.

Desde el día en que le arrojaron a los pies de Suraj, Deva Singh estaba encerrado en una celda. Ni Suraj ni nadie creía que realmente fuese el hijo de Yay Singh, mucho menos la maravillosa historia de que había crecido en la corte de Jumayún junto a Akbar como si fuese su hermano. Para el terco Suraj, el joven no era más que un posible espía tomando provecho de los rumores que corrían, acerca de la fuga de un rajput a quien el emperador llamaba su hermano. Tan solo le mantenía con vida en espera del regreso de Udai que era el único que podía confirmar su identidad, no fuese a ser que por los albures del destino la historia fuese cierta, pues no quería cargar el estigma de haber matado al hijo de Yay Singh. La imagen del León de Mewar aún vivía en la memoria de todos. Matar a su hijo podría ser un error fatal que mancharía su nombre.

No fue hasta muchos días después de comenzar el sitio, que Akbar, erguido sobre su hermoso caballo árabe se acercó a la muralla con una embajada de paz. Uno de sus hombres entregó a los centinelas un mensaje en el que proponía mantener a Udai como el maharaja de Chittor si a cambio aceptaban ser vasallos del imperio mogol. También deberían entregarle a su hermano rajput, el hijo de Yay Singh, quien sostuvo a su padre Jumayún en tan alta estima que no objetó que Rani enviara un emisario en su ayuda. Las dudas de Suraj se desvanecieron. Al momento fue en busca de Deva Singh. El joven tomó provecho de la ocasión para recordarle detalles de su estancia en Bhilwara, durante los días que marchó junto a Udai para reclamar su corona.

Deva Singh se hizo ver parado al borde de la muralla. Akbar se alegró de verle con vida. El emperador lo llamó por su nombre. Incluso lo invitó a su tienda a cenar. A fin de cuentas, eran hermanos por designios del destino y para el bien de Chittor. Deva Singh sonrió con imprudencia, arrancó un arco de manos de un soldado rajput y sin apenas darles tiempo a reaccionar, puso una flecha en el pecho de uno de los hombres que acompañaban a Akbar. El formidable impacto hizo corcovear al caballo. El jinete cayó emitiendo un gruñido de dolor. Al momento el resto de la guardia cubrió al emperador y se alejaron de la muralla a veloz galope. Los arqueros rajputs se admiraron ante la destreza del joven. Suraj le congratuló, añadiendo que sin dudas era el hijo de Yay Singh. Le palmoteó la espalda reconociendo su lealtad a Chittor con la poca jocosidad que le caracterizaba.

—Pensé que te doblegarías. Por una cena como esa en momentos como este, hasta yo cantaría las glorias de Alá.

Los rajputs sonrieron, pero Deva Singh solo tenía en mente la gloria de su padre que tanto deseaba emular. Había crecido escuchando sus proezas de boca de Atulananda. Este era el momento de tomar su lugar para perpetuar su nombre en la memoria de Mewar. En cuanto Udai regresara sin dudas le reconocería y le brindaría todos los honores que le pertenecían; es más, quizás algún día también pudiese tener a su cargo la guarnición de Chittor. Pero por ahora solo restaba probar su integridad ante todos.

—No Suraj, con los mogoles solo trato de esta manera, llámenme infiel o llámenme hermano —respondió con jactancia al escuchar el sarcasmo de Suraj.

A Suraj le agradó la disposición del joven. El brío de Deva Singh trajo a su mente muchos recuerdos de su juventud junto a su padre.

—Hace treinta y tres años tu padre y yo estábamos aquí parados, en este mismo lugar y en las mismas circunstancias —dijo contemplado el ejercito mogol—. Yo era joven. La gente rumoraba que por la influencia de Mirabai y de ese facineroso que te raptó, tu padre quería abandonar Chittor y volverse un buscavidas de caminos, pero no lo hizo, y murió a mi lado destrozando patanes.

El joven sonrió, conocía bien la historia como para deleitarse en el tema. —No temas Suraj, no pienso abandonar Chittor. Mucho menos ahora que la fiesta va a comenzar

Suraj volteó el rostro cargado de asombro. —Esas fueron las mismas palabras que dijo tu padre en aquella ocasión. Siento que la historia vuelve a repetirse.

La acción de Deva Singh desató la ira de Akbar. Enviabaó a sus hombres contra la muralla en continuas olas sin dar descanso a los defensores. La lucha se reanudó, aunque esta vez mucho más encarnizada.

Los días trascurrieron. Las condiciones dentro y fuera de la ciudadela eran casi una réplica de cuando el Shah asaltó Chittor. Los hombres caían por docenas desde lo alto de las murallas con el cráneo abierto, el vientre cercenado, o chamuscados por el aceite hirviendo. La artillería mogola era efectiva. Las explosiones en el interior del fuerte se sucedían una tras otra, dejando un reguero de vísceras por doquier. Desde el día en que sembró una flecha en el pecho del soldado mogol, Suraj puso a Deva Singh a cargo de una sección de la muralla. Desde ese momento el joven probó encarnar la valentía de Yay Singh, despedazando a cuanto mogol caía bajo su sable, pero a diferencia de su padre que conocía la indulgencia, Deva Singh probó ser excesivamente cruel.

Cierto día Rao Yaimal andaba por la muralla inspeccionando las defensas. Akbar advirtió su presencia, y con un certero disparo de su mosquete le segó la vida. Al cabo de cuatro meses de sitio, la muerte del representante de Udai afectó la moral de los defensores. Para entonces el hambre y las infecciones comenzaban a hacer mella. Las trincheras y los túneles estaban cada vez más cerca de la base de la muralla, donde se amontonaban miles de cuerpos putrefactos ofreciendo un espectáculo aterrador. Daba la impresión de que el inframundo se hacía visible en el plano humano.

Una mañana, los diezmados defensores vieron con desconsuelo la llegada de nuevos contingentes de hombres que traían consigo artillería pesada. Akbar había abandonado toda esperanza de que Chittor se rindiera y estaba decidido a deshacer la muralla piedra por piedra. Así era Akbar, grande en el perdón y grande en el tormento. Fue entonces cuando algo inesperado ocurrió. Terminaba sus oraciones matutinas cuando el emperador vio a Suníschala cabalgando calmo entre el espacio que distanciaba a su ejército de las murallas. Observaba el macabro espectáculo de cadáveres desmembrados sin que pareciera impresionarle; de hecho, ocasionalmente se detenía a contemplar algún caído sin que nadie supiese por qué. La presencia de un sabio brahmán y asceta en un lugar tan aterrador atrajo la mirada no solamente del emperador mogol, sino también de los rajputs. Con excepción de Suraj y Deva Singh que le miraban con desdén, los rajputs reverenciaban a los eremitas del desierto. Como la voz de su regreso había corrido entre los defensores, lo tomaron como el milagro que salvaría Chittor.

Para ese entonces el nombre de Suníschala era un mito en Mewar, pero para Akbar, la respuesta de Alá a sus oraciones. Tal vez al percibir presencia de sabio y el buen trato que recibía del emperador, crearía distensión entre los rajputs, algo que les convencería a abandonar la inútil defensa. Montó el mejor de sus caballos y se acercó a Suníschala situándose cerca de la muralla al alcance de las flechas rajputs. Sus hombres estaban ansiosos ante el eminente peligro, aun así, les ordenó mantenerse un centenar de pasos atrás. Akbar sabía que mientras cabalgara junto al reverenciado eremita ningún rajput se atrevería a dispararle. Los rajputs eran orgullosos, preferían la muerte al deshonor. Matar a un emperador musulmán mientras honraba la presencia de un santo asceta hindú, era un deshonor que mancharía la gloria de Chittor para siempre. Cabalgaba a su lado a paso lento, incapaz de creer que Suníschala no mostrase aversión por aquel lugar.

—Jamás imaginé que una persona como tú vendría a un lugar como este, pero te lo agradezco —dijo el emperador con mansedumbre—. Sin dudas Alá es grande y te ha enviado como presagio de mi victoria. Tú mismo anunciaste a mi padre que el mundo entero me conocería como Akbar: *El Grande*, tanto en vida como después de mi muerte.

Suníschala se demoró en responder, pero lo hizo con sobriedad sin dejar de observar los cuerpos mutilados.

—¿Acaso Alá te ordenó sacrificar a toda esta gente de forma tan cruel por el placer de ser llamado Akbar?

Al emperador no le agradaron las palabras del sabio, que al parecer le culpaba por algo que él mismo había vaticinado.

—Fuiste tú quien dijo a mi padre que yo sería la joya de su dinastía y que todos me llamarían Akbar, algo que no sería posible si no conquisto todos estos reinos y consolido mi imperio.

Viendo su arrogancia, Suníschala prefirió llamarle por su nombre común.

—Yalaludín, grandes son solo aquellos que conquistan el deseo de grandeza. Es por eso que los ascetas son grandes. ¿Ves? Ningún rajput se atreve a matarte tan solo porque estas a mi lado. ¿A qué crees que se debe eso… Yalaludín?

Akbar no respondió, sabía que los rajputs no vacilarían en hacer llover un torrente de flechas si se apartaba del sabio.

—Hay muchas formas de ser grande Yalaludín —prosiguió Suníschala—, pero tú escogiste la peor. ¿Qué ganarás con todo esto? ¿Dime? La gloria de este mundo es tan pasajera que mañana nadie recordará tu rostro. Akbar será solo un nombre que cualquiera pudo llevar.

El emperador le escuchaba con desagrado. Un sermón de ese tipo era lo menos que necesitaba.

—¿Sabes que es lo más maravilloso de este mundo, Yalaludín?, que hemos visto morir a todos nuestros antepasados; hemos visto morir a nuestros abuelos, a nuestros padres, pero aun así vivimos como si nuestra condición en este mundo fuese permanente. ¿No es eso algo realmente maravilloso… Yalaludín?

Akbar se mantenía callado, aunque su semblante revelaba disgusto.

—Dime, Yalaludín… ¿qué harás después que conquistes Chittor? —preguntó Suníschala luego de un corto silencio.

—Conquistaré todo Mewar —respondió Akbar con firmeza.

—Y después, ¿qué harás?

—Conquistaré el resto de los reinos rajputs.

En el rostro del Suníschala se dibujaba un placentero sarcasmo cada vez que hacía la misma pregunta. —¿Y después, que harás… Yalaludín?

—Conquistaré toda India —afirmó el emperador algo dudoso, intuyendo que Suníschala le estaba llevando a una trampa.

—¿Y después que harás… Yalaludín? —volvió a preguntar con el sarcasmo visible en el rostro cada vez que mencionaba su nombre.

Akbar se sentía incómodo, pero aun así respondió. —Entonces no conquistaré más. Me sentaré a descansar para disfrutar de la vida.

Suníschala soltó una carcajada de tal magnitud que tanto rajputs como mogoles pudieron escucharle. Nadie se atrevía ni siquiera a imaginar que el sabio de Chittor se estuviese burlando del emperador. Akbar se sonrojó, pero jamás haría daño a una persona como Suníschala. Había crecido entre filósofos y pensadores de todas las ramas de misticismo. En lo profundo de su corazón sabía que el sabio tenía razón.

—Yalaludín —dijo Suníschala con un cándido sarcasmo—, si tu objetivo es descansar y disfrutar la vida, ¿por qué no te vuelves un asceta como yo? He vivido toda mi vida descansando sin tener que conquistar nada, excepto el deseo de ser un conquistador. Aprende eso Yalaludín, apréndelo.

Akbar comprendió que Suníschala no favorecía su causa. Si la posteridad había de recordarle como *El Grande*, no sería por sus bendiciones, sino por su propio empeño y voluntad. Tiró de su caballo rumbo a su tienda dejando al sabio a solas, momento en que la puerta de Chittor se abrió y Deva Singh descendió por la callejuela que bordaba la colina sobre la cual se alza la muralla. Sabía que Akbar apreciaba al sabio e ideó un plan para atraparle. Si lograba acercarse a Suníschala y provocar la ira de Akbar, con seguridad este vendría en su ayuda, momento propicio para llevarlo por la fuerza antes de que su guardia personal lograse intervenir. La captura del emperador mogol no solo salvaría Chittor, sino que sería la gloria que le acompañaría por el resto de su vida. Esperaba el momento adecuado para abalanzarse sobre Akbar, pero sus ojos intranquilos traicionaron su intención. Suníschala intuyó que algo tramaba, desmontó e invitó al rajput a hacer lo mismo; sin su caballo era más vulnerable. Akbar no tardó en notar su presencia, dudoso de que tal vez al ver llegar la artillería pesada los rajputs habían decidido rendir el fuerte para conservarlo. Al verlos desmontar, por cortesía dejó a un lado su caballo y se acercó al lugar. Con un gesto discreto Suníschala le indicó mantener una distancia prudencial.

Los ojos de Deva Singh revelaban su intención, como en espera del momento apropiado para lanzarse sobre Akbar, quien le miraba con resentimiento. Dada la condición en que se encontraba el fuerte, Suníschala consideró que era el momento apropiado para hacer entrar en razón a Deva Singh. Extrajo el valioso anillo de entre su ropaje, revelando que era un regalo de su hermano Akbar como muestra de su afecto. Deva Singh negó tener un hermano mogol. Golpeó la mano de Suníschala con tal desprecio, que la valiosa joya fue a dar a los pies de Akbar. Akbar hizo un esfuerzo por contener su cólera. Suníschala no se inmutó ante el desprecio, solo intentaba salvar de una muerte segura a las almas que se habían refugiado en Chittor. Una vez más le recordó al joven que la misma Rani llamó a Jumayún hermano implorando su ayuda, algo a lo cual Yay Singh había consentido. El hecho de que su padre hubiese sentido admiración por Jumayún, era una espina que hincaba el orgullo de Deva Singh. Enfurecido, zarandeó a Suníschala de los hombros gritando que Chittor era de su hermano Udai y nadie más. De un empujón lanzó al flacuchento brahmán con tal fuerza que fue a caer a varios a pasos impactando la tierra con brusquedad. Fue suficiente para que Akbar le fuese encima sable en mano gritando de ira. Pero el joven emperador no era rival para el hijo de Yay Singh. En un par de choques de sable lo lanzó al suelo pateándole el pecho. Lo atrapó entre sus poderosos brazos y comenzó a arrastrarlo hacia su caballo. Al instante la guardia montada de Akbar se le vino encima con las picas erguidas destellando bajo el sol.

Viendo fracasar su plan, con un golpe Deva Singh lanzó al emperador al suelo y corrió a su caballo. En su fuga, tomó a Suníschala del camisón mogol que llevaba puesto llevándole por la fuerza. Una vez en el fuerte lo arrojó a los pies de Suraj. El comandante de la guarnición apenas podía creerlo. Al ver al vagabundo que corrompió el corazón de Yay Singh comenzó a reír con malévolo frenesí. Sujetándole del cabello, le batió la cabeza con brusquedad de un lado al otro. Lo miró tan de cerca, que su desagradable rostro era la contraparte ideal del apacible semblante del eremita.

—Traidor, impostor, adúltero, poco me importa lo que seas, pero hoy te llegó tu día.

La manera en que trató al sabio no fue del agrado de sus hombres. El poderoso Suraj les lanzó una mirada amenazadora. Decidido a acabar con él, echó a andar sable en mano. Lo llevaba a rastras tirándole de su escasa cabellera, cuando una aterradora explosión lanzó a todos por el suelo derribando una sección cercana de la muralla. El estampido fue tan violento como ensordecedor. Centenares de rocas volaron por los aires abriendo un inmenso boquete en la parte más accesible del fuerte, matando a varias docenas de rajputs. Para cuando Suraj y Deva Singh se pusieron en pie ya Suníschala había desparecido. Corrieron a inspeccionar el daño. El inmenso boquete se hacía más visible a medida que se disipaba la nube de humo y polvo que se alzaba al cielo. Suraj tenía experiencia de la previa caída de Chittor. Había advertido a la guarnición qué hacer si la muralla era derribada. Al momento, cientos de rajputs formaron una pared humana, posicionándose sobre las rocas amontonadas que ofrecían una defensa natural. Esta vez era diferente; el insulto de Deva Singh desató la ira de Akbar. Sin darles tiempo a movilizarse, envió interminables olas de asaltantes a estrellarse contra la fina línea rajput. La defensa era más que heroica, pero la diferencia numérica era imposible de compensar. El choque fue extenuante. Horrible. Los brazos cercenados caían al suelo aún empuñando espadas y picas. Cabezas adornadas con turbantes y aretes rodaron cuesta abajo por la colina de escombros, mezclándose con las entrañas de cientos de torsos acuchillados. No tardaron los mogoles en penetrar la muralla, primero por docenas, luego por centenares haciendo cundir el pánico entre los habitantes.

La descomunal explosión desató un incendio en la ciudad amurallada. El fuego comenzaba a extenderse por doquier. Al ver que los mogoles penetraban por centenares espada en mano aullando como fieras hambrientas, la voz corrió entre las mujeres. Dignas del orgullo rajput, arrojaron a las llamas todo cuanto nutriese su afán devorador inmolándose por docenas al grito de *yaujar*. Las que no lograban entrar a las llamas se arrojaban desde lo alto de las murallas. Quienes no lo lograban se abrían la garganta con dagas para salvar su honor. ¡Así son las mujeres de Rayasthán, la muerte antes que el ultraje!

Al pie de la muralla derribada, Suraj vendía cara su vida junto a Deva Singh, recreando, la misma imagen de su juventud junto al padre del joven. El pecho y las piernas del corpulento Suraj estaban encrespados de flechas que extraía con sus propias manos sin detener la lucha. El parche que cubría su ojo desfigurado había caído y su rostro ensangrentado le daba un aspecto bestial. Blandiendo su inmenso espadón bullía de cólera como poseído por el ángel de la destrucción, desentrañando a cuanto mogol caía bajo el golpe de su acero. Sus últimos momentos fueron feroces. Habiendo perdido el agarre de su espada se lanzó sobre el oficial mogol que le hirió con la pica, y mientras lo estrangulaba le arrancaba el rostro a mordiscos. Muchas veces le escucharon decir que defendería Chittor incluso con sus dientes de ser necesario. Suraj no mentía. Murió masacrado por decenas de jabalinas que hincaron su espalda.

Viendo morir a Suraj, Deva Singh se lanzó contra la guardia de Akbar con un centenar de sus hombres. Si Chittor caía Akbar no debería vivir para verlo. Su carga fue tan feroz que abrieron una brecha en la guardia imperial creando caos entre los defensores. Los soldados regulares tuvieron que socorrer al emperador, atrapando a los rajputs en un círculo de muerte. Deva Singh logró acercarse a Akbar. En lugar de huir el emperador aceptó su reto. Al choque de los sables el siguieron los insultos. Más fuerte y diestro, con una hábil maniobra, el joven rajput trabó la espada de Akbar. Le golpeó el rostro con el puño lanzándolo de espaldas sobre la tierra. Sin embargo, esta vez, su sable inmisericorde vaciló al descargar el golpe mortal.

Por fracción de un instante, que pareció una eternidad, Deva Singh vio pasar los años de su vida junto a Akbar. El joven rajput recordó el día en que se unieron a la caravana de Jumayún, los momentos de su infancia entregados al juego en el salón real. Se vio comiendo juntos en la misma mesa, echados sobre la misma cama escuchando las interminables historias de Atulananda. Luego llegaron las memorias de su juventud primera, las tardes de cacería, doblegando a los caballos del establo imperial, apostando a las mejores concubinas. Pero no fue más que un soplo de su memoria, vestigios de un tiempo pasado, truncado por el estampido de un mosquete mogol a su espalda. El arma aún humeaba cuando Deva Singh cayó de rodillas a los pies del emperador expectorando sangre. Se derrumbó golpeándose el rostro contra la tierra enrojecida. El proyectil había traspasado el pulmón destrozándole el corazón.

Suníschala estaba a su lado, pero a nadie parecía importarle. Aunque todos vieron cuando le llevaron a rastras hacia la muralla, nadie sabía cómo logró salir. Tampoco importaba. Lo cierto era que ningún soldado mogol se atrevía a tocar al asceta de Akbar. Viendo agonizar al hijo de Yay Singh, Suníschala posó su diestra sobre el pecho del joven. Como de costumbre, le murmuró frases al oído que nadie pudo escuchar. El guerrero rajput pestañeó con serenidad al exhalar la vida. Fue la primera vez que su rostro asumió un talante plácido.

Akbar le tomó entre sus brazos. Entre lágrimas y gritos de dolor intentaba revivirle. La imagen del joven emperador gimiendo ante el cuerpo sin vida de su hermano rajput era desconsoladora. En poco, el dolor dio paso a la cólera. Sus ojos henchidos querían escapar de sus cuencas mientras gritaba delirante sin dar descanso a su garganta:

—Mátenlos, mátenlos a todos. Mátenlos, mátenlos a todos… mátenlos… mátenlos a todos.

Bendecidos por su emperador, el grueso del ejercito mogol corrió hacia la desdichada Chittor al grito de *Alah'ju akbar*. La matanza fue despiadada. En menos de una hora todo había terminado. Nadie dio ni pidió misericordia. Nadie salvó la vida.

Capítulo 21

Poco a poco

Diez años habían transcurrido desde la caída de Chittor a manos de Akbar y el lugar aún continuaba en ruinas. Por sus antaño congestionadas callejuelas ahora solo transitaban los chacales nocturnos. La cima de sus torres más altas servía de nido para las aves carroñeras. Casi todos los reinos rajputs de Rayasthán eran vasallos del imperio mogol. Excepto por los ascetas que merodeaban libremente el área, nadie se atrevía a poner un pie en aquel lugar sin permiso de Akbar. Chittor debería permanecer en ruinas para siempre, como perenne recuerdo de la ira del emperador mogol Yalaludín, *El Grande.*

Udai Singh había construido una nueva capital en la región montañosa de Aravali, donde abundan los lagos de agua fresca. Allí vivía junto a sus súbditos fuera del alcance de Akbar, protegido por una barrera natural de colinas que se alzaban alrededor de lo que sería su nueva ciudad. Para ese entonces Atulananda ya era un anciano retirado de su servicio en la corte de Akbar. Ahora vivía junto a Suníschala en la apacible tierra de Vrindávana, a orillas del Yamuna, a poco más de un día de camino de la capital imperial. Se rumoraba que a menudo el emperador les visitaba, ataviado como un aldeano ordinario para evitar atraer la atención de los pobladores. De esa manera gozaba de momentos de sosiego junto a Suníschala, que encabezaba una apacible comunidad donde habitaban varias docenas de eremitas. Muchas personas asistían al lugar deseosos de estudiar bajo la tutoría del renombrado sabio de Chittor.

En las tardes calurosas, al ponerse el sol, Suníschala se refrescaba en las aguas del Yamuna junto a Bernardo, el jesuita que años atrás conoció en la corte de Akbar y que huyó cuando le enviaron de vuelta a Portugal buscando escapar de la intolerancia religiosa de su país. Junto a los sabios gozaba de escuchar los temas pertinentes a la emancipación del alma. En compañía de Suníschala y demás residentes del santo lugar, cada día Bernardo sentía crecer su afinidad por el culto de Cheitanya. Gustaba contrastar sus similitudes con las doctrinas de renombrados místicos de su tierra, como Juan de la Cruz y Teresa de Ávila. Al caer las tardes, era costumbre de Bernardo sentarse junto a un pequeño fuego a observar el fluir del Yamuna en aquella tierra santa. Cierto día Suníschala le notó algo entristecido y fue a sentarse a su lado.

—¿Extrañas tu país?

—Algunas veces —confesó Bernardo—, pero antes de venir vi a mucha gente arder en la pira. Eso me hace pensar si jamás debería regresar.

Suníschala abrió los ojos con incredulidad. —¿Criminales?

Bernardo dejó escapar una sonrisa triste antes de contestar. —No. Solo gente que se opone a la doctrina de nuestra fe, tal como tú te opones a los brahmanes.

Suníschala habló con jocosidad en un esfuerzo por levantarle el ánimo.

—¿Por qué dices eso, acaso piensas hacer lo mismo conmigo? ¡No han sido pocos los que han tratado!

La intención tuvo su efecto. —¡Me acabas de leer la mente! —respondió Bernardo de mejor humor.

Ambos sonrieron. La risa acrecentó al ver el esfuerzo de Atulananda, que intentaba detener una querella entre varios de los niños que poblaban el campamento. ¡A fin de cuentas eran niños!

—Piensas regresar algún día? —preguntó Suníschala.

Bernardo demoró en contestar. —Sólo Dios sabe. Por ahora este es mi país, aquí conocí la esencia de toda forma de religión: amor.

A Suníschala le extrañaron sus palabras.

—He oído sobre los santos de tu religión y no encuentro carencia de amor en sus doctrinas. ¿Por qué dices eso?

—Porque en mi país, a menudo el aire se impregna con el olor de los cuerpos calcinados de quienes divergen de nuestra fe. Les llamamos herejes, algo que no he visto aquí. En mi país la tierra se humedece con la sangre de los ejércitos de los fieles de mi fe y de quienes protestan contra ella. Todo en nombre de nuestro redentor. ¿Por qué Suníschala, por qué? —preguntó el portugués sin lograr despejar el pesar de su corazón.

Suníschala levantó el rostro y observó el horizonte. —Porque el nombre de tu redentor les sirve como pretexto Bernardo, eso es todo. Ellos luchan por su propia codicia, luchan por perpetuar su egoísmo, su poder, y nada más.

El portugués calló por un instante. Alzando nuevamente el rostro murmuró: —En mi país decimos *homo hominis lupus*.

Suníschala le miró a los ojos confesando con su mirada que no comprendía la lengua. Bernardo sonrió, al menos había algo en el mundo que el afamado asceta desconocía. —Significa que el hombre es el lobo del hombre.

A Suníschala le golpearon las palabras.

¿Crees que el mundo realmente podrá cambiar? —inquirió el joven.

—Para quien cambia su corazón, el mundo entero cambia… el mundo entero. Aprende eso Bernardo, apréndelo.

Continuaron charlando por un buen tiempo. Mientras caía la noche varios sabios del lugar se unieron al conversatorio. A petición de Suníschala cantaron canciones devocionales glorificando las actividades de Krishna en aquel sagrado lugar, miles de años atrás. Bernardo los escuchaba con gran placer intentando seguir el ritmo. La algarabía que les llegaba del área donde Atulananda cuidaba docena de chiquillos los interrumpió. Terminaban de cenar arroz y vegetales hervidos mezclados con yogurt, algo común en aquel lugar. Se alistaban para descansar, pero la querella continuaba. El anciano brahmán tomó del brazo a dos que no cesaban de pelear y los llevó a donde estaban reunidos los brahmanes sabios. Desde su llegada al campamento esa misma mañana, ambos habían probado tener una conducta difícil de controlar. Uno de ellos gustaba de insultar a los demás llamándoles gente de bajo nacimiento. El otro se mostraba grosero. A menudo golpeaba a los demás hablando con desdén. Suníschala interrumpió el canto para hablarles con rigor pretendiendo estar molesto por su mala conducta. Al ver su rostro enfurecido uno de los chicos comenzó a llorar. Prometía que si no le castigaba nunca más llamaría a alguien de bajo nacimiento.

—Yo no castigo a nadie —respondió Suníschala con suavidad—. Pero nadie es bajo por nacimiento, sino por sus hábitos y su carácter. Sus padres los trajeron aquí porque quieren que crezcan como buenos brahmanes. Quien que sientan amor y compasión por todos los seres sin distinción de raza, credo o nacimiento. Aprendan eso, apréndanlo.

Al oír la reprimenda el otro jovencito bajó la cabeza esforzándose por contener su brío. Su padre lo llevó a la comunidad de sabios para que el afamado asceta fuese su tutor. Suníschala le hizo jurar que no volvería a golpear ni hablar con desdén a nadie más. El joven dijo que trataría.

—Pues bien —respondió el sabio— espero que sepan mantener su promesa. Eso es todo lo que debemos hacer, tratar, tratar y tratar. Para eso estamos aquí.

Los chicos inclinaron la cabeza mientras su tutor les hablaba.

—Desde hoy los dos vendrán cada tarde a cenar conmigo. Me reportarán todo lo que hicieron durante el día. Juntos buscaremos solución para mejorar sus temperamentos. Personalmente me encargaré de velar por su progreso para hacer de los dos hombres de bien. Ahora pueden regresar con Atulananda, mañana nos volveremos a ver.

Los chicos anduvieron unos pasos de la mano del anciano brahmán. Llevaban el aura taciturna por la reprenda, aun así, se voltearon para observar a su nuevo tutor. Al ver que este los miraba con afecto, abandonaron su pesadumbre y comenzaron a sonreír. Ya estaban algo lejos como para escucharlo, pero mientras andaban, Suníschala murmuró para sí:

—Bienvenido seas Deva Singh. Bienvenido seas Bhairav. Me alegra volverlos a ver. Es tratando con sinceridad como poco a poco todos llegaremos. Aprendan eso, apréndanlo.

La conquista de Chittor por el joven Yalaludín costó la vida de más de cuarenta mil personas, en su mayoría civiles, lo que constituye unas de las páginas más tristes de la India medieval. Sus biógrafos dicen que en su madurez Yalaludín deploró su error, pero la masacre de Chittor fue una mancha en su vida que jamás pudo borrar.

Impresionado por el heroísmo de Rao Yaimal y Rawat Patta, Yalaludín ordenó la construcción de un monumento a los dos héroes rajputs de Chittor en las afueras de su fuerte en Agra. Aunque oficialmente musulmán, su reinado se caracterizó por la libertad religiosa y el patrocinio de la literatura sánscrita, urdú, persa, cachemira, griega e incluso latina. Aunque algunos le han llamado «el mejor entre los peores», fue el más virtuoso de los emperadores mogoles, por lo cual llegó a ser conocido como Akbar: *El Grande*.

Luego de su huida, Udai edificó la magnífica Udaipur (Ciudad de Udai) en los montes Aravali, desde donde continuó su reinado. Hoy día Udaipur, «La Venecia de India», es uno de los lugares más visitados de ese país por su belleza palaciega. Con el paso del tiempo, Panna Dai, la nodriza de Udai, se convirtió un símbolo del sacrificio y la valentía rajput.

El más prominente entre los hijos de Udai fue el maharaja Pratap Singh, quien juró no inclinar su cabeza ante el emperador mogol. Aun cuando todos los reinos rajputs fueron sometidos, maharaja Pratap Singh continuó su lucha a pesar de vivir en las mayores adversidades. Akbar admiró tanto su valor, que al escuchar la noticia de su prematura muerte entristeció. Mas, en los años venideros, sus descendientes abandonaron la rebeldía para vivir como vasallos del imperio mogol.

Sin embargo, fueron los descendientes de Akbar quienes terminaron con su legado de tolerancia. Su biznieto, Aurangzeb, fue el más cruel de todos los emperadores mogoles. Su reinado se caracterizó por la persecución religiosa. La destrucción de los majestuosos templos de Vrindávana atestigua su crueldad.

El último de los emperadores mogoles, Bajadur Shah II, fue depuesto por los británicos en 1857 y exiliado en Rangún, donde murió años después, iniciándose así el período de dominación británica hasta la independencia de India en 1947.

En cuanto a Mirabai, la santa princesa de Chittor, compuso una infinidad de poemas líricos a Krishna que forman parte del *folklore* religioso del país. Aún hoy día es la más venerada santa de la India medieval. Exiliada en la ciudad de Duáraka, en Guyarat, Mirabai nunca más regresó a Chittor.

¡Mi Señor!
¡Por cuánto tiempo he anhelado encontrarte y servirte!
Tú has ido y venido, pero nunca te has quedado junto a mí
y ya no puedo sufrir más esta separación.
He perdido el hambre, he perdido el sueño,
mi cuerpo se ha vuelto muy frágil,
y mi vida cuelga de un hilo.
He venido a Ti para nunca irme.
No me abandones, o moriré.
Y si yo muero… ¿qué ganarás con eso?
Tan solo mancharás Tu reputación.
Así que, mi Señor, ten piedad de mí…
ten piedad de mí.

Mirabai de Chittor